读客悬疑文库

认准读客读悬疑,本本都是大师级。

世界末日前的谋杀

AKANE ARAKI

［日］荒木茜 著
董纾含 译

北京日报出版社

图书在版编目（CIP）数据

世界末日前的谋杀 / (日) 荒木茜著；董纾含译.
北京：北京日报出版社，2024.12. -- ISBN 978-7
-5477-4992-0

Ⅰ.Ⅰ313.45

中国国家版本馆 CIP 数据核字第 2024JU8466 号

KONO YO NO HATE NO SATSUJIN
©Akane Araki 2022
All rights reserved.
Original Japanese edition published by KODANSHA LTD.
Publication rights for Simplified Chinese character edition arranged with KODANSHA LTD.
through KODANSHA BEIJING CULTURE LTD. Beijing, China

本书由日本讲谈社正式授权，版权所有，未经书面同意，
不得以任何方式做全面或局部翻印、仿制或转载。

中文版权：©2024 读客文化股份有限公司
经授权，读客文化股份有限公司拥有本书的中文（简体）版权
图字：01-2024-5580号

世界末日前的谋杀

作　　者：	［日］荒木茜
译　　者：	董纾含
责任编辑：	王　莹
特约编辑：	刘　帆　　顾珍奇
封面设计：	贾旻雯
出版发行：	北京日报出版社
地　　址：	北京市东城区东单三条 8-16 号东方广场东配楼四层
邮　　编：	100005
电　　话：	发行部：（010）65255876
	总编室：（010）65252135
印　　刷：	三河市龙大印装有限公司
经　　销：	各地新华书店
版　　次：	2024 年 12 月第 1 版
	2024 年 12 月第 1 次印刷
开　　本：	880 毫米 ×1230 毫米　1/32
印　　张：	10.75
字　　数：	232 千字
定　　价：	49.90 元

版权所有，侵权必究，未经许可，不得转载
凡印刷、装订错误，可调换，联系电话：010-87681002

目录

星期五,危险潜伏	001
兄弟船	063
主谋	131
残留者们	209
冲突	269
持续缩小可能性的少女	329
主要参考文献	339

星期五，危险潜伏

潜在的に危険な金曜日

天亮后，雪还在下。等到过了8点，青空从云隙之中隐约可见之时，雪才骤然停了。残留在挡风玻璃上的水滴在朝阳的照耀下熠熠闪光，天空也逐渐澄澈起来。

我讨厌下雪，也讨厌下雨。上周五，小熊星座流星群进入极度活跃期，再加上正值新月，是个绝妙的观测日。结果却因为雨层云过厚，直到破晓前天空都是混沌的灰色。不过看目前的情况，只要天气持续转好，今夜说不定就能成功观测到冬季的群星了。

耳畔似乎有什么东西在摇晃，发出单薄的丁零一声。坐在副驾驶席上的砂川老师向我这边伸着手，用食指和拇指拈着钥匙在我的脸边摇晃。

"请吧，打火。"

钥匙——32号教练车的钥匙上挂着一枚巨大的钥匙扣。那钥匙扣是一只长着粉色毛发、眼珠子瞪得很夸张的猴子。作为这所驾校的吉祥物，这玩意儿的设计未免有些太偏激了，而且根本不可爱。我停下微调后视镜的动作，在尽量不碰到老师手的情况下，谨慎地接过了钥匙。

"我很喜欢山。"砂川老师语气十分轻松,"读高中的时候我还是登山部的呢,虽然那会儿我们部只有三个人。"

"……我怎么记得您之前说自己是柔道部的来着?"

"对、对,这你都记得?登山部那边我是凑人头的。"

我磨磨蹭蹭地准备着,老师在我左手边滔滔不绝地讲着。我多少能明白她为什么有意选择了与山相关的话题——今天是普通驾照培训第二阶段第13课,也就是山路驾驶的学习。

"小春呢?喜欢爬山吗?比如咱们这儿的宝满山,还有英彦山一类的?"

"不喜欢。"

"你不太擅长远足,是吗?"

"哦,嗯。"

"那种我也不行,因为远足需要大家一起行动嘛。但如果是出于兴趣爬山的话,还能自己选路线和节奏,这样更自由,也更放松。"

砂川老师说话只能信一半。我一边听着,一边插上钥匙。驾驶席抖动起来,仪表盘也开始震颤。我不喜欢车,也不喜欢开车,但只有给车打着火的这个瞬间,才能让我产生一种为无机物赋予生命的愉悦感。

松开手刹,换挡杆挂到 D 挡,我还没踩上油门,教练车就慢悠悠地起步了。这也是自动挡汽车特有的蠕行现象。

车子开出宽敞的停车区,向驾校外驶去。我一边慢吞吞地看着周围,一边将车头转向了普通车道。

太宰府驾校正对着县道35号筑紫野古贺线。县道35号横穿太宰府市中心，连起了筑紫野市和古贺市。因为有很多人把它当作国道3号线或九州车道的迂回路线，所以这条线路的车流量也很大。尤其是驾校周边，常聚着一大帮参拜太宰府天满宫的游客，车辆来来往往，好不热闹。

不过，城市的样貌早已今非昔比。眼前这条路岂止是车，连个人影都没有。

砂川老师面朝着车子行驶的方向，开口道："开出来之后向右拐。"

我按她的指示打了转向灯，依规矩确认了左右的情况，打起方向盘。

"就先在这条路上开着吧，需要拐弯的时候我再告诉你。"

车子迎着太阳开了一会儿，我们很快就看到了太宰府天满宫西门入口。路旁整整齐齐地建了一排收费停车场，气氛和开满咖啡厅及特产商店的华丽参道[1]截然不同。

今天是12月30日，正值考试季，本应是考生和他们的家人蜂拥而至，参拜"学问之神"并祈求保佑的时期，但眼下可能是世道使然，就连停车场也空荡荡的。

太宰府市坐落于福冈县中西部，是一座史迹众多的旅游城市。这儿的太宰府天满宫供奉的正是菅原道真[2]公。太宰府市是古代的"西部之都"，曾作为九州的政治文化中心大放异彩。可如

---

[1] 日本神社中用于行人参拜观光的道路。——编者注（本书注释均为编者注）
[2] 日本平安时代中期的学者，被日本人尊为"学问之神"。

今，它附近连个醒目的商业设施都没有，换乘私铁[1]和公交车更是麻烦得要命。而这个不上不下、偏僻又憋屈的乡下小城，就是生我养我的地方。

砂川老师伸手指了一下速度仪表盘。

"你这速度怎么才到30啊？再开快点儿吧。"

听她口气似乎很愉快的样子，我偷瞟了她一眼，只见她有一边嘴角上挑，正在笑。

和这人单独兜风总令我感到异样紧张。她明明知道我害怕提速，还不停地催促我："再踩油门，再踩呀。"好死不死，这人还是个话痨，一直对着正在开车的我滔滔不绝。我实在不擅长应付她。

"今天的目的地是？"

"北谷大坝。你知道的吧，你不是本地人吗？"

那是一个邻接宝满山国家森林的僻静大坝。从这儿开车过去大概要花十几分钟。

"山路教学呢，说白了就是练发动机制动。爬一道长坡，一直爬到顶。下坡的时候利用发动机制动练习减速。那么，如果下坡的时候过度使用脚刹会发生什么事呢？"

"有可能出现制动衰减或者刹车失灵。"

"回答得很好。所以，咱们今天的重点就是用好发动机制动。尤其是小春你啊，胆子太小了，动不动就踩刹车，对吧？"

闲聊中还穿插着驾校课上学的专有名词，听上去多少有些滑

---

[1] 日本私有或者民营企业经营的铁路，主要承担城市内或城市间的通勤运输。

稽。我忍不住苦笑起来。越是没用的知识我越记得牢，究竟是怎么回事啊？驾照考试明明不可能再举行了啊。

太宰府驾校是四年前从隔壁市搬到这里来的，也是太宰府市唯一的一所驾校。它是福冈县公安委员会指定驾校，从我家步行几分钟就到了。来这儿学车真的再合适不过。

自从考入大学，周围的同学们都纷纷跑去学车，可我对开车实在没兴趣。一直到该找工作时我才意识到"再不考驾照就糟了"，于是慌忙到附近的驾校报了名。不过，我貌似低估了自己反射神经的迟钝程度，还有自己的笨拙。教习课程不断延长再延长，直到最后，我都入职了却还在这所驾校学着车。

车子穿过一个又一个付费停车场，我也逐渐习惯了车子的速度。砂川老师又开始悠闲地和我搭话。

"你好好吃饭了吗？"

"啊……有的。"我的确还是不习惯边开车边说话。本来就不善言谈，一握上方向盘，我更是屡屡语塞："呃……我家是开便利店的，存了很多食物，不用担心没吃的。"

"嘿，你家是开便利店的？我还是头一回听说。"

我回想了一下，迄今为止，我的确从未和砂川老师提到过家里的事。明明我们两个人总是在这狭窄的车内共度好几个小时。

"你住老家啊。有兄弟姐妹吗？"

"有一个弟弟。"

"是吗？你弟弟比你小几岁？"

"弟弟17岁了，比我小6岁。"

"大家都没跑吗？"

难得被问到了如此深入的问题啊，我想。

我很讨厌别人打听我的个人信息。其实，我压根儿不想谈家人的事。如果是放在几个月前，我一定会内心抵触：为什么连家里有几口人这种事都要告诉驾校的老师啊？然而，现在情况不同了。

"我妈跑了，她很早就跑了。听说手机、钱包、存折、车钥匙……她统统都没拿，只穿着身上的衣服，就那么跑了。"

"嗯。扔下你跑了？"

"可能吧。应该是这样吧。把我抛弃了。"

我被妈妈抛弃了。再把这句话重复一遍，那种真切的感受令我胸口生疼。

"你爸爸呢？"

"我爸爸前天自杀了。现在家里只剩下我和我弟弟。"

砂川老师好似在咀嚼我说过的话一般，点了两三下头，喃喃道："你早点儿说就好了啊……"我本以为她会表现得更夸张些，没想到她的反应如此干巴巴。

"对不起。"

"不是要让你道歉啦。嗯，原来是前天啊。小春，你当时看上去和平时一样，所以我都没能察觉……"

"……对不起。"

"令尊已经下葬了吗？"

对方的问题毫无体贴可言，但我并未感到有任何不快。

"还什么都没办呢，只是把他从上吊的天花板那儿放下来了。他现在还躺在地板上。"

"上吊啊，苦了你了。"

我脑海中浮现出搁置在榻榻米上已过世两日的父亲的遗体。一想到他，我就会产生一种奇怪的感觉，好似悲伤和生理厌恶都掺杂在了一起。

要想把上吊的人放下来，会很吃力。父亲比一般人更强壮，而且肌肉发达，所以更是难上加难。我把起居室的沙发一直拖进日式房间，把父亲的下半身垫在上面，硬是剪断了绳子。可是，失去力气的遗体直接从沙发上滚落，最终以一种五体投地的诡异姿势趴在了榻榻米上。光是做这些就已经耗光了我的力气，所以父亲的遗体就那么被我放在了原地。

等我回过神来，车子开出驾校已经有十分钟了。公寓和停车场也已经消失无踪，道路两旁，工厂、运输公司大楼、材料堆放场等建筑则越来越多了。

"我说，小春你呀……"

砂川老师摆弄着自己色素尽失的长发，似乎是想要对我说些什么。但当我们前方出现"前方·北谷大坝"的标识时，她只提示我"右拐"，再没说什么别的。

山离我们越来越近了。的确，这儿是个寂寞萧索的地方。

向右拐弯，车子驶入一片平缓的上坡。又路过一片宽敞的棒球场后，我们总算开上了通往大坝的山路。管理处设置的围栏大敞，可以自由出入。铁丝网上挂着的招牌脏兮兮，锈迹斑斑。

此路7点至18点可通行。

北谷大坝管理处。

牌子上那断断续续的字迹呈现出一种难以言喻的恐怖气氛。

车子在攀登弯弯曲曲的上坡路。路面虽然铺砌过了，但路两侧生长着粗壮的山毛榉，繁茂的枝条蔓延至车道之上，挤成了一条由树做的隧道。

视野越来越差了，四下里异常昏暗。再加上这条道路越向山上攀爬，路面越窄，最后只剩下一辆车的宽度了。山路教学的重点明明是下坡，可我光是爬到山顶，就感觉已经耗光了力气。

"肩膀放松，过这个弯没那么费劲吧？"

"太黑了，我害怕。"

"那你就随便找个地方先停下来，把灯打开……说起来，怎么感觉有股臭味儿啊？"

听砂川老师这样说，我不由得将视线从前方扭向了她的方向，结果她毫不留情地提醒我"看前面"。

老师把副驾驶一侧的车窗打开，用力吸了几下鼻子。

"这儿真的好臭啊。"

"确实有股怪怪的臭味儿。腥臭腥臭的。"

"是不是有人把垃圾扔这儿了？"

"不可能吧，这附近怎么可能还有人？"

稍加注意后，我才发现老师说得没错，这山里飘着一股异样的臭味儿。而且臭味儿越来越浓，等我反应过来的时候，那股味道已经变得非常刺鼻了。

在没有人烟的山坳里闻到异臭,究竟是何原因?这味道搞得我快喘不上气了,还是拜托老师把车窗升上去吧。我一边脑子里这样想着,一边手上打着方向盘,拐过一个弯后,我眼角的余光瞟到个黑色的东西。

眼前有个东西,长度有一两米的样子。在几乎将道路吞没的由树枝组成的隧道之中,有个不明物体正挂在那儿。

"停车!"

老师紧张的声音钻进耳朵。比起我自己松开油门,砂川老师直接在副驾驶席踩辅助刹车的速度显然更快。

可是,车子是不能立刻停下的。从驾校发下来的学科教材里引用一句话解释,就是:从司机察觉到危险后踩下刹车,直至车辆完全停下为止,该车辆会继续向前溜出一段空走距离和制动距离。等反应过来时,我们乘坐的教练车已经钻进了那个悬挂在枝头的东西的正下方。

啪。

头顶传来一声令人不快的声响。那是不堪重负的枝条发出的悲鸣。砂川老师探头透过前挡风玻璃向上张望,试图一窥究竟。而正在这时,树枝终于断成了两截,那东西掉了下来。

落下的黑色物体直接撞到了挡风玻璃上,整片车前窗顿时被砸得好似一张蜘蛛网。我的惨叫声在车内回荡。随后那东西又撞到了发动机盖上,弹起来之后滚到了车子前面。

掉下来的是一具男尸,一眼就看得出,他已经死透了。

他脖子上挂着的绳子，看上去好似一条时髦的围巾。这个人应该是上吊了吧，从他的下颌到耳后勒出了一道深深的绳状血痕，状似擦伤。这个男人留着寸头，看上去还很年轻，高中生？也可能是……初中生？他那双眼睛死盯着虚空，眼中早已没了生气，一片浑浊。

我顿时慌了神。

"老师，怎么办啊？我、我撞到人了……"

"小春，冷静，冷静一点儿。"

砂川老师的手轻轻放在我的肩膀上，我这才醒过神来。

"你应该看得出来吧？他已经死了，并不是我们撞死的。没关系，总之呢，你先拉手刹——好，接下来把车灯打开吧，太黑了，什么都看不清。"

可能是因为太慌了，那一瞬间，我把脑子里面所有和车子的操作方法有关的知识点忘得一干二净。我拼命回忆打开车灯的顺序，手一边哆嗦，一边去推方向盘左边的操作杆。明明没下雨也没下雪，雨刮器却动了起来。

老师扑哧一声笑了。眼前就躺着一具尸体，她怎么还有心情笑啊？！

"小春，开灯的话是动方向盘右侧的杆啦。左边是雨刮器，右边是灯。你就按'right'（右边）是'light'（光亮）就能记住喽。——对、对，没错。啊，倒是不必开远光……"

车灯总算被打开了。在树木枝丫的掩映下，车灯照亮了男人的尸体。砂川老师让我坐在原地别动，自己则解开了安全带，推开了副驾驶一侧的车门。

"您要去哪儿啊？"

"把这具尸体搬到一边去啊。他挡在这儿怎么拐弯？小春，你坐好就行。"

老师扔下这么一句话后，将黑色羽绒服的拉链一直拉到脖子，迅速走下教练车。

到这当口我才意识到，凭老师一个人把那具尸体一直拖到路边上一定相当吃力。谁知老师前臂插进那个仰面躺着的男人腋下，轻轻松松地就抬起了尸体的上半身，后退着将男人拉到了路边。看她那毫不费力的样子，好似拖的是个塑料假人。

老师把男人脖子上缠着的绳子解了下来，还拨开了他的眼皮，紧接着又手脚麻利地脱起了男人的衣服。

她究竟要干吗？

我实在害怕，于是从车子里走了出来。因为不想看那具尸体，所以我故意移开视线，凑近老师。

"您在干什么？"

"我在调查他是不是真的自杀，因为都没发现有垫脚的东西呢……"

"啊？"我不由得问出了声。

老师又抬头看了一眼被压折枝条的树，轻描淡写地回答："没有垫脚的东西，这个年轻人要如何把自己吊在大树上？总不可能是跳上去的吧？想在这个高度上吊，就需要垫脚台或者梯子一类的东西。可是你看，这附近并没有这些东西，对吧？所以就存在他人介入的可能性了……"

"呃，也就是说，有人在那时候拿走了垫脚的东西？"

"也有可能是有人害死了他，然后再伪装成了自杀。"

"您说这话是认真的吗？"

"仅从我个人观点出发，我认为他杀的可能性比较小。我刚才稍微检查了一下尸体，没发现什么可疑之处。绳索的勒痕很深，面部无瘀血，未发现明显外伤。估计他就是自杀了。"

她为什么如此清楚上吊自杀者的特征啊？砂川老师既不是警察，也不是医生，她只是个驾校老师而已啊。可是眼下这个时候，我也没法儿当面问出心中的疑惑。

"究竟是谁，出于什么目的才动了他的梯子呢？"

"可能是有人想从这条路过去，然后看到路正中摆了个梯子挡路，于是就给搬走了吧？"

老师似乎并不赞成我这个观点，她摇了摇头。

"这前面只有个大坝而已哟。就算有人嫌梯子碍事把它搬走了，那眼下这种世道，这人究竟为什么会跑去山窝里呢？"

我原本想说"随便吧，我不关心，我只想早点儿回去"，可是话到嘴边又咽了回去。事到如今，路旁死了个人这种事，谁还会在意？可要把这话说出口，我还是略有忌惮。

一阵风吹了过来，我抱紧双肩，打起了哆嗦。

青年的尸体始终暴露在车灯之下。看着他的模样，我一开始想起的是倒在榻榻米上的父亲，但紧接着，我又想起了弟弟。这个自杀者肯定比我弟弟的年纪还小。

老师的头发随着风飘起来,她轻轻摇了摇头,似乎想要把前额的头发甩开。我发现她的视线似乎就落在某一个固定的点上。她在死盯着树林深处。随后,她的喃喃低语被轻风送到了我耳畔。

"啊,是给后来的人用的啊。"

我顺着她的视线看过去。那是一片枝叶繁茂的杂木林。许多细长形状的物体就穿插在树木缝隙之间——不,是挂在树木枝条上。粗数一下,二十有余。

远远眺望过去,那一条条物体就好似许多巨大的水果。然而再定睛一看,我立刻理解了:那些细长的东西都是人。

树林深处,吊着数十人。

虽是冬季,但尸体搁置了一段时间之后也会腐烂。其中有和掉在教练车上的青年一样比较新鲜的尸体,但大部分明显呈现出了腐烂迹象。有些尸体的肚子鼓得状若气球;有的眼球暴突,全身皮肤已经变成暗褐色;还有的好似熟过头的果实一般掉在了地上。一些尸体身上的腐肉已经绽开,露出白骨,可能是遭受过鸟类的啄食。我又低头看了看树根,那儿乱七八糟地扔着大大小小、各式各样的破烂,也就是被用来当成梯子或者垫脚台的东西。甚至还有人把大型摩托和自行车靠在树边垫脚。

我这才明白了老师那句话的意思。"后来的人",意思就是在青年之后来到山里的某人用了他的垫脚台,拿来上吊了。这些树上挂着的人全都是出于同一个目的才来到这儿的。

我想吐,但好在我没吃早饭,胃里没东西让我吐。

老师倒是一副若无其事的态度："你听说过吗，腹地自杀？"

"就是跑进山里自杀，回归大自然一类的？"

"对、对。看样子这儿也流行起来了。"

这世界上最后一本畅销书，就是自杀指南。自打大家知道"那东西"要落到地球上，被绝望、恐惧、无力吞没的人们便像商量好了一般选择了自杀。大家尤其喜欢在一个被大自然包围的环境中自杀，这就是所谓的"腹地自杀"。在树海、溪谷、绿野环绕下死去，仿佛草木枯朽之后回归大地，灵魂与自然融为一体云云。

我之前一直先入为主地以为海外要比日本更盛行腹地自杀，没想到在如此偏僻的地方也出现了这种死法。在壮丽的大自然之中永眠也就罢了，特意跑来这种狭小的山窝里自杀，这也太……想到这儿，我不由得心生怜悯。

"您早就知道了？"

"没有。我要是早就知道，怎么会带你来这儿呢？算了，不是他杀就好。"

老师面色如常，说了句"好啦，回车里吧"。就算世界濒临毁灭，她的态度也未免太过适应突发情况了吧？

我其实并不知道砂川老师的全名，因为太宰府驾校的老师们身上挂的名片只会写一个姓氏的片假名。我也不知道她的年龄。她看上去30多岁，但我并没有问过她究竟多大岁数了。她住哪儿，她有没有家人，这些我全都不清楚。

不过，一些不痛不痒的事倒是听了很多，比如她以前是柔道部的,吃饭很快,还是东京养乐多燕子队[1]的老球迷,等等。

不是他杀就好。那如果是他杀的话,老师要怎么做呢?

※

"最好能死在山窝里回归大自然什么的,太虚伪了。"

"您的意思是,这不是大家的真心话?"

"没错。不就是不好意思公开说'既然想死就死外面去,别给人添麻烦'而已吗?"

开过那片腹地自杀的热门地点,我们重新开始了山路教学。我在大坝管理处附近的停车区域拐了个弯,一边行驶在下坡路上,一边练习起了发动机制动。

发动机制动,指的是利用发动机转动的阻力进行制动。也就是说,行驶中松开油门踏板,仅靠轮胎的旋转力驱动汽车,就能轻松增加负荷了。简单来说,这样做的目的就是避免过度使用脚刹,只需要降低挡位,松开油门即可。可是,刚才那一幕幕不断在脑中闪回,说实话,我根本没有心情开车。

"两个月前,就是自杀者的数量每日超千人的那阵子,突然开始流行起了腹地自杀这么一个可疑的概念。因为遗体数量多得处理不过来,扔着不管又会腐烂掉,搞得公寓住宅频发异臭,解决办法就是跑到山窝里自杀。到死都得照顾别人的感受啊……真

---

[1] 日本职业棒球队。

让人忍不住掉泪……"

"原来如此……"

短暂的停顿过后，老师突然"啊"了一声，拍了一把膝盖。

"我不是说小春你的爸爸不照顾别人感受哟。"

车内的尸臭味儿尚未消散。我虽然降下车窗尝试换换气，但那股生物死亡腐烂的味道已经浸染到教练车的座椅里了。外面的冷空气灌进来再多，也消除不掉这股味道。听老师一提，我才想起了被扔在家里的父亲。

"为什么要自杀呢？"

砂川老师的这句话听上去十分冷漠且残酷，但我能懂她话里的意思。

发现父亲挂在梁上的尸体时，我也惊呆了。我不懂他为什么要做这种傻事。再等两个月日本列岛就会分崩离析，所有人都能毫无痛苦地死去。那个吊死在路中央的年轻男人，还有父亲，他们明明没有必要特意选择这种痛苦的死法才对啊！

"不过，他们的恐惧，我倒是能理解。"

"自己主动去死不是恐怖得多吗？"

"嗯，你说得倒也没错。"

开下山路后，我再度挂挡，左拐回到来时的县道上。开了一会儿后，某个焦茶色的东西突然从视野角落一闪而过。一瞬间我以为那是只小型犬的尸体，因为我最近常在路边看到饿死的狗。定睛一看，路边栏杆旁供着一些花束。绑着花枝的蝴蝶结已经散开，花瓣也变成了褐色。这片住宅区离天满宫很近，眼前这个地方，就是两年前发生的那起令人痛心的事件的事故现场。记得是在前年的5月中旬，一个醉驾司机开着卡车冲进了放学的一队小学生之中，一个小学三年级的女生和那个司机当场死亡。

事故现场一直都供奉着鲜花，但现在鲜花也已经彻底枯萎了。之前献花的人，如今是否也逃难去了呢？

回程一路无事，正好用了二十分钟抵达驾校。

驾校停车场里整整齐齐停了四十九辆教练车。个个都是四四方方的白色小车，如果去掉车身上贴的"太宰府驾校"几个字，它们简直就和出租车一模一样。据砂川老师说，太宰府驾校的教练车用的都是丰田的COMFORT系列，这个车系本身就是以教练车和出租车的使用为前提生产出来的。

柏油路面上画着线，五十辆教练车按编号停放。除了我现在正开着的这辆32号教练车，停车场已经被其他车辆停满了。我费了半天力气把车子停好，副驾驶席上传来一句早没了干劲的话："好，辛苦了。"

我抬腕看表，正巧10点。真是个健康的时间段。山路培训正好在一个小时内结束了。

我一分钟都不想在这个飘着恶臭的空间里待着了。正当我抓住车门把手想马上逃跑的时候，老师喊住了我。

"我送你回家吧。"

"啊？怎么送啊？"

"那当然是开车送喽。"

她在副驾驶席上伸出了手，轻轻敲了敲方向盘。她虽然几乎每天都在驾校和我见面,但提议开车送我回家还是头一回。

"不用了,我走路五分钟就到家了。"

"这不是距离的问题啦,那个……你接下来是不是要把你爸爸埋在院子里?"

我点了点头,于是她又问:

"和你弟弟两个人埋?"

我和老师面对面互相望着。人的面部不可能做到左右完全对称,但面部不对称这一点在砂川老师的脸上显得尤为明显。她右眼是双眼皮,左眼却是单眼皮。再加上她笑起来习惯上提右侧的面颊,所以左右的面部表情极为不同。

"我自己埋,我弟弟一直躲在他的房间里不出来。"

"我帮你一起埋吧。"

我郑重地拒绝了老师的好意,走下了车。一个人做这些的确辛苦,但让别人来自己家就更麻烦了。

不,不是的。其实我特别希望老师能送我回家,也特别希望她能帮我一起把父亲埋葬了。可我就是死活开不了这个口。

我瞄了一眼那个"临时驾照训练中"的牌子,打开了后备箱,麻利地掏出了自己的书包。砂川老师随后也下了车,用胳膊肘撑着车顶,对我挥了挥手。她中指上挂着的车钥匙摇晃着,那只看上去十分诡异的粉色猴子也把脸冲向我。

"那再见了,明天9点上课哟。"

"谢谢您。明天见。"

"嗯,明天是高速教学哟。"

我已经把练习日程表忘得一干二净了,听到老师这句话的时候我惊得僵在原地。练完山路之后就是练高速路啊?看来技能训练的环节终于快要看到曙光了。

话说回来,高速路现在还能正常使用吗?我虽然心有怀疑,但如今也没必要在意这些细节了。我向老师行了个礼,转身向家走去。

我家就住在参拜道附近,是位于御笠川边上的独栋房子。因为我家是在家庭经营的便利店背后硬加了居住区域和停车场,所以整体给人一种十分强烈的局促感。不过现在,停车场空出了一辆车的空间,或多或少能显得宽松些。

家里的停车位本来停了双亲的两辆车,如今却只剩下了父亲的N-BOX。母亲失踪,距今已经过去了四个月。

我特意用很大的力气拉开家门又猛地摔上,用巨响代替那声"我回来了"。随后,我听到二楼拉动椅子的声音,还有些微的脚步声。弟弟是想用这些声音表达"知道你回来了",还是说,他只是碰巧站起身而已?

我回了家,弟弟就在二楼弄出些响动,表示他人在家。一楼是我的地盘,二楼则是弟弟Seigo的居所。

每次从驾校回到家,我都会对一直待在家里的弟弟产生新的惊讶情绪。他为什么就不愿意远远逃离此处呢?虽然生活在同一屋檐下,但从两年前起,我们姐弟俩就很少再说话了。难道他是打算就这样和我一起生活,直到世界末日吗?

毕竟,67天之后,那个东西就要从天而降了。

2023年3月7日，直径超过7.7千米的小行星2021 INQ 2——通称"忒洛斯"，将带着相当于4500万吨TNT火药的动能，与地球的轨道相交。随后，它将以与地面成20度的低角度冲进地球，划过中国上空，向东南角飞去，最终撞上熊本县阿苏郡的地面。

忒洛斯被发现于2021年7月15日，距今约1年零5个月。观测到它的地点是克罗地亚的维桑詹（Višnjan）天文台。

接近地球轨道的天体统称为近地天体，其中尤需警惕那些可能冲撞地球的天体，即"潜在危险小行星"（Potentially Hazardous Asteroid）。史密松天文台的小行星中心虽然将2021 INQ 2加进了潜在危险小行星的名单中，但一开始，天文台只是将它和其他诸多具有潜在危险的天体列为同等级，并未对其予以重视。

每一次观测2021 INQ 2的运行轨道，都会显示它撞击地球的概率一次比一次高，但其危险性一直没有公之于众。此后，各国政府相关人士都表示"当初没有公布只是不想引起国民的不安情绪"，但事实上，他们只是想掩盖事实而已。

事实最终在2022年9月7日被公布，也就是距今10个月前。国际太空卫士基金会举办的新闻发布会面向世界各国进行了现场直播。

"请大家冷静地听我说。从今天开始计算，半年之后，也就是2023年3月7日，小行星将会撞击地球。"

毫不知情的民众陷入了巨大的恐慌、混乱与失措状态。2021 INQ 2的远日点在火星轨道的外侧，近日点则在地球轨道的内侧。它沿着一个巨大的椭圆形隧道进行公转，所以很难被发现，等实际观测到已经为时已晚……基金会的直播如此解释，可这解释怎么听都像个恶意的玩笑。各国产生了大规模暴乱，自9月7日直播起，仅三周全球就有1.5亿人丧命。于是人们将这一天命名为"厄运星期三"。

其中尤以日本最为混乱。理由很简单——公布的撞击地点就在日本。全世界最不幸的地点，就位于熊本县东北部的阿苏郡。亚洲及大洋洲的居民开始大批迁徙，从预测的撞击地点向南美洲逃去。到今天，也就是12月30日，全日本的人口所剩无几，更别提九州了。

据某位专家称，届时巴西和熊本的情况是相同的，忒洛斯撞击地球后，受最初的冲击波影响，全世界将有超过30亿人丧命。此后，陨石坑将喷出大量粉尘，停滞在对流层附近，持续遮蔽阳光，影响全世界的气象环境。苟活下来的约50亿人将要面临饿死、冻死的命运。也就是说，无论怎么做，人类都是死路一条。可即便如此，人们还是本着逃到离日本越远的地方就越安全的信念，踏上了旅途。

我父亲是个胆小鬼。他虽然很爱在家人面前摆出一副高高在上的样子，但因为胆子小，所以一定会嚷嚷着"我不想死，我们从九州逃出去吧"；然后，母亲会赞同父亲的意见，我们一家四口一起试着逃亡海外——在小行星的存在被公之于众的时候，我就在心中描摹出了以上这些情节，并且对此深信不疑。

父亲是个很有行动力又只爱自己的男人，母亲是个爱操心又唯唯诺诺的女人。二十年前，我们家和大型连锁店签了特许经营合同，开了便利店。父母专职开店，做起了这摊买卖。我家店距离全市最有名的观光地徒步只需五分钟，或许是地段的优势，家里的经济情况一向稳定。我们家虽称不上是什么感情深厚的美满家庭，但也没到反目成仇的地步。在我心里，我家就是平平无奇的普通家庭而已。

实际上，9月7日那天的直播尚未结束，父亲就已经在店里东奔西跑起来。他搬走了罐头和一些软包装食品，还有洗发水、护发素、洗手用的香皂……总之，就是把便利店里的各种库存能拿的全都拿回家了，保证在附近居民赶来抢夺商品之前先稳稳独占。父亲说，他是为了一家四口逃出海外才收集了这么多物资的。

然而，第二天一大早，母亲就失踪了。

或许地球毁灭前，她还有其他想见的人吧。又或许，她是想独自一人悠然自得地迎接世界的末日吧。无论是哪一种，总之，母亲想与之相伴的并不是父亲，也不是弟弟Seigo，当然更不是我。自那之后，母亲便杳无音信了。

父亲因此大受打击，瞬间没了精神头，变得仿佛行尸走肉一般。在很长一段时间里，他什么都不做，就只是呆坐着浪费时间。终于，他在前天自杀了。

我呢，倒是比想象中要冷静些。父亲的死和母亲的离别都只是略早些降临而已。前后误差不过几个月罢了——我就这样告诫自己，其实也没什么不能接受的。

我突然觉得肚子饿。目击腹地自杀的现场之后，我原本彻底丧失了食欲，可身体还是诚实地反映着生理情况。

父亲当初从便利店搜刮来的罐头、瓶装水、干面包、杯面、软包装食品、零食、果冻、饮料等应急食品在厨房里堆成了一座高山，不过如今已经减少到一半以下了。我审视了一会儿眼前的小山，挑了两盒猪骨味拉面。

我用烧水壶在浴缸里舀了一壶水，再用便携炉子烧开。现在没有天然气，没有自来水，也没有电了。浴缸里存的水也都是从河边挑回来的。

10月3日，政府向九州全域、中国地区[1]、四国的部分区域发出避难建议。但也只是"建议"，并非命令。不听从避难建议，依旧留在九州的那些居民也不会受到任何惩罚。况且，就算逃出这些区域，也得不到任何食物和住处的保证。所以，政府单纯只是"建议"。估计国家也根本不知道福冈还生活着像我这样的奇特居民。

10月19日，停电，此后电力再也没有恢复。紧接着，自来水和天然气也断了。听砂川老师说，除了一部分地区，九州基本停掉了全部电力，企业及一般家庭的电力供应都被掐断了。

虽然生活的基本供给大部分被切断，人倒也不会马上就死。我把尼龙绳系在桶上做了一个打水装置，将流经家附近的御笠川里的水大量储存在浴缸中，再一点点过滤，煮沸使用。这样虽然麻烦，但能保证定期清洗身体和头发，还有牙齿，也算是为了保证自己活得还像个人而做的努力吧。

---

[1] 中国地区是日本的一个区域概念，位于日本本州岛西部，由鸟取县、岛根县、冈山县、广岛县、山口县5个县组成。与"中华人民共和国"的"中国"没有任何关系。

烧水壶发出吱吱的声响，我将热水注入第一盒猪骨拉面中。暖融融的水蒸气温柔地拂过我的脸颊，与此同时，猪骨汤那独特的香气也钻进了鼻腔。或许是这种味道刺激到了嗅觉吧，今早在山中闻到的尸臭味儿被我的大脑擅自唤醒。我暂时放弃了吃东西，只泡了Seigo那份拉面。

没电的情况下用不了冰箱，所以我们的饮食主要是些罐头和速食品。为了控制食量，一天只吃两顿。虽然对饮食的小小不满与日俱增，但为了能活到世界末日，必须控制自己少吃些。

我一只手端着摆了面碗的托盘，另一只手拎着2升的水瓶，谨慎地走上楼梯。上了二楼，我走到Seigo的房门前，故意清了清嗓子。

"拉面。"

我可不想说什么"饭做好喽"一类的话来徒增火气。自然，门内毫无反应。

弟弟会随时随意吃我辛苦准备的应急食物，只把吃剩的垃圾扔到门外。有时候他根本不碰，就那么把食物留在走廊上。如果可以的话，真想像你一样任性地生活——我很想把这句牢骚扔给他，可不巧的是，Seigo彻底地躲开了我。

我有意发出些声响，把托盘摆在了他的房门前。

"我现在要去把爸爸埋了。"

要去埋了。我要去把他埋了。后面还能说什么呢？我想不出来，于是没有继续说下去。只要说一句"你能来帮我一把吗？"就好，还是——

"你要和他告个别吗？"

果然毫无反应。隔着门，只能听到椅子发出的嘎吱声。

我也没指望他有什么反应。弟弟一直很讨厌父亲，要是父亲死了就能促使他走出房间，那才真是太阳打西边出来了。

其实，弟弟并不是因为对人类的命运感到悲观，所以才把自己关起来的。他从很久之前，早在公开小行星即将撞击地球的新闻前，就躲进了二楼的房间，过起了与世隔绝的生活。

我下定决心，独自走下楼梯，进入了父亲长眠的那个日式房间。今年的气温要比往年低很多，也亏得这低温，父亲的遗体既没有腐烂也没有发臭。但尸体还是那么沉，他以一种独特的姿势蜷缩在榻榻米上，我怎么拉扯他的手脚，都无法让尸体变成仰面的姿势。这样我根本搬不走啊。

我倒是想过把尸体当成一个球，转着他移动。可榻榻米的摩擦力太大了，怎么推尸体都纹丝不动。无奈，我甚至抬脚去踢，可还是没用。我把拖把垫在父亲和榻榻米之间，用杠杆原理尝试撬动尸体，没用。我还从便利店后院找来了平板车，可我甚至没办法把平板车塞到遗体下面去。早知如此，当初就该请老师帮忙啊。我真是越来越后悔了……

我开始在心里暗暗咒骂自己。没耐心，没力气，还想独自埋那么大一个男人？话又说回来，我甚至连掩埋的地点都没选好。我究竟想干什么啊？

我家没有院子，外面的路面又是柏油浇注的。附近小学的操场倒是有沙坑能埋，可我要如何把尸体运过去呢？一路踢着他的尸体吗？

我越琢磨越觉得，自己真是太欠考虑了。

我又推又敲又踢，总算是把尸体弄到了大门外，整个人也已经汗如雨下了。

"爸爸，我就送你到这儿吧。"

我把父亲的尸体留在了遍地是垃圾袋的路上。从9月中旬起，收垃圾的车子就再没来过。我挥舞双手拼命赶着苍蝇、蚊虫，强忍着呕吐的感觉。虽然只是将尸体从室内转到了室外，但把他一直留在家里也不是个办法。

"抱歉，把你放在这种地方。你就忍忍吧。"

我嘴上道着歉，不知为何却感到一种难忍的焦躁，于是我冲着父亲的小腿轻踢了一脚。和Seigo一样，我也不喜欢父亲。

最后一次清楚地看到Seigo的脸还是在三周之前。当时我刚从房间里出来，正巧撞见他。Seigo的金发长出了黑发根，成了个布丁头。在我不知道的时候，他还多出了几个耳洞。至今我还记得他耳朵上有好几处在闪闪发光，好似星空一般。

我记得弟弟读初三的时候曾经霸凌过同学。

当时父母每天都会被喊去学校，家里的气氛好似灵堂一样。当时这件事险些闹上法庭，不过最终受害的学生选择了转校，事情才算不了了之。

虽然闹成这样纯粹是弟弟自作自受，但发生这件事之后，他因为在学校没有了容身之处，拒绝再上学，甚至连毕业典礼都没出席。自那之后过去了两年，他没去念高中，也没去上班，甚至也没出门玩，一天到晚只知道在自己屋里待着。

在他如坐针毡般的日子里，我既没有安慰过他，也没有斥责过他。作为姐姐，我只对这个弟弟搭过一句话："你在做什么呢？"自那之后，我们再未交谈过。

如果那一天我说了点儿别的，那世界末日之时，还会存在一个我们姐弟间拥有对话的未来吗？算了，别想了。明明没什么感触，又何必沉浸在感伤之中呢？

我在父亲的尸体上盖了一层塑料布，随后返回家中。问题一个都没解决，我只是用遮遮掩掩来假装无事发生。

可能是搬运尸体花费了太多精力吧，等醒过神来，太阳已经落山，夜色将近。一想到自己这一天要在脚踹父亲的过程之中结束，我就满心空虚；可转念一想，要不了多久，头顶就会显现漫天繁星，我又感到了一丝慰藉。我躺在起居室的地毯上，有一搭没一搭地玩着手机，等待星星的到来。

如今，手机也基本上没法儿用了。两个月前发生的那场九州全境大规模停电，令手机的使用范围大幅缩水。那些手机运营商倒是一直宣称："要为九州营造放心安全的通信环境，直到最后。"他们呼吁在县政府和办事处设置一部分应急基站，还有使用太阳能电池的基站——这些基站都是永远不会停电的，据说它们至今仍在运转。此外，政府还派出了有线无人机中转基站和传播基站等移动型基站，持续着之前的活动。

可现在能收到信号的区域接近于零。终端之间的通信是通过无线基站这样一种无线通信装置来实现的。为了保证通话的范围,全国各地都设有无线基站,数量相当多。平时各无线基站会覆盖一定范围的区域,也就是通信小区。可一旦停电就会令电池的电量耗尽,因此大部分通信小区失去了信号。接下来是那些不停电的基站,它们也在一次次的台风暴雨之中逐一停止了运转。人手极端不足,导致信号塔和传输线路的复原工作始终毫无进展。

因此,我的手机现在已经成了一个相册,我只用它来重温以前拍的照片,还有过去和朋友的聊天记录。但是,光是用这些功能,我也受不了手机电量掉到百分之十几。无奈,我只好躺着开始转起了手摇式充电器。这个带USB线的充电器是之前应急买的,也是我唯一的发电装置。不过这玩意儿的效率很低,想给手机充满电的话要花费好几个小时,得超负荷使用手臂。

可是……我在心里嘀咕,比起每天早上在电车里摇晃,到了公司要工作满八个小时,那还是摇充电器更好些。大学同学全都骂骂咧咧头也不回地离开了老家,可我却没有。毕竟大城市房租那么贵,饭钱和水电费也高得离谱,加上我自己本身也没有那种独立坚强生存下去的心气儿。

事到如今,后悔也已经晚了。而且,也没什么后悔的必要了。无论是留在乡下还是跑去大城市享受生活,反正大家都要死了。

我把手机放到一边,毫不犹豫地把窗户彻底推开。外面的空气猛然涌入屋内。冷风吹着额头,舒服极了。对面地平线消失的那片红色夕阳还残留了一点点余晖,照耀着整个住宅街。但幽深的夜色已渐渐降临,天空变得澄澈。可能是因为空气比较干燥,大气中的水蒸气含量降低，所以冬季是最适合观测天象的季节。

夜晚的西南天空，木星和土星并列在一起，闪着明亮的光芒。紧接着，好似被那光芒指引着一般，冬夜的繁星逐渐浮现出来。南鱼座的α星好似将水瓶中溢出的星星们一饮而尽。看到这一幕，我顿时放心地舒了一口气。直到昨日，天空都笼罩着厚厚的乌云，我还担心夜空会永远那样灰暗下去呢。

在闪耀着的冬季星座之中，我尚未发现忒洛斯的身影。据说只有最后的寥寥数日，我们才能凭借肉眼观看到忒洛斯。

我望着夜空喃喃自语：

"请将我混沌的未来，彻底撞飞吧。"

即便未来小行星的运行轨道出现偏离，最终没有撞到地球上，但比起再回到过去的日子，我还是觉得死掉更好。将恶魔忒洛斯召唤来的，一定就是地球自己。忒洛斯是被地球的引力吸引来的。

福冈的人口现在已经减少到什么程度了呢？反正我身边只剩下弟弟和砂川老师了。

我现在有一个小小的梦想，就是独自开车去熊本，在预测的撞击地点等待末日来临。我自己也觉得这个念头很离谱，可我依然想去。

但我这个人有不可救药的拖延症，所以一直只在心里想着要去熊本，却没有采取任何行动。现在是12月，小行星撞地球的日子已经迫在眉睫，我至少得在年后订好计划……想到这儿，我便走进了那所自从拿到临时驾照后就再也没去过的驾校。在那儿，我见到了砂川老师。学校的其他老师和办事员都不见了，当然，半个学生也没有。

由于石油出口国组织，以及美国、俄罗斯、加拿大等资源大国开始严格施行原油输出限令，燃料短缺问题开始在全世界范围内加速蔓延。大城市里加满了汽油的车成了人们抢夺的对象，可太宰府驾校的五十辆教练车却毫发无损，全都留在原地。福冈的人已经少到连个贼都不剩了，就算不锁门也没人来偷东西。

"你来这儿干什么啊？"

这就是当时老师对我说的第一句话。我说我是来考驾照的，老师随即摆出一副观察罕见昆虫的表情，目不转睛地盯着我。

"为什么特意来考驾照？既然拿过临时驾照，那开车的技巧应该也大致掌握了吧？"

"呃……但是没驾照不太好吧？"

"你这说法蛮搞笑的。现在全世界都算法外之地喽。都到这时候了，你还在意无证驾驶吗？"

"可是……老师您不是也在吗？"

老师是个怪人。据说确定地球很快就将毁灭的第二天，她依然和平时一样去上班了。自然，她的同事一个都没来。从那时起，砂川老师不时就会跑来驾校露个脸，于是也就偶然碰见了我。她说驾校汽油管够，所以就带了野外用的汽油炉过来取暖。

她拿出教习记录单——那是记录学员的学习状况和个人信息的公用表单——寻找我的名字。

"小春，你叫小春，是吧？我记得你，我是第一个负责教你的教练。"

砂川老师似乎清楚地记得她曾经教过我，可是我却对她没什么印象了。太宰府驾校的实技教练每次都会换，只要不是专门点名，我每次去都会轮到不同的教练，从没重复过。

"你可真是个怪孩子，小春。"

就这样，我在人生最后的几个月里，再一次学起了车。

※

一大早醒过来，我头脑昏沉地抓起红色马克笔，走向起居室墙上挂着的日历。我在今天的日期上先打了个大大的红叉，然后又涂成了一片红色。这是最近倒数残余日期时必做的一件事。距离恶魔降临还有66天。今天是12月31日，新年前夕。

昨晚那种反胃的感觉虽然并未消失，但天一亮肚子还是饿了。我喝了一份速食粥，饭后还享用了一杯大吉岭袋泡茶。看来我这个人心还蛮大的。

垃圾箱里胡乱扔着一个空了的拉面碗。看来弟弟是趁我睡着时偷偷下过楼。

我突然想起一件事，砂川老师要怎么填饱肚子呢？

大部分超市和便利店在"厄运星期三"翌日就关门了，现在这地方没有任何一家店还在贩卖食物。一不小心开了店门的那些店铺，瞬间就会被化身暴徒的居民们洗劫一空。

老师要上哪儿去找吃的呢？她看上去倒也不像是快要饿死的样子，所以应该是自己想办法果腹了吧。

"我是不是应该给她带点儿干面包呢？"

我瞄了一眼平时随身背着的书包，小声嘀咕。最近我越来越喜欢自言自语了。一番苦恼之后，我把一袋干面包、两根谷物棒、一盒小熊饼塞进了衣兜里。

手电筒、手帕、纸巾、手摇式充电器、手机、生理用品、折叠伞、便携酒精消毒液，我将这些必需品都装进书包里。再加上又塞了些食物，这书包满得简直要爆炸了。虽然现在出发可能有点儿早，但也差不多该走了。

我刚一推开门，就听到新町通方向传来一阵引擎声，那声音越来越近。随后，一辆黄色的吉姆尼出现在满是垃圾的马路上，开到我家门口停了下来。这辆车我还是第一次见。紧接着，驾驶席这边的窗户缓缓降了下来。

"早上好，今天蛮晴朗的，是个好天气哟。"砂川老师的脸出现在窗户背后，她扬起了右侧嘴角笑着，"我拉你去驾校。"

连声招呼都不打就擅自出现在我家门口，她究竟想干吗？还没做好心理准备就被迫和人聊天，真是糟透了。我明显感觉到自己的脖子在疯狂流汗，脸也不受控制地红了。

"您知道我住哪儿？"

"什么知不知道的，驾校的记录单上都写着呢。"

的确，驾校的记录单上清楚地写着所有学员的生日、住处，还有电话号码。教练们可以随意翻阅。想到这儿，我下意识地皱起了眉。

"你很讨厌这样？"

"倒也不是讨厌……"

我语无伦次地回答着，但老师并没有搭理我，而是伸长脖子仔仔细细把我家打量了个遍。随后，她的视线停在了被扔在地上的那块塑料布上。

"我是想来看看你爸要不要紧，但看上去倒是收拾得还行。"

我缩着身子小声说了句"对不起"。于是老师露出一个微笑："快坐上来吧。"

我行了个礼，随后坐上了老师的爱车。因为原本就是步行几分钟的距离，所以我们转瞬间就抵达了驾校。

走进正门，右手边就是办事处和教练们的休息室。左手边则是通向停车场的入口。二楼是三间学习理论知识的教室。我们俩熟门熟路地径直走进了办事处。门口的桌子上摆了一堆车钥匙，每一把上面都是一只大得离谱的猴子吉祥物。驾校这五十辆车子的钥匙之前都是锁在保险柜里的，如今早没人管理这些了，它们也就都被随意扔在了外面。

"今天咱们开几号车？"

"只要不是昨天那辆就行。"

"昨天那辆确实有点儿臭，是吧？我记得是32号？"

如果是在以前，教练车辆是靠有预约功能的配车机器来分配的。不过现在，我们想坐哪辆都可以。

"那就选28号吧，好吗？"

"可以啊，为什么选这辆？"

"它就停在一排车的最边上，比较方便开出来。"

"原来如此。"老师笑了，随后将桌上标着28号的车钥匙捞起挂在中指上。

本日的实操课程是共计16节课中的第14、15节，需要在高速公路上行驶。过了这一关，再通过一个实操考试，就算是达到了砂川老师定好的合格标准。

高速教学的路线已经设定好了，从筑紫野IC出发，纵贯九州公路，再途经鸟栖JCT，开进大分公路，目的地是甘木IC。整条路线总计约20千米。

当时，因为太多人开着私家车想穿过关门海峡逃向本州岛，于是蜂拥至九州公路，所以上行线路上发生了大范围的连环追尾事故。据说从福冈IC到门司，一路都是车祸留下的车辆残骸，驾驶起来极其困难。不过甘木那边的下行线倒是比较清静。

从9月7日公布小行星撞地球的消息开始，到10月末，日本全国——不，是亚洲和大洋洲全域的民众都开始涌向国外，大部分人是奔南美洲去的。但除了南美洲，美国、加拿大、欧洲各国、南非还有纳米比亚等国家也都很热门。听说欧洲各国开始限制"小行星撞地球难民"入境后，很多人哪怕逃离了日本，也被迫止步于中亚地区。不过，如今我们就连这种坏消息也收不到了。

我重新背了背身上的书包，走出了办事处。我们两人穿过校舍，向停车场走去。

"怎么样？第一次接受高速教学紧张吗？"

"没有我想象中那么紧张啦。"

"是吗，蛮罕见的嘛。"

"反正现在路上基本也没有别的车了。"

"对、对,要的就是这种态度。高速公路其实就只是一条长长的公路而已。它甚至比开一般的路都简单呢。你放轻松就好。"

28号车就在一排车的最边上,看到它的车身后,砂川老师向副驾驶席走去。

"那你把包放后备箱吧。"

"好的。"

我小声答应着,走向了车尾。在摸到后备箱开关的那一刻,我突然产生了一种仿佛迷雾一般朦胧的违和感,不由得暂停了动作——它看上去明明和其他教练车并无两样,可总感觉哪里怪怪的。

不知为何,我的脑海中突然浮现出父亲的尸骸,那手脚蜷曲、缩成一小团的后背。紧接着,在山路教学时见到的大量上吊尸体也出现在脑中。

很快我就明白了。是气味。是那种气味唤起了我的记忆。从紧闭的后备箱缝隙里,涌出一股难以言喻的强烈尸臭。

我战战兢兢地打开了后备箱,看到眼前景象的瞬间,我发出一声惨叫。

眼前躺着一个陌生女人,她整个人手脚被折叠着塞进了后备箱——已经断气了。

"小春,怎么了?!"

听到我的惨叫,砂川老师急忙冲了过来。看到眼前这一幕,她顿时也噤声了。

那女人面如白纸，没有一丝血色，一双眼圆睁着。富有光泽的黑发胡乱遮挡住了一大半面孔，但想象得到，她生前留的应该是清爽的短发。

确定此人已死亡的证据，是她身体上的割伤。从胸口到腹部，遍布多达十几处深且长的伤口，甚至能从伤口处隐约看到内脏一类的东西。

她的双手被绑缚着，胳膊高举过头顶，摆出一个祈祷的姿势。十根手指的指甲全都脱落了，指头染成了血红色。我已经吓得浑身无力，瘫坐在了柏油路面上。

砂川老师则简短地说了一句：

"是他杀。"

老师这句话说得清清楚楚，可我却搞不懂她的意思。我感觉自己好似沉浸在浴缸底部，四周的声音全都混沌地回荡在耳畔。他杀，也就是说，是有人把她杀掉了，是这个意思吗？是谁杀了她呢？看她死得这么惨，死前一定非常痛苦吧。凶手是谁？是如何把她的尸体运进教练车后备箱的？

疑问接二连三地冒了出来。我脑中最大的一个疑问是：倘若存在一个凶手，那这个凶手究竟为什么要杀了她呢？

动机是因为私人恩怨吗？——可是大家很快就都会死了呀。

那是因为金钱纠纷？——可是大家很快就都会死了呀。

是因为感情问题？——可是大家很快就都会死了呀。

再等两个月，所有人都会死，何必现在杀了她呢？

"……这个人是谁啊？"

"不认识。不过能确定一点：她是被人杀害的。——8点44分。"

砂川老师看了一眼手表，确认了一下现在的时间。她为什么会如此镇定啊？我对她的冷静感到不可思议。老师绕到了驾驶席这边，从仪表盘旁拿出了一副新的驾驶手套给自己戴上了。而我就那么呆坐在地上，傻傻地看着老师的一举一动。

随后，她走到尸体前，闭上双眼合掌。这个动作虽然只持续了几秒钟，但我却觉得十分漫长。老师缓缓地睁开眼，仿佛接触玻璃制品一样，手法谨慎地去触摸女人的身体。

女人的双眼圆睁着，永远地凝固了。老师把她的眼皮又拉高一些，从自己胸前的口袋里摸出一支笔，按开了笔头的小灯，又用灯光照了照尸体的瞳孔。老师的这一系列动作相当流畅，似乎早就预料到会有这种事发生。

"小春，你把眼睛闭上吧。"

光是闭上眼睛能有什么用呢？那女人的脑袋歪着，脸直冲着我。虽然早已丧失生气，但仍看得出她相貌出众。嘴角微微上翘的模样很有特点，想必也是她的一大魅力吧。

我一边将视线从尸体身上移开，一边连滚带爬地后退。

我是因为28号车停在队列边上，所以才偶然挑到了这辆车的。虽然自己像是被什么力量牵引着，从五十辆车里挑到一辆后备箱装着尸体的车，但这一切都只是偶然罢了。

"这个人是什么时候被塞进来的呢？"

我的声音很没出息地哆嗦着。老师仍旧盯着尸体，回答我道：

"不知道,但至少前天不在这儿。"

"您为什么会知道?"

"从后背尸斑的按压消退和四肢的僵直情况判断,她被害还没过多久。推测死亡时间是30日,也就是昨晚的9点到12点。凶器是锐利的单刃刀具。刺伤创口宽度不一致,所以很难推测凶器的形状。不过,她胸口的刺伤很深,想必这个刀刃的长度和宽度都很大。

"全身有多处刺伤和割伤。其中大部分是生前受的伤,有生活反应[1]。身上还有数处皮下出血和烧痕。真过分啊,她死前应该承受了很久的折磨。"

听到老师接二连三地说出一串小说和电视剧里才会出现的专业术语,我不禁睁大了双眼。她只是个驾校教练而已啊,未免对杀人这种事太熟悉了吧。

"呃……就是说,她是刚刚去世?"

"嗯,不过我也不是专家啦,不敢保证推测的这个死亡时间一定正确。"

老师一边说着,一边翻动尸体,动作看上去异常熟练。她一边尽量不去触碰伤口,一边小心翼翼地寻找着死者留下的痕迹。

——你究竟是什么人?

"老师,您认识她吗?"

"怎么会?我头一次见她。你怀疑我?"

---

[1] 指有暴力作用于生活机体时,在损伤局部及全身出现的防卫反应。

"不是的。老师怎么会……怎么可能杀人啊？可是，一般来说谁会想到后备箱里塞着个人呢……"

我自己都觉得这句解释毫无逻辑。

"抱歉，抱歉，你不用解释啦。"砂川老师语气温柔地回道，"驾校大门没锁，办事处的门也是开着的，谁都可以进来，随意拿走教练车的钥匙打开车子的后备箱也没人管。凶手应该是趁我们不在驾校的这段时间，也就是12月30日上午10点至今，溜进太宰府驾校，把尸体塞进了后备箱。"

"从昨天早上到刚才的这段时间里吗……"

"没错，再加上推测的死亡时间，这个入侵时间段还能再缩短一些。"

也就是说，刚才这儿还站着一个杀人犯，或者眼下此人还在附近。光是想象到这一点，我就感到脊背发凉。

"老师，您昨天没留在这儿吗？"

"昨天山路教学一结束我就马上回家了。你看，今早我来接你的时候不是开着我自己的车吗？凶手可能是找不到什么能抛尸的地方了，所以才运来这儿的吧。在那个人看来，这儿只不过是个无人驾校而已。小行星都要撞地球了，驾校里怎么可能还有人呢？说实在的，要不是小春选了这辆车，我们也不可能注意到尸体吧。"

这座城市已经是鬼城了，但作为驾校学生和教练，我和砂川老师的师生关系还在继续。这一点一定是出乎凶手意料的。不过，一时间我也很难相信，这个凶手和被害女性，竟然也曾在太宰府驾校附近逗留过。除了我们，福冈竟然还有人类存在。

话又说回来，这名女性为什么会留在福冈？我仔细端详着她，发现对方身穿一身灰色的套装，脚上还穿着一双浅口鞋。都这时候了，她该不会还在工作吧？

我又环顾了一圈后备箱内部，除了尸体，这里还塞满了死者的个人物品，比如衣服和生活杂物一类的。一个看上去很好用的广口皮挎包，一副四方形银边眼镜——这些似乎都是被害者的东西。

老师从死者衣兜里掏出了她的随身物品。死者胸前的口袋里有一支用过的黑色圆珠笔和一支很新的三色圆珠笔，后腰裤兜里是一方手帕。

老师动作果断地打开了死者的挎包：眼镜盒、零钱包、手电筒、放生理用品的小包、放创可贴和头疼药的小包、小碎花纸巾盒、钥匙包，还有一双被塑料袋包着的运动鞋。因为我也是那种会把包塞得满满当当的类型，所以对她的东西很有共鸣。

老师轮番检查着这些东西，一会儿拆拆她的圆珠笔，一会儿又展开她的手帕，嘴上说着："没有任何表明她身份的东西啊。"

"那这个人的名字和住处就都是未知了，对吗？"

"嗯。不过或多或少能猜得出这个人是干什么的，有着什么样的性格。她年龄在35岁到45岁，从事的是社会地位较高的职业，比较富裕，十有八九是个律师；记笔记狂魔，视力不好，不过日常不戴眼镜也能生活；富有计划性，喜欢做妥帖的准备，说难听点儿就是过度操心。看来这个人和小春你很像呢。她估计是独居，没有家人伴侣。"

我迷茫地张着嘴听她说完了这些。老师怎么会滔滔不绝地讲出这么多的细节？而且看上去也不像是在胡诌……

"很简单啊。"

老师补充道。那一瞬间，我甚至产生了一种错觉：她就是小说里的名侦探。

"首先看这个包。它是真皮的，走线很细致。里面的小包也都是同一个牌子。虽然有可能是偷来的，但通过使用痕迹判断，它们极有可能就是死者的东西。也由此可以判断，她生活比较富裕。接下来是职业，可以通过她本人的状态来判断。头发乌黑有光泽，牙齿做了美白，说明日常要接待客人，做信用买卖，总之就是广义的服务业。右手中指有握笔留下的茧子。不是学生，但又要坚持学习——虽然我不太喜欢这个词——她应该是从事脑力劳动的人吧。"

"那为什么能确定是律师呢？"

"哦，是因为这个啦。"

老师拎起了死者上衣的衣襟。死者胸前别着律师的徽章。我不禁有些扫兴。

"之所以推测她是笔记狂魔，单纯是因为她口袋里的圆珠笔数量太多了。她胸前的口袋里不是夹了一支黑笔和一支三色笔吗？普通黑笔里的墨水都快用尽了，但是三色笔还是崭新的。也就是说，那支三色笔是应急用的。她知道自己日常会消耗大量墨水，甚至到了需要同时带一支备用笔的程度。嗯，还有什么来着？哦、哦，你看看死者的眼球。"

就算让我看，我也怕得根本无法直视。

"她没戴隐形眼镜，还把框架眼镜扔在后备箱里，说明她是需要戴眼镜的。不过她包里还放着眼镜盒，对吧？也就是说，一般她都会把眼镜放在盒子里。一个日常戴眼镜的人是不会特意还带着眼镜盒的。所以我推测她的视力应该是裸眼能够应付日常生活的程度。"

"那富有计划性，喜欢做妥帖的准备呢？"

"她包里准备了运动鞋和创可贴。脚上穿着浅口鞋，随身带着运动鞋，说明她很在意鞋磨脚的问题。她可能是穿着运动鞋走到半路，然后又在某处换上了浅口鞋。"

"那您怎么知道她是独居呢？"

"这只是我的猜想，因为她钥匙包里的钥匙是那种防盗性能比较高的凹点钥匙。独居女性一般安全意识更高。而且她手上也没有婚戒或者对戒。话又说回来，真有家人的话，她又怎么可能在地球快要毁灭的时候待在这种穷乡僻壤啊。"

老师滔滔不绝地说了一大通话，总算咽了咽口水暂告一段落。我震惊极了，且不说她的推论是否属实，单是对被害者物品稍作调查，就能做出这么一番有理有据的推理，这可真是令人难以置信。

"那么小春，你会在什么时候穿套装和浅口鞋呢？"

"找工作，或者是上班时？"

"还有吗？"

"呃，考试或者面试，参加一些典礼，去一些对客人着装有要求的店里，还有就是去向别人道歉的时候？"

"没错，简单来说，就是要和某人见面的时候。她在死前见过什么人，或者，准备要见什么人。"

"在现在这种情况下？"

"在现在这种情况下。而且，她最后见到的那个人杀死了她，还把她塞进了教练车。毋庸置疑，这就是一起杀人事件。"

单看遗体的损伤情况也能判断这是一起谋杀案。但当老师再次提起这几个字时，我的心脏还是猛地一抽。

"很抱歉，小春。今天的课程取消了。"

"是啊，毕竟发生了这么大的事。"

"嗯，必须找出那个害她惨死的凶手才行。"

一时间，我竟不知道该如何回应她。和她对视了片刻后，我总算张开嘴：

"找到杀人凶手之后，您要怎么做呢？"

"当然是要让他接受相应的惩罚了。"

"就是说，要逮捕他？"

"逮捕？嗯，没错。逮捕，逮捕他。"

老师一边说，一边"嗯""嗯"地用力点着头。

"为什么是老师去逮捕他呢？"

"因为总得有人做这件事。我当然知道这样会很危险，但凶手非常惧怕我这种人，所以必须由我来做。"

她这话什么意思啊？我歪着头等待她继续解释。

"在如今这世道下，凶手极度害怕自己犯下的罪行暴露。"

"是吗？但他的所作所为看起来还挺大胆的啊……"

"凶手原本可以把遗体扔在路边，却特意藏进了后备箱，看得出他是个相当谨慎的人。而且，这名凶手把能表明死者身份的一切物品统统带走了。女人的包里没有手机，也没有钱包，连身份证一类的证件都没有。"

如此想来，老师说得的确没错。死者明明带了零钱包，可重要的钱包却不见踪影。如果凶手觉得罪行暴露也无妨，那他只要把手机、钱包和身份证全都丢在现场就行了。可他却没有那么做。他特意跑去一个没有人的驾校里，甚至还锁上了后备箱——甚至还在锁了车之后，老老实实把钥匙还回了办事处。倒真称得上是一丝不苟。

"这城市已经没什么人了，他还试图隐藏证据，看得出是个卑鄙的胆小鬼。想必，他是非常惧怕像我这样一个直到世界末日都在追缉杀人犯的人吧。我会抓住他的。"

就算抓到了，然后呢？时间已所剩无几，是不可能完成审判和送检等复杂手续的。可是老师的表情实在太认真了，我无法指出这一点。

"小春，你也很不安，对吧？难道你想余生都在这个杀人犯出没的城市生活吗？"

"我当然不想，可老师您擅自这样做能行吗？我们得先报警才行吧……"

我一边说，一边觉得自己这种说法相当可笑。

若是在平时，拨打110之后，电话会被接听到该地区报警点附近基站的通信调度室，等在受理台边的工作人员会询问事故及事件的具体情况。对比报警人员的位置以及附近警察局、巡逻车的所在位置后，受理这通电话的工作人员会通过警用无线电下达命令，要求附近的巡逻车迅速赶往现场。而如今这套原本高效的信息传递系统早已瘫痪。没人知道警用无线电是否还存在。再加上警方应该早就人手不足了，通信调度室肯定不可能维持正常运转。

"总之，得先去找警察。"

"不愧是你啊，小春，做事真是一板一眼。地球都快毁灭了，你还觉得必须获得警方许可，是吗？好，那咱们一起去警察局吧。"

我一时间没能掩饰住内心的波澜，翻起了白眼。

"为……为什么要拉上我？"

"因为我害怕寂寞呗。"

我简直震惊到失语，这个人接下来可是要去逮捕杀人魔的，但却因为害怕寂寞，就要把我也拉进来吗？大骗子，这玩笑一点儿都不好笑。

老师似乎也没想确认我的意见。她又转身面向死者，伸出手去轻抚着对方的眼睑，帮死不瞑目的女人把眼皮合上。她的动作是那么温柔，我毫无来由地感到一阵悲伤。

"我们该不会……就这样直接开去警察局吧？"

"嗯，带上她一起走喽。"

老师表示，虽然把她放在后备箱里很可怜，但更重要的是保护现场。

※

现在不是在授课，所以老师让我坐在了副驾驶席上，她亲自开车。我们的目的地是距此处最近的警察局——福冈县太宰府警察局。

在还有两个多月地球就要毁灭的此时此刻，一个依旧去驾校学车的女人，还有教她开车的女人，这样一对怪人跑去警察局说"我们带来了一具不知何时被塞进后备箱的尸体"，警察会信吗？我甚至怀疑，这座城市的警察还在工作吗？

没人愿意在小行星即将撞地球的时候工作的。反正都快死了，大家肯定都想和重要的人一起死，或者去挑战一些之前没完成的事情吧。公务员也不例外。警察组织里估计不少人都离职了。

我有些不安地问："要是警察局里一个人都没有，该怎么办呢？"

老师紧盯着前方的路，动作华丽且没有一丝冗余地转动方向盘，回了一句：

"到时候再说，随机应变呗。"

说起来，我还是头一回坐在教练车的副驾驶席上看老师开车。

车子顺着西铁太宰府线，沿县道向西前进，驶入观世大桥路，仅用时五分钟就抵达了太宰府警察局。当我反应过来时，老师已经把车子停进了停车场。

"你不下车吗？"

我虽然不想跟着砂川老师，但是更不想和一具陌生的尸体一起待在车里。于是我慌忙解开安全带，紧追在了老师身后。

还没走进门，光是看一眼警察局的外观就大概能明白，太宰府警察局应该是没人了。可能是因为断电的缘故，玄关正面的自动门上贴了一张A4纸，上面潦草地写了"手动"两个字。

一进警察局，正前方就是一个综合咨询处，不过接待窗口那儿并没有人。环顾整个楼层，这儿不单没有半个人影，甚至连一丁点儿的人声和响动都听不到。在过往的人生中，我幸运地从未和警察打过交道，所以并不清楚平时的警察局是什么样子。不过我多少明白，如今的警察局确实是安静过头了。

按照指引牌所说，一楼是交通第一课、交通第二课、地域课这三个部门，二楼是总务课·局长室、会计课、警备课、生活安全课，三楼是刑事第一课和第二课。

咨询杀人事件的话……应该是去刑事第一课吧？我抬头看着综合咨询处旁边的楼梯。

"上楼吗？一楼好像没有人……"

"不，这可不好说哟。"

老师伸手指了指接待窗口，冲我使了个眼色。

无人窗口的桌子上孤零零地摆着一个桌面呼叫铃，就是在饭店收款台上常能见到的那个东西——按一下就发出"叮"的一声。桌面呼叫铃旁边贴了一张和入口自动门上字迹相同的便条，上面写着"有需要请按铃"。

"按了铃是不是就会有人出来？会是警察吗？"

"不知道哇。如果出来的不是警察可就头疼了。按一下试试呗？"

老师毫不犹豫地按响了呼叫铃。丁零零。高亢清脆的铃声回荡在高高的天花板之下。大约停了十秒钟，老师又把手伸向呼叫铃。正在这时，不知何处传来慢悠悠的一声："来了。"

那是一个年轻男人的声音，随后是迟缓的脚步声，都是从楼上传来的。

"来了，这就过来哟。"

有谁从二楼走了下来。"真的有人！"我内心不由得一阵雀跃。

目之所及是一双修长的腿。一个男人从二楼走了下来。他穿着一身好似丧服的黑西装，个头很高，身材瘦削，一头短发利落清爽，仿佛是从小行星撞地球的新闻出现之前穿越过来的一样，完全是普通社会人的模样，我甚至看得有些感动。

然而，随着那人影逐渐靠近，我的喜悦渐渐淡去。这个人——他应该是在太宰府警察局工作的警察吧——远远就看到他上扬着嘴角，满脸笑容地向我们走过来。直觉告诉我，这个人应该是我极不擅长应付的类型。

这个貌似是警官的男性一看清我们两人，就短促地"啊"了一声。

"这不是砂川前辈嘛！"

他的视线无疑是落在砂川老师身上的。我下意识地扭过头，只见砂川老师死死盯着他，好似要盯出个洞来。

"真的是您！来这儿有何贵干啊？"

老师先是露出一个吃惊的表情，紧接着十分不悦地皱起了眉。我完全搞不清楚状况。老师的姓氏很少见，所以对方应该没认错人。

男人十分熟络地靠近我们，微微弯着身子望着砂川老师的脸。

"自打前辈离职起……有几年没见了？"

"四年了。"

"对！四年没见了！您好歹联系我一次嘛。前辈您一离职就音信全无啊！我很担心您好不好。"

"那我真是谢谢你了。"

"看您这么有精神，我也就放心了。"

每当男人响亮的声音响彻大厅时，老师的眉头就会皱得更深一些。男人对砂川老师的态度十分亲昵，不过，老师对他似乎没什么好感。

我用那男人听不到的音量问老师：

"这个人是警察吗？"

"算是吧。"

"是……是您熟人？"

"前同事。"

"所以老师您……以前是警察？"

"是啊。"

老师一副谈论别人的语气，但她说的应该是事实。

她原本是个警察。我一边觉得这就好似一个恶劣的玩笑，一边又莫名觉得非常可信。想想发现尸体时她的那种镇静、法医学相关的专业知识，以及精彩的推理，还有人类行将灭亡却仍要抓住杀人犯的那种正义感。这些应该都是她在做警察时逐渐培养起来的吧。

那个称呼砂川老师为"前辈"的警察突然注意到了我。

"这个小姑娘是谁？"

被他如此称呼，我有些不爽。因为他这个"小姑娘"的称呼带着一丝鄙夷。

"那个……我的岁数已经不该被喊成小姑娘了。"

"你多大年纪？"

"23岁了。"

"那不就是个小姑娘嘛。"

男人说着对我伸出了右手，大概是想握手打招呼吧。

"自我介绍得有点儿晚了。我叫市村新。市场的市，村镇的村。在公布小行星撞地球的消息之前，我在广岛县警本部担任搜查二课的课长。"

我战战兢兢地和他握了握手。市村的笑纹更浓了。

我虽然对警察的晋升流程不太熟悉，但县警本部的搜查二课课长地位应该很高吧？这男人看上去也就20多岁，顶多刚过30岁。那他该不会是个超厉害的精英吧？

"小姑娘，你和砂川前辈是什么关系啊？"

"是驾校的学生和教练的关系。现在砂川老师在教我开车。"

"现在？没想到啊，你现在竟然还留在福冈，去驾校上课？前辈已经是个很奇怪的人了，小姑娘你也不遑多让啊。驾校就在这附近是吗？"

"是的，太宰府驾校。"

"哎呀，那个学校啊，它竟然还开着？"

砂川老师平日里明明话痨到让我苦恼，眼下却闷闷不乐地沉默着。于是我不得不扛起了和市村对话的任务，这实在非我本意。

而另一边，市村却开始开朗地聊起了往事。

"第一次见到前辈的时间，是我从警察学校毕业后的第一年。当时，我们一起在南福冈警察局工作来着。真怀念哪，那会儿很受前辈照顾呢。您离职的时候我真的觉得好遗憾，像前辈这样硬派的女刑警，我可是头一次见呢。"

老师终于忍不住插了一句："我说多少遍了，不要用'女刑警'这个词。怎么从没见男人被称作'男刑警'呢？"

"真抱歉，不小心说错话了。虽然警察局痛失人才，但您做了驾校的老师——砂川老师，听着也挺棒的。"

他们你一句我一句，我多少也听明白了一些。老师以前在福冈市南区的南福冈警察局工作，后来市村也入职了南福冈警察局，成了老师的后辈。但是老师在几年前离职，转行做了驾校的教练。

我觉得警察时代的话题再这么聊下去也没什么意思，于是鼓起勇气打断他们的对话。

"那个，市村先生？"

"嗯、嗯，可以这么称呼我。"

"市村先生为什么现在还没辞去警察工作，依然逗留在福冈呢？"

"上面安排的嘛，我也没办法。现在我的职位是福冈的综合协调官。"

这个词听起来很陌生。于是，市村开始扬扬得意地解释了起来。

"公布小行星撞击地球的新闻后，全世界开始爆发各种杀人、强奸、抢劫及纵火等重大犯罪事件。暴动成了家常便饭，到处都流行起了集体自杀。我自己也身处这混乱的局势之中，所以深有体会。

"然而，到了11月末，那些头脑发热、行为极端的人也逐渐平静下来，日本流失了三分之二的人口，地方都市接二连三化作鬼城。像九州这种穷乡僻壤已经无人居住了。在人口急剧减少的情况下，国家决定关闭地方上的这些政府机关。

"县警本部于12月发布了将35个警察局合并成4个的整编计划。表面上说的是强化警察机能，提高警方的工作效率，本意其实就是逃跑。根据这个整编计划，国家会委派综合协调官调查并统计各个辖区的人口、人口密度、犯罪发生件数、交通事故数，符合一定条件的警察局将被废弃、合并。

"我的工作呢，就是收集相关资料，然后把福冈地区的14个警察局合并起来。太宰府警察局是第三个，糸岛市的船越警察局，还有春日市的春日原警察局此前已经被我废掉了。"

"废掉之后会怎么样？"

"被废掉的警察局会变成'地域安全中心'。警察和巡逻车会常驻此地，一切照常运行。不过这只是官方的说辞而已。被分配到安全中心的警察恐怕已经放弃职务逃跑了吧。"

"这儿，也会被废弃掉吗？"

"是的，后天太宰府警察局就关门大吉了。"

我听愣了，一时间不知该说什么。警察局都已经没了，那今早在后备箱发现的女性尸体要如何处理呢？

案件没能被调查，人类就灭亡了，凶手也会死掉。反正大家都会死，这也没办法。放弃吧——可是，我们真的就这么放弃了吗？

"开什么玩笑。"老师的声音压得很低，低得好似匍匐在地面一般。她眼神锐利地盯着市村道："连警察都跑了，这怎么行？！"

"警察也是人啊，前辈。再说也根本用不着警察局了。大家全跑了，这儿已经没人了呀。"

"有人。有些人直到最后都没有跑掉，还有些人不得不留在这里。"

"可能是有些好事者会留下来吧。那留下来的人就只能互相帮衬喽。"

"发生杀人案了。"

听到这句话，市村不由得张开了嘴。

"啥?"

"你去看看停在警察局外面的那辆车里面吧。那明显是他杀,你看了就知道,绝对是杀人案。"

"你在说什么啊?能说清楚点儿吗?"

"今天上午8点44分,我们打开教练车的后备箱,发现里面有一具女性的尸体。女尸从胸部到腹部有十余处锐利的刀伤。死亡时间是在昨晚9点到12点。有人趁这个女孩和我都不在驾校的时候偷偷溜进去,把这具女性的尸体留在了那儿。"

砂川老师语气生硬,一口气说完了整件事的始末。看着她那认真的表情,我也忍不住想帮她一把了。

"废除警察局的事情能不能暂缓呢?案件数量过少才是关闭警察局的必要条件,对吧?"

"所以啊,我都说了那只是官方的说法而已,小姑娘。只要你想,现在到处都能找到尸体。想把堆积如山的尸体逐一区分自杀他杀,这可是相当困难的。"

"但是这个人绝对是被人杀害的啊。"

"可我们人手不足哇,现在这个警察局里只有七个人。"

"还有七个人,不是吗?"

"大家都在带薪休假哟。昨天我来上任的时候这儿就空荡荡的,连个迎接我的人都没有。"

无论怎么软磨硬泡,对方都是一副油盐不进的模样。最终,市村提了个可怕的建议——你们能不能就装作没看见?

"后备箱里有具尸体,是吧?如果你们假装没看见的话,我可以帮忙处理掉哟。"

作为一名警察，他竟然准备放弃那个被关在后备箱里的受害者。在理解到这一点的瞬间，我感觉眼前的景色顿时一片模糊，失去了轮廓。虽然砂川老师积极寻找凶手的态度让我吃惊，但眼前这个人的所作所为更令我震惊。

他甚至都没想要去车边确认一下。

"你别用那种谴责的眼神看我，搜查可是很花时间的，那个尸体不是连身份都无法确认吗？"

"我们都已经知道她是名律师了，独居，视力不怎么好，爱操心，爱记笔记，是个不太惯穿高跟鞋的女性。"

"假设前辈您的推理都正确。死者是个女律师，是吧？"

"律师。"

市村话说一半，砂川老师就咬牙切齿地更正了他。

"不好意思。死者是个律师，那么在能找到更多信息之前，人类就已经灭绝了哟。"

市村这个说法也不无道理。被害者的身份不明，人际关系也理不出来，恐怕也找不到目击证人。估计在寻找凶手的过程中，世界就毁灭了。

正当市村露出一个得意的笑容时，老师开口了：

"那她的尸体就归我了。"

她说什么？我在头脑中反复揣摩砂川老师的这句话，尝试去理解。随后，我发出了一声慢半拍的惊叫：

"啊？！"

"视而不见,我做不到。我们会代替你们这些警察去寻找凶手的。"

砂川老师是真的想要逮捕那个凶手。即便被市村如此敷衍,她也毫不动摇。我甚至觉得,她可能从一开始就想好了要靠自己去展开搜查。还有,就是她那句话里一语带过的"我们",究竟是包括了谁呢?

"前辈您一点儿没变,还是这么富有正义感。"

"我倒是被你的薄情寡义震惊到了。"

两个人短暂地互瞪了一会儿,很快市村就败下阵来,先移开了视线。他故意长叹了一口气。

"其实,这是第三起了。"

"什么意思?"

"这是第三起杀人事件了,前辈。警方在博多和糸岛也发现了被害者的尸体。被害者都是年轻男性。"

这出乎意料的回答令我无法呼吸。警察局原本冷得像大冰箱一样,但不知为何,我却感觉自己的后背在冒汗。

"博多区的被害者叫高梨祐一,17岁,去年从高中退学,成了无业游民。他的死亡时间大约是前天,也就是12月29日的晚上8点到10点。

"糸岛的被害者叫立浪纯也,就读承南高等学校,那是福冈市西区有名的私立学校。这名被害人是个品行端正的好学生,17岁。和博多的受害者年龄相同。死亡时间大概也在12月29日晚上11点到第二天的凌晨1点。他们的死法也都一样,浑身都遭受了刀伤，胸部和腹部尤其严重。凶器估计是一把刃长超过20厘米的锐利刀具。"

安静的警察局大厅回荡着市村的声音。我大脑里一片空白，双手不受控制地哆嗦起来。

"信息来源是？"砂川老师问。

"昨天我本人就在糸岛市的船越警察局，博多的事件我就是在那儿听到的。按被害人的死亡时间推测受害顺序，应该先是博多区的高梨被害，然后是糸岛的立浪，最后是太宰府的这个身份不明的女性吧。第一个案子和第二个案子之间的时间间隔非常短，不过基本可以确定这就是一起无差别连续杀人事件了。"

信息接二连三地涌入脑海，思绪复杂地相互缠绕着。高梨祐一、立浪纯也。博多和糸岛都出现了被刀具刺伤全身的被害者。那个被塞进后备箱的女性会是第三名受害者吗？

"如果凶手以杀人为乐，那眼下这个情况对他来说可真是如鱼得水。如今这世道，他简直可以为所欲为。"

"应该不仅仅局限于无差别杀人吧？还没调查前两个被害人之间的关系，你就先放弃调查了？"

"随便你怎么说吧，我又不像前辈您这么厉害。"

市村松了松印着几何纹路、式样时髦的领带，语气轻松地回道。这个人虽然嘴上一直恭维着砂川老师，但一点儿没有想改变自己行动的意思。

他一身笔挺的衬衫西装，连一道褶子都没有。我真想不通，明明已经用不了熨斗熨烫衣服了，他为什么还能把自己收拾得这么利落清爽呢？

"不过前辈啊，我是真的很尊敬您。我特别期待您的表现，可以说，我把希望都寄托到您身上啦。"

"你想表达什么？我最讨厌别人跟我说话绕弯子。"

"虽然船越警察局已经变成了地域安全中心，不过博多北警察局还在，就是第一起杀人案——高梨祐一那个案子所在的辖区。运气好的话，说不定还能在那儿见到一两个警察呢。如果您想调查这个案子，我会跟博多北那边通气的。"

市村明明知道这个死者与博多、糸岛那边的案子有关，但一上来就要我们假装没看见。可与此同时，他却又表示会支持砂川老师调查，这令我感到有些混乱。老师似乎也在琢磨对方的真实意图，所以一直没开口。随后，她转身快步走向了玄关。

"小春，我们走。"

我急着要跟上老师，慌里慌张地迈出一步，一回头却和市村视线相交。他似乎想拦住我，突然说了一句：

"是不是对警察失望了？"

我下意识地停下了脚步。

"没，那个，其实我也不太清楚。"

"我本来也不想放弃的。我常想，要是能活成前辈那样该多好。"

"啊，是、是吗？"

市村脸上的笑容消失了，他此刻的眼神之中甚至夹杂着些许悲伤。我后退了几步，一边惦记着已经跑出大厅的砂川老师，一边又觉得不该对他置之不理。

"你可能不相信我,但请听我说。砂川前辈是个非常坚强且勇敢的好警察,不过她有时做事会有点儿过火。她那个人啊,其实很危险。"

"过火……是指什么?"

"正义感过强了。也可以说是对正义有执念吧。我很担心她,担心那种正义感有一天可能会压垮她。"

市村的态度和表情都显得非常认真。我不太知道该如何反应,只好含糊地点了点头,无言地戳在原地。这时,市村从裤子的后兜里掏出了某个东西递到了我眼前,又好似握手一样将那东西塞进了我的手里。手感坚硬。

我低头看了看手里的东西,那是一个带天线的小型机器。

"这是一台卫星电话,我也有一台。有了这个没信号也能通话。你听说过铱吗?"

"低轨道卫星?铱闪?"

"嗯、嗯,既然你知道,那就好解释了。"

铱星电话其实就是一种卫星电话服务。它经由66台在距离地面780千米的低轨道上移动的人造卫星进行通话。铱星终端的通话不需要经过地面通信,而仅依靠卫星实现,所以这种电话在发生灾难时,或是现在这种紧急事态下都能发挥作用。

"要给我?为什么?"

"因为我担心砂川前辈。虽然她很讨厌我,但你应该能照顾好她。她愿意带着你这样一个普通民众一同搜查,说明她很喜欢你。所以，你得收下这个。"

那个巴掌大的卫星电话应该是高性能产品。我不知道要如何用它，于是抬头望着市村。

"你的意思是，要我把老师的搜查情况汇报给你？"

"我没想要你做间谍，有什么想商量的可以给我打电话，不过用不用都是你的自由。这东西操作起来很简单，在周围没有障碍物的地方就可以用了，和一般的电话没什么区别。有个铱星电话的号码……"

市村开始讲解起了卫星电话的使用方法，比如这儿是天线，这儿是电源键一类的，我也基本记住了。

"不过要注意，这东西打不了紧急电话哟。"

"紧急电话？是指110或者119吗？"

"是。不过……如今打110也没什么意义了。"

一番犹豫后，我还是收下了电话。为了不被砂川老师发现，我把电话塞进包里，并拨开了各种杂物，把它藏在了包底。明明没做什么亏心事，但我总觉得和市村的这番对话不能让老师知道。

为什么呢？为什么老师和市村都觉得我一定会一起去追查凶手呢？明明对我一无所知，但他们都毫不怀疑。不过，我的确是下了决心，要陪同老师把案子查下去。

我含含糊糊地说了声"谢谢"，随即便向玄关跑去。最后一次回头看向市村时，只见他满面笑容地对我挥了挥手。

"再见，小姑娘，砂川前辈就拜托你啦。"

兄弟船

兄弟船

系好副驾驶席上的安全带，教练车再次缓缓开动起来。经过这么一折腾，我好像也不太在意后备箱里装着尸体的事了。

"关于这个案子，你怎么看？"砂川老师突然开口，搞得我心跳加速。

"怎么看……我就只是个普通民众而已，问我意见我也说不出什么来呀。"

"就谈谈感受就行。"

"谈什么感受啊？"

"那家伙似乎确信这是同一人犯下的连环杀人案，但也有可能是不同的坏人在不同的地点犯下了杀人罪行。小春，你听了之后是什么想法？"

老师的态度不像是在开玩笑或戏弄人，她是认真地想听听我的意见。于是我拼命转动脑筋，把刚才在太宰府警察局听到的信息努力串联起来。

"呃，市村先生说县内的警察局会逐一被废弃掉……被抛弃的地区有恶棍横行施暴，这倒也不难想象，所以……可是，同一时期、同一县内有三个人身中数刀而死,我真的不太愿意去设想能下这种狠手的人竟然有好几个……所以我还是倾向于这是一起连环杀人案。"

老师似乎对我的回答比较满意,点评了一个"原来如此",随即踩下油门提高了车速。车子刚启动,暖风装置还不太灵,她唇间呼出的白色气息好似一缕烟雾扩散开,然后消失了。

"砂川老师,您以前做过警察呀?"

"现在只是普通人了。"

走出警察局之后,老师扭了扭脖子,放松僵硬的肌肉。

"我和那家伙只在警察局共事过一年而已。直到最后我也没搞清楚他究竟是怎么想的,真是个危险的家伙。"

"是吗,我倒觉得市村先生蛮友好的呀……"

"他只是擅长社交而已。乍看上去很会待人接物,但这不意味着他有警察该有的责任心。"

"可是世道都这样了,他依然还留在福冈……如果真的没有责任心,他应该第一时间就逃跑了吧?"

"那家伙啊,想跑的话应该随时都能跑掉,我猜。"

都府楼桥十字路口的信号灯都没亮,人行横道上一个行人都没有。砂川老师却好似在观察行人一样,左右快速移动着视线。

"那家伙东大毕业后就进了警察厅。他先在福冈县南福冈警察局待了一年,然后听说又返回了警察厅。'厄运星期三'之前,他在广岛县警察局搜查二课做课长——说不定都已经是那儿的警视了。他就是个超级精英,而且还是个富家公子哥。"

"他家很富裕,是吗?"

"他的祖父是原警视厅长官,父亲也是警察系统的官僚。外祖父是实业家,还是某著名电机制造商的创始人。据说他们家在美国的堪萨斯州还是什么地方,正在给富人们建造一个具有强化结构的地下避难所。像他那样的家境,在忒洛斯撞上地球之前应该有办法躲进去的吧。"

2021 INQ 2 撞上地球之后,被卷起的陨坑粉尘会令地球温度骤降,导致人类最终灭亡。但我的确听说很多有钱人在制订逃生计划。

"他只要想跑,随时能搭乘他家的私人飞机离开。所以,他在这种时候还待在福冈,可不是因为要履行警察的职责、守护市民到最后才不走的。"

"可是……"

"没错,以上都是我的猜测而已。抱歉,刚才这些你就当没听过吧。"

我抱紧了怀里的书包,塞在包底的卫星电话硌着我的膝盖。

"我能问您一个问题吗?"

"你这已经算是在问了吧?想问什么都行,请吧。"

"您为什么辞职不做警察了?"

老师沉默了整整十秒钟,随后用干巴巴的声音说了句:"因为丑闻。"我甚至搞不清她这话是认真的,还是开了个恶劣的玩笑。

车子在十字路口拐了个弯,开上了福冈南的辅路。和来时走的路不一样了。

"那个……我们要去哪儿？"

"医院。"

"啊？您身体不舒服吗？"

"你这话说得怪有意思的。小春，我现在超级健康哟。我是要带她去医院啦。"

砂川老师说完瞟了一眼后视镜。难道她指的是车后面的那个后备箱里的女性？

"放着不管会腐烂的。得尽快把她带给专业人士，听听意见。"

"是要找人解剖？"

"嗯，虽然很有可能会被拒绝。"

据砂川老师所说，发现尸体之后，首先要由警方进行勘验，再请医生来验尸。在这一过程中，一旦判断出有他杀的可能性，就会申请进行司法解剖。司法解剖一般是由法院委托大学的医学部来负责，但如今我可不知道福冈有哪个大学医院还开着门。

"西铁的五条站附近不是有家银行吗？那条街上还有家伴田整形外科医院，你知道吗？"

是得了腰椎间盘突出症的母亲常去看病的那家医院。

"一周前的一个傍晚，我发现那家整形外科医院亮着灯。当时没有走近看，不太知道实际情况，但看上去应该是有人用塑料袋装着手电筒挂起来，让光亮扩散开来的。所以我猜，那家医院里应该还有人在。"

"整形外科的医生做得了尸检和解剖工作吗？"

"谁知道呢？总之带去给他们看看呗。"

老师想快速走流程，找个整形外科的医生进行司法解剖。我越听她讲，越觉得她这想法太过草率。

教练车开过了一家连锁炸鸡店，左转上了县道，很快我们就抵达了目的地。蓝底白字的"伴田整形外科医院"招牌反射着太阳的光芒，闪闪发亮。这儿虽然非常安静，但和周围那种荒废数月、长满杂草的住宅不同，它看上去生机勃勃。砂川老师将车停在停车场的边缘，随后急急忙忙地奔向了整形外科医院的入口。

双开的手动大门上斑驳地印着诊疗时间。

工作日：9点到18点。
周六：9点到12点半。

我一伸手，门就轻轻打开了。我不由得屏住呼吸，停下了脚步。等待室里有人。

一名老年男性挺直腰杆坐在褪色的沙发上。明明已经打不通电话也连不上网络，可他却把手机举在眼前兴致勃勃地看着。是患者吗？

砂川老师摆出一副假笑，和对方搭话道："大爷，您好呀，请问伴田医生今天在吗？"

那名男性将视线从手机上移开，目不转睛地看着老师。随后他用平稳又坚定的语气说："排队。"

"嗯？"

"排队。去那边把名字写上，再填一张问诊单，然后等着吧。伴田医生很忙的。"

听他的语气，似乎还有其他患者在看诊。这名男性说得没错，进门左手边的前台上放着接待表和问诊单。

我又环视了一圈等待室，刚进来的时候就感觉到有些违和。的确很奇怪，这家医院太正常了。地面擦得锃亮，干净又整洁；桌上台历的日期也很准确，就是今天；还有，入口一侧竟然摆着门松这种装饰物，做好了十足的准备迎接新春。常来的患者和一如往常的医院。我好似闯进了另一个未来不会被小行星撞毁、人类不会灭亡的世界之中。

"我们不是来看病的，是找医生有点儿事……"

砂川老师仍旧尝试沟通，于是那名男性爱搭不理地说：

"那就坐下等等呗。现在木村正在里头看病呢。"

"还有其他患者？"

"有啊，好几个呢。"

在两人对话期间，我听到了大厅深处的诊室里传来的声音。

"长川先生在和谁说话呢？有人来了吗？"

油毛毡地面传来一阵啪嗒啪嗒的脚步声。眼前出现一位身穿白衣的女性，她看清了我们两人之后，突然睁圆了眼睛"啊"地惊呼了一声。

"哎呀，是年轻人，真是好久没见到年轻人了呢。"

这名女性大约花甲年纪，头发花白。她的语气和表情都很温柔，有种极为和蔼的气质。

砂川老师对她深深鞠了一躬："我们是从太宰府警察局来的，现在正在调查一起可疑的死亡案件，能请您协助调查吗？"

"砂川老师，等一下！"

我条件反射般地责备道。砂川老师以前当过警察，我则是个普通市民，我们俩都和警方无关。可砂川老师也压低声音，语气倔强地回应：

"我可没说自己是警察，所以不算撒谎哟。"

"您这不是在搞诈骗吗？性质太恶劣了。"

"撒谎也是为了方便行动啦。"

"您刚刚才说了那不算撒谎……"

白衣女性虽然有些疑惑，但还是把我们迎进屋内。这位名叫伴田尚美的医生听说我们是要请她解剖一具身份不明的尸体，于是表现得更加疑惑了，她苦恼地托着腮说：

"我们这儿是整形外科呀。"

"如果有医生执照的话，那解剖的基本流程应该没问题吧？眼下属于特殊时期，我们也不要求您解剖得特别细致……"

"您拿到法院的许可了吗？好像叫司法解剖委托书还是什么的？既然是警察，应该知道我说的那个东西吧？"

我们当然拿不出"许可"那种东西了。见砂川老师耸耸肩，伴田医生轻声叹了口气。

"情况再紧急，我也不能擅自解剖尸体啊。而且我并不精通法医学，不能这样伤害亡故者的尊严。"

她的语气虽然柔和，但态度是毅然决然的。不过砂川老师也不退缩。

"正相反，那位被害者的尊严已经惨遭践踏，无法恢复。如果置之不理，那她遭受的伤害会更深。我知道我们没有办理严格的手续，但我恳请您，帮帮忙吧。"

说罢，她便深深地鞠了一躬，头低得几乎要碰到地面一般。我也被她影响，跟着一起鞠躬。

"不过……我都不记得上次听法医学的课是在哪年了。而且我上课也没好好听讲，实在是没什么自信啊。"

"其实，我们已经把尸体带来了。"

"你们也太离谱了！"

一番争论后，伴田医生勉强同意了解剖的请求。哪怕事先已经告知她被害者的尸体遭受了严重损伤，她也非常镇定，感觉应该是个很有胆量的人。她先支走了待在等待室的长川老人，然后又带了副担架去了停车场。她应该是想要用担架搬运被害者的尸体。

"被害者是一名身份不明的女性，年龄在35岁到45岁。今天上午8点44分，我们在太宰府驾校的教练车后备箱里发现了她。发现她时我也做了大致的检查，预估死亡时间是昨晚的9点到12点。所以，我希望能由伴田医生来确定死因，并且再确定一下我推算的死亡时间是否准确。"

砂川老师快速讲述完状况，随即仿佛突然想起什么一般问：

"请问这家医院要开到什么时候？"

"暂时是准备开到最后。说来蛮意外的，如今还有不少患者来看诊呢。"

伴田医生露出一个微笑。话说，刚刚在等待室见到的长川老人也说了"还有几个患者呢"。

"9月初的时候，只有一些常光顾的患者出于不安聚集在这里。然后患者里有人说这儿的屋顶能收到信号，所以还留在这附近的人偶尔会聚在这里。"

"信号？是手机基站的信号吗？"

"是的。似乎是能搜到某个建在高处的基站的信号。手机偶尔还能打通电话。现在我们医院屋顶就聚着几个人呢。"

据伴田医生所说，聚集在医院里的病人大多是70岁以上的老年人。我都不知道自家附近就有这样一个可以当成避难所的小社区。相互扶持着留下来的，大多是没有体力和精力逃离日本，只能留在熟悉的土地上的老人。单是听伴田医生的讲述，我就感到十分心痛，忍不住想表达同情。可事实上，我似乎并没有必要怜悯伴田医生，她的表情看上去很轻松。

"这家医院是不是在屋顶上摆了太阳能板？"砂川老师问道。

伴田医生默默点了点头。在我完全没注意到的时候，老师竟然已经把整个医院的外观都仔细观察过了。

"所有的电力都是由那个提供的吗？"

"怎么可能？"伴田医生动作有些夸张地摇着头，"太阳能板很容易受天气影响，所以其实如鸡肋一样。虽然能勉强应付最低限度的生活，但我们医院的精密仪器，比如核磁共振仪一类的，会大量消耗预存的电力，所以现在已经无法使用了。而且还得用手电筒来代替照明用灯,一边小心节省电源,一边想办法尽量维持医院的运转。"

"说到这个手电筒,您这儿深夜还亮着手电的光,是想表达什么呢?"

"嗯……就是想表达这儿还有人在的意思。因为很有可能还有人在附近逗留。"

砂川老师并未对这个回答表现出赞同。

"请把那个手电关了吧,尤其是晚上,请尽量不要打开。否则可能会有不法之徒袭击你们医院的。"

"您说得也对,我会考虑的。"

伴田医生嘴上说着"会考虑",但给我一种她接下来还会坚持在晚上点亮医院的感觉。

教练车的后备箱被打开。看到尸体后,伴田医生垂下眼帘,双手合十。

"真可怜啊,现在天气还这么冷。你一定很疼、很害怕吧。"

不管她有没有被杀害,反正也会在两个月后小行星袭来之时粉身碎骨。岂止是她,包括我在内的所有人类都会死去。然而,伴田医生却发自真心地哀悼着后备箱里的死者。虽然这么说显得不够严肃,但我因为这件事对伴田医生产生了好感。

我们将伴田医生准备的塑料布垫在尸体身下,把她包好,随后三人合力将尸体抬上了担架。我们要把尸体运到康复室里,因为伴田整形外科医院里没有手术室,所以只能用康复室代替。

伴田医生快速地扫视了一番死者的身体,说道:"估计解剖要花费一两个小时。二位有什么打算？要跟在现场吗？"

"就全权委托给您了。"砂川老师回答。

"好，那结束之后我会喊你们，请稍等我一会儿吧。"

伴田医生穿了一件雨衣代替无菌服，冲我们点了点头，转身走进了康复室。

我们准备在屋顶上等待伴田医生，于是走上了诊察室一侧的台阶——那儿就是伴田医生所说的能收到信号的地方。虽然我们是做好了外面应该很冷的心理准备才推开了通向屋顶的门，不过伴田整形医院朝向不错，阳光洒满了屋顶，比预想的要暖和很多。屋顶中央设置了一个混凝土浇筑的平台，上面倾斜地摆放着约六平方米的太阳能板。几个身影此刻正分散围绕在太阳能板周围。

我急忙去数人数。七个人。对于除了砂川老师和家人之外很久没遇到其他人的我来说，七个人，这个数量实在是超乎我的想象。不过他们全都是老年人，一个年轻人都没有。

"你们是来打电话的吗？"一个驼背的80多岁的老奶奶主动和我搭话。

我也不能实话实说，告诉人家我是来委托伴田医生解剖尸体的，于是就随口敷衍道："嗯，是啊。"

"你还这么年轻，真不容易。是要给谁打电话呀？"

大概是把先回答问题的我当成了交谈的对象吧，老奶奶直直地看向我。她可能以为我是跑来屋顶找信号的。

"也不知道现在能不能收到信号，来，你打打看吧。"

"不，我其实……"

"之前长川说，他是在供水机那个位置打通的。"

我在老奶奶的劝说下走到了她所谓能收到信号的地方。砂川老师则始终一脸微笑地旁观。无奈，我只好掏出了手机，早已看惯的"无信号"标志消失了，屏幕角落出现了一条信号格。我大吃一惊。

"竟然是真的！这儿真的能收到信号！"

"也要看日子的，时好时坏。趁现在有信号，赶快打电话吧。"

我直直盯着手机屏幕。该打给谁呢？

我想和一直没联系的朋友们聊聊。水树、阿绫、七菜子，我最重要的三个朋友。可是不行。水树和阿绫被卷进暴乱之中死掉了，七菜子上个月和男友殉情了。

朋友都死了，妈妈也失踪了。如今我还能给谁打电话呢？

我战战兢兢地点开通讯录，"Seigo"的名字映入眼帘。事到如今，就算打通了电话，我也不晓得该和弟弟说些什么。不过，有件事我一定要告诉他。

我双手颤抖着按下了通话键，耳边持续响起拨号音。直到重复到第22声，拨号音才转为人声。

"您拨打的号码已关机或不在服务区，请稍后再拨。"

我一个激灵，将手机从耳边拿开。拨号的界面已经关闭，手机不知何时又变回"无信号"了。我向空中高高举起手机摇晃，但信号格毫无反应。

站在我旁边看着手机的老奶奶安慰我:"最近信号不太行。"但我却松了一口气。

"最近的年轻人不都有那个吗?就是那个拍照用的,能把手机探得很远的棍子。"

"您说自拍杆吗?"

"对。用那个东西的话可能会更方便接收信号。长川说好像是能收到山上那个基站发出来的信号。"

我家柜子里的确有根自拍杆,是和朋友去迪士尼玩的时候买的,后来再没用过。我答应老奶奶下次把那根自拍杆带来,随后就离开了接收信号的区域。

砂川老师靠在屋顶的栏杆边,垂头望着下方的街道。见我走到身边,她便开口问:

"电话打给谁了呀?"

"没打通。"

"哦,嗯,也无所谓啦。"

看样子她转瞬就对我的通话对象失去了兴趣,紧接着,她开始聊起了眼下自己最关心的那名被害女性。

"博多和糸岛发现的那两个被害者的名字和年龄都已经明确了。但这个人的身份仍然是谜。明明已经基本掌握了她的长相、职业,还有性格,唯独名字还不知道……"

砂川老师的语气之中带着些不甘。自从小行星撞击地球的信息被公布后,全世界网络故障频发,西日本的网络在9月底已经进入濒死状态。如果现在能连上网,那只需要搜寻福冈的法律事务所网络主页,应该就能找出那个人的名字了。

此时,老师突然抬起头。

"真闲,做点儿什么呢?"

她这么问,我也不知道该怎么回答。因为我也不知道有什么消磨时间的方法。

"要不,把现在收集到的信息整理好,记录下来?"

我本以为自己提出的有关消磨时间的建议很有建设性,但不知为何,砂川老师突然得意地笑了起来。

"你看,你看,就是这种地方,感觉小春你和她很像。"

"她?您是指那名被害女性吗?"

"没错。怎么说呢,这算是性格相似?小春你不也是很爱操心,还喜欢把书包塞得满满的类型吗?现在就连'笔记狂魔'这一点也很像了。"

"嗯,我有同感。可是老师,您没在她活着的时候见过她,对吧?"

"虽然不知道她活着的时候是什么样子,但或多或少能猜到。做警察的,在进入现场进行检查或者确认遗体状态的时候,往往会突然注意到:啊,这个人喜欢这种东西啊,这个人原来是这样的性格啊,诸如此类。"

砂川老师说着便举目远眺,她的侧脸看上去十分温柔。

想要去窥探活人的内在——那么困难的事,老师能通过她的洞察力做到这一点吗?在我看来,我是无论如何都无法理解死者的秉性的。

"说起来,小春你搜查得还蛮积极呢。"

"才没有。"

我打开了手机,找到记笔记的应用程序,把眼下能确定的信息都输入了进去。后备箱里找到的遗留品,被害者尸体的受损程度,还有博多、糸岛发现的另外两个被害者的名字……

浮云挡住太阳,周围的温度猛降下去。聚在楼顶的人也纷纷表示"差不多该回去了"。

闲暇无事的时光过去了一个多小时,通向屋顶的门打开,伴田医生探头进来。她一边和屋顶的几个老人打着招呼,一边小跑着走近我们。

"那个,井川女士。"

"我姓砂川。"

"哎呀,抱歉,抱歉。砂川女士,您应该没有猜错被害者的死亡时间,她的确是死于昨晚的9点到12点。

"被害者胸部被刺中一刀,深度直达心脏。这一刀也是造成她出血性休克而死的直接原因。从这一处刀伤判断,凶器是单刃菜刀一类的刀具。刀刃基部宽度为5厘米到5.5厘米,刀刃长度超过20厘米。"

之前市村先生说了,另外两起案件的凶器也是超过20厘米的大型刀具。看来三起案件的凶器特征果然一致。

"其他的刀伤,也就是除胸部那记致命伤之外的刀伤都扎得很浅。大多数伤口表面有光泽,还凝着血,明显是生前受的伤。肩膀上还有好似遭遇车祸一般的脱臼痕迹。指甲脱落,还有烧伤。而且全身都有击打伤，也就是说……"

伴田医生似乎不愿再说下去，有些语塞。于是砂川老师继续道：

"她是遭受了很长时间的折磨，最后才受心脏致命伤而亡的，对吗？"

"是的。不过她身上没有遭性侵的痕迹。该说是不幸中的万幸吗？可就算是这样，也令人非常恼火。"

我下意识地抚着胸口舒了口气。如果惨遭暴行后还要再遭性侵，那就更令人难以接受了。

"她的腓肠肌部分，也就是小腿肚的位置上有擦伤，应该是凶手拖拽尸体时产生的痕迹。凶手应该是在其他地方杀害了她，然后把她运进了后备箱里。"

我把自己觉得很重要的信息一股脑儿地输入到笔记App里，砂川老师则丝毫没有要记笔记的样子。她始终望着伴田医生，认真地听对方讲解。这些东西她全都能记住吗？

伴田医生把自己从尸体身上获得的信息讲了个遍，随后舒了口气。不过她似乎想起自己还没讲完，于是马上又继续道：

"还有，我检查了她的胃部，发现了这个东西。"

她说着，拿出了一个看上去密封性很强的袋子，里面放着一张皱皱巴巴的纸。我惊愕地忍不住抬高音量问：

"她把纸吃进肚子里了？！"

是因为实在太饿了，所以想吃纸充饥吗？紧接着，伴田医生说的话否定了我的猜想。

"纸的主要成分是纤维，人体根本没有能分解这种纤维的酶，所以就算吃下去也只会闹得肚子疼。与其说是吃下去，不如说是吞进肚子里的。虽然纸在胃里团成一团，但因为取出得比较及时，还能看清上面的字——这应该是张名片吧。"

定睛一看，那果然是一张横版的名片。字迹虽有些模糊，但是能辨认出上面的文字。

二日市法律事务所　律师　日隅美枝子

"日隅……美枝子。"

这张名片上甚至还印着照片。虽然有些部分斑驳了，但仍能看清这个人的面部轮廓。颇有特征的翘唇，利落又有光泽的黑色短发。是她。名片上还有电话号码和邮件地址。正如砂川老师推测的那样，她确实是个律师。

她在二日市法律事务所工作。二日市就位于紧挨着太宰府市的筑紫野市，是一座温泉之城。被害者的住处和生活区域离太宰府驾校都不太远。

砂川老师轻盈地吹了声口哨。

"之前只听说过有人为了消灭证据，会把超速罚单吃进肚里。但这次的受害人真是了不起。多亏了她的周到谨慎，不，是多亏了她的执念之深，我们才能知道她的名字是日隅美枝子。"

我们不知道她是如何将这张名片吃下肚的。是在弥留之际躲过了凶手的注意塞进嘴里的吗？还是预感自己会被杀害，于是提前吞下的？唯有一点可以确定，那就是日隅美枝子相信一定会有人调查自己的尸体。即便警察局已经被废弃，她也认定会有人切开她的胃，找出这张名片。

她一直在那个狭窄的后备箱里等待着砂川老师呀。一想到这儿，我就难过得想要掉泪。

这时，伴田医生仿佛自言自语一般嘀咕了一声"她原来叫日隅呀"。随后她提出了一个出乎我意料的想法："请问，日隅女士的遗体可不可以由我们医院保管呢？"

伴田医生表示，虽然整形外科医院没有太平间，不过她会尽量推迟尸体的腐败速度。

"我不知道二位究竟是出于什么原因搜寻这起杀人案的凶手，不过，请二位加油！"

听她这样讲，我和砂川老师不由得彼此对视了一眼。原来伴田医生明知道我们不是警察，但依然选择了帮助我们。

※

一声仿佛撕裂空气般的尖锐爆响。玻璃碎片溅到了脚边，我出于脊髓反射的本能护住了脑袋。

"您在干什么啊，老师？！"

"因为门上锁了嘛。"

老师无视了我的阻拦，再度高扬起手中的铁棍挥下。她当初说要在建筑工地上回收点儿材料，于是挑了这根铁棍。我当时虽然也保持了警惕,但万万没想到是用在这上面……

二日市法律事务所的律师,日隅美枝子。通过伴田医生从尸体胃中找到的名片,我们查明了被害者的名字和工作地点,于是找到了她就职的公司。据砂川老师说,我们接下来要调查她的交友关系,筛查周围是否有人对她怀恨在心。

"如果真是道路魔随机杀人,那就算调查了被害者生前的人际关系也毫无意义,不是吗?"

听到我这么问,老师的回答是"目前还什么都无法确定,不该提前这样下结论"。看样子,警察调查案件的工作要比我想象的更加一步一个脚印。

二日市坐落于筑紫野市的正中心,这座温泉之城早在奈良时代就得到了开发,是九州最古老的温泉城市。但这座城市不像其他地区的知名温泉城市那样到处都标着温泉标志,二日市的观光景点和旅馆都不多。

我们寻找的那家法律事务所就坐落在西铁天神大牟田线的沿线,是一栋三层建筑。大门自然是紧闭着的。正当我们站在门口不知该如何是好的时候,老师突然挥起铁棍对着玻璃门砸了下去。如今玄关的玻璃大门已经碎了一地,被凿开了一个四四方方的大洞。

砂川老师率先钻了进去,又扭头对我招手道:"进来呀。"

"就算是为了搜查,您这样做也太过分了吧……"

"非法侵入住宅罪和故意损坏财物罪是吧?我一人承担。好啦,快进来吧。"

我犹犹豫豫地跟了进去。玄关上贴着安保公司的标志，但是刚刚的一番操作既没引发警笛声，也没引来警卫人员。这家公司已经只剩个空壳，就算大门玻璃被打碎，也没人冒出来惩罚破坏者了。

我瞄了一眼手表，指针刚好指向正午时分。这一天可真是够精彩的，倘若没有这些事发生，我原本只需要在无人的高速公路上开车而已。

我粗略地将事务所环视一圈，一楼是大厅和咨询室，二楼是律师和事务员的办公室，三楼是图书资料室。内部装潢非常简洁，从落灰的厚度判断，这儿应该已经废弃好几个月了。

走进二楼的办公室，砂川老师最先注意到的就是墙边整齐排好的铁柜子。这里应该保存着事务所过去接受过的大量案件资料吧。老师本想强行拉开上锁的柜门，但柜子的双槽推门用了强化玻璃，怎么拉扯都纹丝不动。无奈，她只好放弃调查这个保存资料的柜子，转而开始搜索日隅美枝子的私人物品。

办公室的一侧摆着储物柜。线条简单的储物柜和办公室的装修风格一致，它可能还同时肩负起了信箱的功能——柜门开了个可以把资料塞进去的口子，门内侧有一个接收资料和文件的托盘。

我们马上找到了写着"日隅美枝子"几个字的私人储物柜。这个柜子也上着锁，门锁是四位数密码。

"这个要怎么打开呢？"老师的这句话虽然用了疑问句，语气却像已经知道答案了。

"我也不清楚……可能是生日或者电话号码后四位？"

我试着把名片上写着的电话号码后四位用在密码锁上，果然失败了。

"您其实在问我之前心里就有数了吧？"

"哈哈，别闹脾气嘛。小春，你在转动密码锁之前，还记得上面的数字是什么吗？"

"嗯……好像是1、5、9、3。"

"没错，密码锁上的数字原本是1593。储物柜每天都要用，对吧？虽然是用来防盗，但每天一个一个转动锁圈还是太麻烦了，所以这种锁基本是转到和正确密码错开了一两位的状态。"

说罢，老师将第三位的"9"转动了一下，改为"8"。1583，只听一声清脆的"咔嚓"，密码锁打开了。

"好厉害！真的打开了！这数字究竟是指什么啊？"

"谁知道呢，15月83日生的呗。"

映入眼帘的是高高的一摞笔记。在并不算大的空间内，竟然塞了三四十册这样的笔记本。老师抽出其中一册翻动查看，只见笔记本上工工整整地写满了字。

2022年8月7日教师猥亵行为。

发生猥亵行为的时期：自2022年5月中旬起的两个月。

过程，具体行为状态：以社团活动（女子排球部）指导员的身份，触摸被害学生的身体。被学生拒绝后，在社团活动的练习中，对该生进行辱骂、无视等霸凌行为。

被害学生现在每日上学只待在校医室。已通告教委会。

该教师有可能长年猥亵数名被害学生。若发展为刑事案件，就需要被害者参与调查……

砂川老师把脸从笔记本上抬起来。

"这上面写的恐怕就是日隅律师接手的案件详情。"

"也就是说，这些笔记就是日隅律师留下的？"

"嗯，感觉应该是参与问询调查的时候记下来的内容吧。这页纸写的应该是一个遭老师猥亵的学生委托她调查时做的面谈记录。太难得了！这简直就是个资料库呀。"

数十册问询笔记的封面上各自写清了年份和月份。内容积累了好几年。这些笔记对于了解她的人际关系和她过去工作的情况应该都有帮助。

"把这些全都搬去车子里吧。"

"全部？您该不会……想把所有笔记都看一遍？"

"我说过了啊，搜查工作就是要脚踏实地啦。"

最后一个搜索地点是日隅律师的办公桌。凭借桌上的便笺纸，我们立刻找到了属于她的那一张桌子。桌上摆了很多书，有《六法全书》和一些实务书，打理得十分整齐。桌面正中央孤零零地摆着一台笔记本电脑。

"这是日隅律师的电脑吗？"

"可能吧。"

老师点了点头，按开了电源。

电池还没有用尽，开机画面立刻跃入眼帘。电脑要求输入密码，不过按老师推测输入了"hizumifutsukaichi"[1]之后就立刻通过了。

"是不是连不上网？"

"虽然没网，但应该能看到一些工作中的数据。"

老师一会儿打开保存好的文件，一会儿点开存在收藏夹里的网页，动作娴熟。她逐一检查着这些文件和网页的内容。很快，鼠标光标就停在了一个图标上。一个蓝色便笺的标志——电子邮件的图标。我没想到日隅律师用的电子邮件程序和我9月6日前所属的那家公司使用的程序相同。不过这倒也没什么大不了的。

因为连不上网，所以邮件服务就断联了。不过可能是为了能在线下工作吧，日隅律师的电脑上有复制邮件内容的文件夹。

点开收信箱查看邮件往来的记录，发现其中大抵都是工作相关的信息。从公布小行星撞地球的9月7日起，收到的信息大多是事务所什么时候关门、签订的合同该怎么处理一类的工作信息。

不过，其中有一封邮件的内容和其他邮件截然不同。发信人的名字是NARU。看到这四个字母时，我感觉心跳突然加速了。大多数发信人用了汉字和假名的全称，唯独这一封信件的发信人显示的是字母，看上去非常醒目。

---

1 此处为罗马音。"hizumi"指"日隅"，"futsukaichi"指"二日市"。

NARU是在9月12日发来的邮件，也就是在那件事公布的五天之后。在此之前，日隅律师似乎从未和这个NARU联系过，所以这封邮件显得很突兀。

2022-09-12　9:45
NARU to 日隅美枝子

您好，感谢您刚才在电话里听我讲了那么多。两年前您曾经告诉我有事可以来找您，并且留给我一个电话号码。幸好我把号码留到了现在。之后我会再和您联系的。

NARU的信息是从手机上发出来的。几十分钟后，日隅律师给NARU回了信息。

2022-09-12　10:17
日隅美枝子 to NARU

有任何事请随时联系我。那件事我会转达给他的，但请别抱太大希望。

这条信息读来令人费解。邮件往复发生在9月12日，此后两人再未互发过邮件。砂川老师像是被其中细节所吸引了似的，反复斟酌着两人的对话。我直直盯着电脑屏幕，随即忍不住发出"啊"的一声惊呼。

"怎么了？"

"还有一封草稿！"

邮箱里存了一封没发出去的草稿。创建时间是12月30日上午6点20分。是昨天早上存下来的。收信人的名字是"NARU"。

2022-12-30 6：20
日隅美枝子 to NARU
真的很抱歉。

这封邮件好奇怪。既然是昨天早上写的，那显然早就上不了网了。所以这封邮件并未发送到对方手上，只保存在了日隅律师的电脑里。

是日隅律师亲手写下这封邮件的吗？如果真是如此，那明知对方收不到这封邮件，为什么还要特意写下这么一句话，并且保存起来呢？

"真的很抱歉。"——她这是在向谁道歉呢？

"NARU，是谁？"我如此自言自语道。于是老师也如实回答了一声"我不知道"。

"日隅律师和这个NARU是在两年前遇见的。或者说，在两年前他们就已经认识了。日隅律师当时把自己的电话号码告诉了NARU，说有什么事可以联系她。于是两年后，NARU用这个号码联系到了日隅律师。从邮件的文字上能获得的信息只有这些。"

砂川老师深深叹了口气，又继续道：

"NARU是在9月12日，也就是公布小行星撞地球的五天后决定去联系日隅美枝子的。人类都快要灭绝了，想联系的一般都是朋友、恋人或者家人，反正就是一些比较重要的人吧。但是他们两人的邮件内容看上去非常礼貌客气。这邮件不像是商务往来，这两个人也不像是工作伙伴。我暂时也搞不清楚他们之间的关系，还有，你看看这儿……"

她用骨节分明的手指点了点屏幕。

"日隅发给NARU的信息里，有'我会转达给他的'这么一句话。"

"嗯，这里面的'他'，就是某个男人喽？"

"NARU是希望通过日隅，和那个男人取得联系吗？"

"嗯，看这句话的意思，也有可能。"

老师又轻轻点了好几次头。或许这种小幅度地点头表达附和是老师的一个习惯。

"12日之后他们就没有再互相发过邮件了。NARU在邮件里写了'我会再和您联系的'，但看样子他好像并没有联系日隅律师。"

"不，邮件里写了'感谢您刚才在电话里听我讲了那么多'，由此可见这两个人主要的联络方式是打电话。所以在那之后他们可能也通过话。像伴田整形外科医院屋顶那种能收到信号的地方应该还有很多。不过我们找不到日隅律师的手机了，也不清楚这个猜测是否属实。"

日隅和NARU在人类灭亡之前到底计划了什么？第二次、第三次重读邮件，我还是想不到什么超越推测范围的新点子。我估摸着自己应该不会再有什么新收获了，于是着手运送起了储物柜里的笔记。老师则依旧出神地盯着电脑屏幕。

"我最在意的还是那个草稿邮件。这封邮件的创建时间大约在她死前十五个小时。一般没有人会在毫无前提的情况下突然来一句'真的很抱歉'吧？更何况，眼下网络又不可能恢复正常，她为什么要这么做呢？想不通。"

老师手扶着额头，一边嘀嘀咕咕地念着心中的疑惑，一边在办公室里踱起了步。大约过了十分钟，她突然抬起了头。那副模样就好似出现在虚构小说里的名侦探一般。我也扮演起了助手的角色，跑上前问：

"您是不是想到什么了？"

"我看上去像是想到什么了吗？"

"是啊，感觉您像灵光乍现一样。"

"那我可能要让你失望了，我压根儿啥都没想到。"

那您能不能不要往那种方向暗示啊？我小声发泄着不满。砂川老师的所作所为太挑战心脏的耐性了。

我们把四十多本笔记本全都搬到了车后座。老师手叉着腰，一边动作很大地拉伸身体，一边说："好嘞，那我们这就去博多吧。"

果然来了！我暗暗嘀咕。

"我想调查一下第一位受害者高梨祐一。虽然蛮不爽的，但我记得市村那家伙说过,他会和博多北警察局通气,是吧?"

"我们开车去吗?"

"当然要开车。电车早就停运了吧。"

JR九州在9月10日便宣布全线临时停运,自那之后就再也没动弹过。不知为何,我有种不祥的预感——

"啊,对了,难得小春也在,这回你开车吧。"

一切只能听老师的,于是,事情突然就变成我开车向博多北警察局奔去。路线是从水城IC经由福冈都市高速公路,一路开到月隈JCT。因为老师说了"可以拿这条线路代替高速教学线路",所以我也没什么好抱怨的。

离开二日市法律事务所,我们径直折回太宰府。我坐在驾驶席上,一边东张西望,一边战战兢兢地开过了水城IC的无人ETC入口。这还是我头一回上高速,也是头一回把车速维持在时速80千米。

"如果是在加速车道上的话要怎么做呢?"

"开、开在加速车道上,充分加速之后汇入主线车道。"

"没错!我说,你再提点儿速度吧。虽然在高速上开车不可以超过最高车速,但是你这达不到最低车速也是不行的呀。"

虽然没有九州公路的路况那么糟糕,但是福冈都市高速上的事故也不少。我时不时就能看到路旁翻倒着的一些事故车辆。当然,除了这些废车之外就没再见到别的车了。笔直地在高速公路上开车要比预想的简单很多。或者也可以说,一旦习惯了车速,体感速度就越来越慢,很难忍住不加速。

在我开着车的这段时间里,砂川老师一直喋喋不休地聊着自己对事件的看法。

"这个案子的疑点非常多,首先是几起犯罪案件的时间间隔——尤其是第一起和第二起案子的时间间隔,两者实在是离得太近了。还有就是,犯罪现场相隔太远了。

"博多、糸岛、太宰府发生的几起杀人案如果是同一人犯案的话,那这名凶手是从12月29日晚上8点到30日凌晨1点,分别杀害了博多的高梨祐一和糸岛的立浪纯也,又在30日的晚上9点到12点,杀害了太宰府的日隅美枝子。约二十四小时之内,凶手在三个不同的地点奔走,好一通忙活。没有车的话肯定是来不及的。杀人费时费力,可这个杀人犯的行为就好像在紧急交付任务一样。这一点我真的非常在意。经糸岛和博多去太宰府的话,距离有40、50千米……不,应该有60千米,实在是太远了。"

砂川老师的这番话与其说是在对我讲,不如说是在口头讲述疑点,方便梳理搜查顺序。出于这一判断,我选择彻底扮演一个倾听者。

"……我说,小春你怎么看?"

"啊?是、是……"

砂川老师突然把问题扔给我,吓了我一跳,导致我在回答她时声音尖声尖气,很丢人。我在开车的时候确实没法儿说话。因为我这一声怪腔怪调的回应,车里顿时鸦雀无声。我内心羞愧极了,吐出一句:

"……对不起。"

"没必要道歉啦。"

"不,那个……总觉得……"

砂川老师沉吟片刻,随后语气平和地说:

"小春,你准备一直这样下去吗?"

一直这样下去——具体指的是一种什么样的状态呢?我假装听不懂,反问了一声:"什么?"

"我说啊,小春你要拿驾照,是因为想去什么地方,对吧?虽然你车技不行,但是只要能往前开,能倒退,其实就够用了。你差不多该去目的地了吧?"

"为什么突然说这个啊?"

"因为小春你很不擅长应付我这种人吧?"

情急之下,我不知道该回答些什么。

"记得你说过,你弟弟一直在屋子里躲着,对吧?不过应该还有其他人吧,朋友、恋人什么的,很重要的人。"

这个人神经太大条了,太没情商了,我忍不住感到火大。为什么老师要说这些话,要在我不愿提及的地方疯狂碾压我的意志呢?

都到这种时候了,如果除了弟弟外我还有其他重要的人,那我怎么可能还跑去驾校上课呢?怎么可能陪着她去调查什么危险的杀人事件呢?老师明明都知道,所以才带上我的啊!

"我没有恋人,我的朋友们也都已经死了。"眼泪快要夺眶而出,我拼命忍着,紧握住方向盘,"我只有三个朋友,可是,她们全都死了。"

我在说什么啊？我是在卖惨等着别人安慰吗？明明带着一半的自虐意味说了这些话，老师却笑着说："有三个朋友，足够了呀。"

老师说得没错，有三个朋友已经足够了。对于我来说，她们是实打实的好朋友。水树、阿绫和七菜子。温热的液体溢出眼眶，濡湿了脸颊。

"对不起啊。"

砂川老师伸出手，用一张也不知道上次是什么时候洗的手帕擦了擦我的眼睛。我不敢单手握方向盘，所以也没法儿推开她的手帕，只好任凭她擦着我的眼泪。

情绪稳定下来一些后，我发现整个车里都回荡着我吸鼻子的声音，莫名有些羞耻。

"老师，您不饿吗？"

我瞄了一眼后视镜，确定自己的背包扔在后座，随后问她。我原本是一门心思想要转移话题才问了这么一句，没想到老师一听我这么说，顿时两眼放光。

"你有吃的给我？"

"我的背包外兜里有干面包，不嫌弃的话……"

我话还没说完，砂川老师便连声说"我吃，我吃"，随后一把抓起了我的书包。一问才知道，其实她现在很难找到东西吃。

"本来我挺乐观的，没想到食物竟然不够了。太感谢你啦！我也没想到自己会粮食短缺这么久。"

我根本不知道她是这种处境，她明明可以告诉我的啊。不，是因为我没问,所以她才没说的。

"下次需要食物的时候请告诉我,我这儿还有些存货。"

"哎呀,真是帮大忙了!小春你好温柔。"

老师偶尔会用"温柔"这个词来形容我,但每次听到她这个说法,我就会莫名感到不悦。这不悦的内核应该是一种罪恶感吧。我只是在装好人而已。

我想做个好孩子、好学生、好朋友、好同事,做个好人。我想被人当成好人。但总是做得不顺利。眼下世界正走向终结,我这层伪装也快剥落了。

教练车从月隈JCT下了高速,抵达博多。

※

开过了东光桥,眼前就是JR博多站的筑紫口。我们的目标——博多北警察局就在车站正对面。在老师的指引下,我绕着博多站周边转了一圈,从筑紫口开向了博多口。这座几个月之前我每日通勤都会经过的福冈最大的车站,如今已经是座无人的废弃车站了。

今年4月,我以应届毕业生的身份入职本地的印刷公司。在"厄运星期三"来临前不到半年的时间里,我每天早上都换乘电车去博多站上班。9月8日,"厄运星期三"的第二天,上司发给我一条信息,只写了"以后营业暂停"这么一句话。自此我再没有去上过班。虽然一周的工资打了水漂,但公司至少通知了我一声,也算可以了。

我也不知道自己当时怎么想的,竟鬼迷心窍地选了个销售岗。在公司上班的那段日子对于我来说相当凄惨。无论花多长时间,我都无法掌握自己的工作内容,和同期入职的人也混不熟,前辈也为我工作的掉链子程度感到无语。我每一天都在心里祈祷辞职。

"小春,怎么了?你怎么在发呆?"

"没、没事。"

博多北警察局和太宰府警察局如出一辙,都是死气沉沉的。警察局墙上还留下一行"给我们吃的啊,偷税贼!"的涂鸦,不知是不是那些自暴自弃的老百姓写的。自动门大敞着,冷风呼呼地灌进大厅里。然而,这儿有一点还是要比太宰府警察局强的,那就是博多北的综合咨询处不是一台呼叫铃,而是一个活人。

那是一个眼神凌厉、一脸胡楂的魁梧男人。看年纪30多岁,估计和砂川老师差不多大。他身上披着一件起了球的运动外套,显得颇有些不修边幅。不过单是远远看到他的身形,就知道他一定在坚持锻炼身体。这个人完全是一副铁面警察的架势。

我最应付不来这种有威严感的男人,于是紧贴在老师身后,一边走一边偷看情况。先出声搭话的是那个壮男人。

"市村综合协调官今早用无线联系了我。您是砂川,对吧?"

见老师点点头,那男人也微点了一下头代为招呼。随后他从裤子口袋里掏出了警察证给我们看。

"我是少年课少年事件搜查组的银岛。"

我还是第一次见警察证呢。证件上面写着"银岛荣二",官阶是巡查部长。砂川老师扬起脸笑了。

"是银岛警官啊。那请您多关照,麻烦您了,真是不好意思。"

"啊,没事。"银岛生硬地点了点头。看样子他不像个健谈的人。

互相问候过,银岛便引领着我们迈步道:"请往这边走。"

银岛把我们带去了一楼的小单间里。房间内的桌上准备了一些资料。这是银岛接到市村联系后事先为我们准备的。

他对我们的第一印象会是什么样的呢?也不知道市村对他做了什么程度的说明。倘若听到是曾经当过警察、如今是驾校教练的人带着她驾校的学生在调查杀人事件,银岛大概只会冷笑一声,然后对我们置之不理吧。然而,此时此刻他既没有显露出吃惊的态度,也没有用迟疑的眼神不礼貌地打量我们。

我读不出他的表情,只见他眼神冷峻地坐到了椅子上,然后请我们坐在了他对面。

"博多北警察局现在情况如何?"

砂川老师用聊家常的轻松口吻问道。银岛露出一个苦恼又无奈的复杂表情,伸手捏着后脖颈,发出咔咔的骨头响。

"什么情况不情况的……如今在编人员有总务课2人、会计课1人、刑事课4人、组织犯罪对策部3人,再加上少年课的我,共计11人。不对,还要加上局长,那就是12人。我们这些人轮流来值班,保证这个警察局开张。不过,在协调官来之前这儿已经快没人了。"

"哪儿都不容易啊。对博多发现的那具被害者尸体的调查进展如何了?"

"哎呀,这个嘛……"对方露出满面愁容。

"看样子不太顺利,是吗?继博多之后,糸岛和太宰府也发生了类似事件。您这边没调查吗?"

"想调查的东西可是相当多呢。"

虽然声音没有什么波澜,但听上去相当坚韧有力。这就是作为警察的职业素养吧。

"我不是刑事课的人,不过糸岛事件的相关信息我也有所耳闻,本来我们应该共同推进调查工作的。"

"听说在发生了那件事之后,糸岛的船越警察局已经被废除了。"

"是的,船越警察局已经关闭,博多北警察局也快被废弃了。如今我们领到的任务,是要在协调官抵达之前整理好资料。这资料简直堆成山了。"

"原来如此。"砂川老师叹着气应和道,"这就是博多北警察局采取的方针是吧?"

"嗯,是的。我们局长甚至说了'每个来访者都要照顾,哪有个头?'一类的话。"

看来,他虽然有做警察的热情,但奈何无法忤逆环境。银岛说罢很不甘心地咬着牙。虽然他看上去不可爱,甚至眼神很凶,但说话间的斟词酌句给人留下一种非常细腻的感觉,这也令我略略安下心来。

终于，双方切入正题。老师请求银岛再复述一遍博多发生的这起案件的始末。

"被害者高梨祐一，17岁，现居博多，是个无业游民。发现该事件的过程——12月30日凌晨4点10分，我当时正在博多区住吉四丁目的住吉公园附近巡逻，然后在住吉路十字路口附近的一家便利店停车场内发现了尸体。"

"啊！"

我一个没忍住，大声惊呼。原来他就是第一发现者！随后我的目光和银岛撞在了一起，我手足无措地问了一句：

"银、银岛警官，您还在坚持巡逻啊。"

"嗯，是啊。从早到晚坐在桌边我心里也不踏实。高梨祐一的遗体被扔在便利店停车场中一辆铃木SOLIO的驾驶席上，浑身遍布刺伤。"

砂川老师听到这儿皱起了眉头："遗体被扔在车里？这个信息我还是头一回听到。"

"没错。我听说太宰府那起事件里的尸体是被塞进了教练车的后备箱里，对吗？"

"所以您这边的尸体也是在车里，是吗？"

看样子抛尸在车内似乎是两起案件的共同点，但正在这时，银岛却否定了这个猜想。

"高梨祐一是坐在驾驶席上的，和太宰府那起事件有很多不同之处。而且，听说糸岛的被害者是在他自己家中被发现的。所所以我认为，凶手没有那种特意要把尸体塞进车中的特殊癖好。"

话题继续了下去。

昨天的凌晨4点刚过，银岛发现了尸体，于是展开初步调查。他在座位下面发现了一部手机，怀疑是高梨的。或许是高梨和凶手在扭打之际，从他的口袋里滑脱出去的。除手机外，没有其他能显示他身份的物品。银岛将车内搜索了一遍后，立刻联系了和警方合作的医生来验尸。医生推测其死亡时间是在12月29日晚上8点到10点。给出了尸检结论之后，那名医生就于昨天离职了。

高梨祐一是坐在驾驶席上断的气。他全身遭受了总计九处刺伤，但致命伤是从头右侧一直划至颈部中央的一个巨大的切口。死因是颈静脉切断导致的失血性休克。和日隅美枝子不同的是，这起案件似乎没有挪动尸体的痕迹，犯罪现场可能就在车内。

砂川老师插嘴问道："为什么能确认车内是犯罪现场呢？断定凶手不是在外面杀了被害人，随后将尸体搬进车内的证据是什么？"

"因为窗户是开着的。可能凶手是把胳膊探进了停靠车辆的车窗内，将坐在驾驶席上的被害人刺死了。"

"明知道外面有人拿着刀，他还会打开车窗吗？"

"您提的这个问题非常合理。但是根据车内飞溅的血痕推断，高梨就是以坐着的姿势被杀害的。从顶棚到仪表盘，再到副驾驶席，整个汽车内部染满鲜血，但被害者坐着的驾驶席位置却没有多少血。驾驶席车门内侧的车锁上有一个染血的掌纹，推测也是凶手留下的。"

老师微微颔首数次,又开口道:

"那事情就是这样喽——29日晚9点前后,凶手发现高梨将车子停在了便利店的停车场内,于是命令高梨将车窗降下来。虽然尚不明确被害者和凶手之间是否认识,不过高梨的确服从了对方的要求。随后,凶手趁车窗打开,把胳膊伸进去,割开了高梨的颈静脉。从车门内侧凶手留下的掌纹可以判断,此后凶手又打开了车门,在高梨身上留下数记刀伤。"

砂川老师摆出寻求对方同意的态度,银岛却突然支支吾吾,表现得暧昧不清。

"怎么了?我是说了什么奇怪的话吗?"

"不……其实,我们在被害者身上发现了不少有生活反应的皮下出血。"

银岛说着,把桌上的资料递给我们看。搜查资料上还别着好几张遗体照片,用的都是不需要打印的拍立得。那些照片太过触目惊心,我下意识地别开了视线。银岛说了声:"抱歉,吓到你了。"随即低头道歉,把照片调整到我看不到的角度,真是个温柔的人。

银岛一边指着砂川老师手中的资料,一边继续讲解道:

"您看,就是这里。左大腿外侧和背部有好几处皮下出血,说明他在被害之前曾遭受猛烈的击打,或者是被攻击了。不过因为无法解剖,所以还不清楚受伤的原因。"

我眯眼瞄了一下,那张照片拍到了被害者的背部,依稀能看到后背上的瘀痕。

之前是听谁说过来着？——日隅美枝子的身体上也留下了好几处有生活反应的伤痕。

"他是在遭受暴行之后才被杀害的吗？"

"没错。刚才砂川女士您提到那个凶手在车外杀死被害人，随后将其搬进车内的可能性时，我是持否定意见的，但您的猜测也不见得就是错误的。"

"为了击打被害人后背，凶手就得把高梨从驾驶席上拉出车外才行，对吧？"

"……可是，车内是犯罪现场这一点并没错，这一事实也是无可动摇的。所以……虽然很难想象，但被害人也可能是在其他地方，因为其他一些原因才受了那些伤的。然后又偶然遇到凶手，惨遭杀害……不，这种情况也太罕见了……"

"基于太宰府的被害者遭受了更加严重的伤害这一点，估计这名被害者的确是在惨遭凶手的暴行后被杀害的。高梨祐一身上的瘀伤应该也是被凶手殴打的结果吧？"

"那就是说，凶手是把高梨从车里拉出来施暴，随后又逼他坐进驾驶席，杀掉了他？"

老师和银岛都沉默了。搞不清楚的事情太多，推论陷入了迷宫。比如，我们在寻找日隅美枝子身份的时候费了那么大一番工夫，为什么确认高梨祐一的身份就那么简单？

我战战兢兢地开口问道："银岛警官，您是通过座位下面找到的手机来确定高梨祐一身份的吗？"

回答是"否"。因为银岛以前就认识这个被害人。

"高梨祐一初中毕业后不久,就在打工的地方引发了一起伤害事件,被送进家庭法庭,还蹲了三周的少管所。我听说正是由于这个原因,他才从高中退学的。当时这个事情并不由我直接负责,是我当时的上司经手的。"

高中退学之后高梨祐一成了无业游民,这个信息我们已经知道了。只不过,没想到他还受过这边少年课的"照顾"。

"他的事明明不是由银岛警官直接负责,但您记得很清楚呀。"

"因为他外形真的很显眼。"

银岛从搜查资料之中挑出一张照片,递给我们看。那是被害者生前的照片。高梨手机的相册里几乎不剩什么了,这张照片算是了解他本来面貌的重要资料。

"这发型好醒目啊。"

砂川老师看了一眼照片,评价道。照片里的青年留着一头金色的莫西干发型,面对镜头摆了个剪刀手。他穿着印了连锁快餐店标志的围裙,这张照片可能是在他打工的店里拍的吧。这种容貌的确会让人过目不忘。

"被害者独自住在博多区的一处公寓内。自幼双亲离世,他是被亲戚抚养长大的。从高中退学后,他再也没回过养父母家。"

老师插嘴问:"他是从多大开始学坏的?"

"读初中的时候就已经是问题少年了。"

"高梨中途退学的那所高中,还有毕业的初中,您都知道是哪儿吗？"

"高中应该是六学区的三仓高等学校。哦，还有高梨就读的初中，应该是明壮学园的初中部。您听说过那个学校吧？就是在东比惠站附近的名门私立学校。他亲戚家还蛮富裕的。"

老师手扶着额头，短暂地陷入沉默。很快，她又好似突然想到什么一样开口道："他和糸岛的被害者同岁，是吧？"

"是啊，那边的是个高中生，读的是一所很不错的高中。好像是承南高校吧。"

"没错，立浪纯也。您有他初中时代的相关信息吗？"

"没有，那起案子我就不了解了。"

就在银岛话越说越少的时候，砂川老师猛地站了起来。

"作为一个进行了初期调查的警官，您最在意哪一点？"

老师的语气十分平稳，但这句话却带着一种能瞬间镇住全场的气势，紧张感笼罩了整个屋内。片刻，银岛声音低沉地说：

"……高梨坐的车，究竟是谁的。"

我吃了一惊，条件反射般望向银岛。砂川老师似乎对银岛这句话很感兴趣，歪着头催促他继续。

"驾驶席的门上和方向盘上残留了不少被害者的指纹，但也发现了一些并不属于被害者的指纹。车门内侧附着的血掌纹是凶手的，但除此之外还有三种指纹。这辆车就好似坐过一家几口。说不定这车是高梨从什么地方抢来的。"

"嗯。因为我对这件事的印象是高梨坐在驾驶席上遭袭击，所以先入为主地觉得车肯定是高梨的了。说起来高梨才17岁，还没到能拿驾照的年纪呢。"

"没错。鉴于方向盘上还沾着高梨的指纹,所以我猜他有可能是无证驾驶。"

"车牌照……是不是没办法查询了?"

"福冈运输支局已经关门了。我在车子的手套箱里找过,也没找到车检证,所以我最终也没能搞清楚车子的主人是谁。"

原来如此。老师点了点头,有些烦恼地抱起胳膊。无证驾驶,车里发现了不属于被害者的指纹——此刻想必有很多谜团在砂川老师的脑内盘旋吧。我也一样,每次从银岛口中获得新情报,我都会有种脑浆翻腾的感觉。

"银岛警官为什么要留在这儿呢?"或许是想问的话都问完了吧,老师突然改了个话题。

"因为要照顾父亲。"银岛轻声说道,"去年5月起他的腰部状况突然变差,随后就一直卧病在床。把他独自丢下,我于心不忍。"

"那您的确很不容易啊。"

"倒也无所谓。反正不论跑到哪儿都会死,我并不在意。那种'小行星撞击地球难民'——是叫这个名字吧?就是那些逃去海外的亚洲人。他们遭受迫害,连饭都吃不上。和那些难民相比,还是留下来更安全。更何况,警察局开门的时候会给员工提供一定的物资。想来,我一边批评警方消极怠工,一边因为有吃有喝而留下来,真是荒唐,对吧?"

银岛的语气带着自嘲。我忍不住说:"我不觉得荒唐。"于是银岛露出一个哭笑不得的表情，抬手挠了挠头，问："你们是真的准备搜查下去吗？"

老师淡然回答：

"地球还没完蛋呢。"

"地球还没完蛋呢。是吗？真是了不起。"

银岛的语气之中既没有讥讽，也没有挖苦。他从怀中掏出了一个东西，递给老师。

"这是被害人的手机，我就交给二位了。"

手机屏幕右下方有些裂痕。这是高梨祐一的手机。我很吃惊，这一定是超级重要的证物吧？

"真的可以收下吗？那我就不客气了。"

"是的，请您收下吧。"银岛深深地低头致谢道，"真的拜托您了。再怎么说，那种死法……也实在是太可怜了。"

银岛还允许我们去调查那辆从便利店停车场收缴的车，也就是高梨祐一被杀害时坐的那辆车。当时的搜查结束后，银岛就将车子开回了警察局，现在被保管在博多北警察局的停车场内。银岛告诉我们可以随意查看，并且把车钥匙也给了我们。

没有其他警察陪同就贸然着手调查，我对此略有担心。但从眼下的情况看来，调查几乎已经停摆，所以应该也无所谓了吧。于是，我们就这样被银岛留在了警察局内，向着那片停车场走去。

停车场两侧停了两辆很相似的小轿车，离我们较近的一辆是黑色的，远处的那辆是天蓝色的。看样子，其中一辆应该是发现遗体的车，另一辆是银岛或者其他职员用的车吧。

走出正面玄关，砂川老师蹲下身子开始重系鞋带，于是我便独自先往前走。就在我径直走近停得比较靠里侧的车时，背后突然传来一个声音：

"那不是SOLIO啊，那是得利卡D:2吧！刚才银岛不是说发现高梨尸体的车子型号是SOLIO吗？"

"啊？您说什么？"

"得利卡D:2是三菱的，是铃木SOLIO的贴牌车。"

"啊？可是这辆车上有血迹——"我扭过头指着车内，向里一看，其中遍布血痕，好像洒遍了红油漆似的。

"这样啊，那可能是银岛记错车型了吧。"

我们用手中的钥匙一试，果然目标车辆是里侧这辆得利卡D:2。看来的确是银岛记错了吧。在案发现场的车就是这辆了，正如证词所说，车窗是开着的。

老师打开了车后座的车门，趴着检查垫子。我还没有勇气踏进杀人现场，所以站在车外面关注着老师的搜查进展。

听银岛说，高梨祐一的手机是在座位下面被发现的。那车内的搜查应该已经结束，不太会有什么醒目的新证物从地上冒出来了。

"怎么说呢，感觉疏漏很多啊。"老师低伏着身子说。

"您指什么啊？"我从窗外张望进去。

"把日隅塞进后备箱的时候，凶手把她的随身物品，什么皮包、眼镜一类的东西也统统倒进后备箱了，对吧？但凶手又把能显示她身份的东西全都带走了，非常谨慎。可高梨的情况是怎么样的呢？遗体就这样被扔在了驾驶席上，掉在座位下面的手机也没被收走。"

"您的意思是，这起案件的凶手和杀害日隅律师的凶手，并不是同一人？"

"我可没那么说，不过凶手应该相当慌张吧。"

之前在高速公路上疾驰时，老师也评价凶手"就好像在紧急交付任务一样"。从29日晚8点到30日凌晨1点，仅五个小时内，凶手就连杀了两人。之所以没收走高梨祐一的手机，可能是因为太着急了？如此说来，凶手又为何要那么急着去杀第二个人呢？无论如何转动脑筋，单靠我这贫瘠的想象力都想不出任何点子。

放弃调查汽车地面的砂川老师从车后座爬了出来，紧接着，她绕到了前座，打开了驾驶席旁边的车门。也不知道她是怎么想的，竟然一屁股坐进了驾驶席。难以置信！虽然和染满鲜血的副驾驶席相比还算干净些，但被害者可是坐在这个位置上死掉的啊！

"老师，您没疯吧？"

"我一直都冷静得很。银岛可是坐在这儿把车开回了警察局的呢，没问题啦。"

"这不是有没有问题的事啊……您究竟是怎么想的……"

"我在想啊，坐在这儿的话，就能看到高梨被害时的情景了……"

砂川老师慢慢靠坐到了驾驶席上，一副超级放松的模样。她甚至还不知从哪儿摸出一个手机开始摆弄起来。我下意识地去看她的指尖，发现老师手里正拿着银岛交给我们的高梨祐一的手机。

她从手机桌面上选择了一个黄绿色的图标，点开来。看样子是想查看一下信息。

高梨祐一和某人互发信息的最后一天，是"厄运星期三"的五天后——9月12日。从那之后，他就再没有用过这个App。高梨祐一最后的聊天对象就浮在屏幕最上方。看到那个人的名字时，我的心脏突然开始狂跳起来。

  NARU：好久不见，你还在福冈？
  祐一：还在。
  NARU：我有话想和你说。

又是NARU。第一起案件的被害人高梨祐一，还有第三起案件的被害人日隅美枝子——这两人的共同点出现了。被我们发现了。

是NARU。无论日隅还是高梨，都曾和NARU联络过。

※

离开博多北警察局前，银岛还把糸岛发生的第二起杀人案的一些信息也提供给了我们。

"关于昨天傍晚发现的那具遗体，就是和高梨祐一同年龄的被害者，是叫立浪纯也，对吧？我发现高梨遗体的时间是在昨天凌晨4点多，博多北警察局决定终止搜查的时间是昨天的下午4点。对，正好就在下午4点前后，我接到了无线电联络，说是在糸岛也发现了尸体。"

"无线……还能用吗？"

"是车载通信系统。都已经发现了第二具尸体了，我们局长依然坚持'要服从协调官'，于是调查只能中途喊停。"说到这儿，银岛显得有些泄气。

砂川老师追问道："关于立浪纯也的手机，您有听说什么吗？"

"没有。死者遗物貌似已经全都还给遗属了。啊，对，遗体也被遗属领走了。"

"立浪纯也有遗属？"

"有的。虽然他的父亲在9月的时候被卷进暴乱之中已经去世，但母亲还活着。不过，立浪的父母在他读初中时就离婚了，所以他也不和母亲住一起。立浪的遗体和遗物都是他母亲不情不愿地领走的。立浪的手机怎么了吗？"

"不，没什么。"

显然，老师是想翻看一下立浪手机里的信息记录。她一定在想，说不定立浪也和日隅美枝子、高梨祐一一样，和那个名叫NARU的人联系过。然而如此重要的情报，老师却并没告诉银岛。

据银岛所说，糸岛的船越警察局原定于昨天，也就是12月30日就关门大吉的。当天上午11点，有人将案件匿名通报给了船越警察局，随后警方发现了立浪纯也的遗体。发生了这么大的案子，却依然没能推翻关闭警察局的计划，船越警察局于30日下午5点关闭，改名为"地域安全中心"之后也没有进行调查。

"匿名通报？"砂川老师有些惊讶地皱起眉。的确，这个"匿名通报"听上去颇有些蹊跷。

"说得严密点儿，还和通报不太一样。昨天上午11点，当值警察到船越警察局上班的时候，发现警察局正面玄关大门上贴着一张反面朝前的传单，那张纸上……"

"那张纸上？"

"潦草地写着'发现一具被刺杀的尸体，请调查'，还附有立浪纯也的住址信息。"

这个细节可太有趣了。也就是说，是还留在九州的居民偶然发现了尸体，于是跑来警察局报案的吗？不论怎样，在警察局玄关上张贴告示的人，也就是第一发现者的身份尚不明确。

"那个警察看到告示之后，就按照上面的指示去了立浪纯也家，是吗？"

"没错。那名警察倒也想过是不是恶作剧，但又没从字里行间感受到什么恶意。杀人地点位于船越渔港附近的独立住宅之中，也就是死者的家。死者被发现时正倒在起居室内，胸口有四处刺伤，腹部有两处刺伤和三处切割伤。死者两边的手腕和右边小臂都有一些防御性切割伤。这名死者八成也是因出血性休克而亡吧。预计死亡的时间是在29日晚上11点到30日凌晨1点。"

"调查遗体的警察现在在哪儿？"

"很可惜,这名警员已经离职了。眼下正赶上第三波离职潮呢。"

"哎呀,这可真不凑巧。那个匿名在警察局贴告示的第一发现者也不知道去哪儿了,对吧?"

"是的。不清楚是从哪儿来的,也不清楚他是干什么的。不过,鉴于这个人昨天上午还在船越警察局外贴告示,估计应该还在附近吧。"

不出所料,这次砂川老师准备去糸岛,主要目的是搜查一下杀人现场,也就是立浪的家里,以及去见见立浪唯一的遗属——他的母亲。这也是船越警察局在关门前找到的唯一一名受害者亲人。现在的时间是下午2点,距离天黑还有一段时间。我们和银岛道别,坐上了教练车。银岛还特意一路送我们到了警察局大门口。

"以防万一,我们要不要交换一下电话号码?"

听到银岛这个建议,老师的表情显得有些为难。

"电话应该很难打通了。"

"您说得没错。不过应该可以发短信吧。"

和使用流量包的邮件信息不同,发送给电话号码的短信服务也是通过线路交换网来发送文字内容的,基本的运作方式和打电话一样。我甚至听说过,在灾难发生时,短信似乎更有用。但不知为何,砂川老师对交换联系方式的态度总是很消极。于是就由我和银岛交换了电话号码。

"请二位多多小心。"

银岛轻轻抬手行了个礼。和他道别后，我们的车沿博多站东入口驶入福冈都市高速环线。按老师的指令，这回还是我来开车。我感觉自己的身体也逐渐习惯驾驶了，打方向盘的动作也流畅了许多。

"不告诉银岛警官，真的合适吗？"

"什么啊？"

"就是NARU的事。"

警方并不知道被害者们和NARU之间有联系。如果受害者之间有共通之处，那"无差别杀人"的前提将会被推翻。可砂川老师没提这一点，而且，她恐怕是故意的。

我的话音刚落，车内便响起一阵干巴巴的笑声。我瞄了一眼副驾驶席，看到老师勾着嘴角，脸上挂起一抹讽刺的笑容。

"告诉他又能如何？那群家伙只能干坐着等待，什么也做不了，不是吗？"

老师的语气听上去非常开朗，但开朗之中又的确包含一些冷漠。我不再作声，用力抓紧了方向盘。

"……也不必说到那种地步吧？银岛警官原本也想继续搜查的呀。关于事件的细节他也都仔细告诉我们了，多好的一位警官呀！"

"可是说到底，他不也没能调查吗？"

我突然感到一种难以名状的恐惧。老师的侧脸没有一丝疲惫，反倒两眼发亮，仿佛浑身都散发着能量。

"嘴上说说而已呗，什么其实非常想继续调查、非常想替被害者昭雪一类的。就算他说这些话是发自真心，但只要实际上没行动，在我看来就是个无情的人。银岛和市村都一样——小春你不这么觉得吗？"

"我、我……"

开过荒津大桥，福冈巨蛋出现在眼前。百道浜坐落于福冈市中心的海滨开发区，拥有福冈塔、巨蛋球场、福冈市博物馆等，是福冈屈指可数的重要游览地。面向右侧能看到博多湾。虽然未来海水在小行星的撞击下会迅速蒸发殆尽，但此时此刻，海面还和往日一样平静，闪耀着蓝色的光辉。

"我不认为采取行动就是一切。因为并不是所有人都能随心所欲地行动。"

"呵，小春你呀，确实很温柔呢。"

开着车从福重JCT沿着今宿道路前进，我们一路驶向志摩船越。

糸岛市是全国首屈一指的优秀渔场，玄界滩出产的牡蛎是该市的名产。冬季正是牡蛎的旺季，加布里、船越、福吉、岐志渔港等地会开设总计数十家牡蛎小屋，吸引大批旅客前来，热闹非凡。但此时此刻，眼前的船越渔港却十分宁静。防波堤正对着一片广袤的黑色海洋，海浪激越地拍打出破碎的浪花。只有用通俗字体写了"牡蛎小屋专用停车场向前50米"的招牌看上去十分有趣，却更显四下寂寥。

"啊，是牡蛎小屋！小春，你来过糸岛的牡蛎小屋吗？"

"只和朋友来过一回。"

"真好呀，地球毁灭之前我也想尝一次这儿的牡蛎呢。"

临海住宅区内有一栋很大的独立建筑。墙壁是砂浆涂装的，非常时髦。这儿就是立浪纯也的家，也就是犯罪现场。听银岛说，这是立浪父亲的老宅改造的房子，不过看外观简直像一座新房。第二起案件的被害者立浪之前和父亲住在这里，父亲被卷入暴乱死掉之后，他也没有逃跑，就独自继续住着。

立浪就读于福冈市西区有名的私立学校，由此可以猜到这个家庭比较富裕。不过从这儿去承南高校上学，电车换乘大巴车要花一个半小时以上，挺不方便的。

扭了扭玄关大门，发现门上了锁。

"到处都是锁啊。"老师轻轻咂了咂舌。

虽然去了船越警察局，也就是现在的船越地域安全中心，但因为安全中心里没有人值守，所以我们没能拿到进入立浪纯也家的许可。也不知道现在究竟是谁拿着他家的钥匙。

单看房子的外观，根本想象不到这儿是一起惨烈的杀人案案发现场。窗玻璃没有破损，门锁也没有被撬过。

"凶手究竟是怎么进去的呢？"

"不知道，乍看之下，感觉这城里也基本没人了，就算立浪在家不锁门，也没什么难以理解的。凶手可能就是大摇大摆从正门进来的，或者是立浪主动请人家进了家门。当然这仅限于凶手和立浪认识的情况。"

砂川老师屡屡看向车库停着的那辆车。那就是一辆没有任何异样的白色面包车。肯定是立浪纯也父亲的车了。

我清清嗓子问道："您又在意起车子了吗？"

日隅是被塞进教练车后备箱的，高梨是在驾驶席上被杀害的。在听银岛讲述案件细节的时候我也很在意这一点，所以我坚信老师是想找出车辆的共同点，所以才观察立浪家的车子，但事实并非如此。

"我总感觉，这个车子好像直到最近还有人坐过。"

"什么？"我下意识地反问，"什么意思？"

"座位上一尘不染。还有啊，你看这个车子，是斜着停在车库里的，就像小春练习停车的时候一样。不知道是不是个急性子的人停的车。"

干吗还要提到我啊？真是多余。不过听她这么一说，我也发现这个车子停放的位置微微有些歪。是谁开过这辆车呢？立浪纯也的父亲已经死了，那应该是立浪本人开过吧？但是他才17岁，应该还没驾照呢。——怎么好像在哪儿听过这番推论？

突然，砂川老师的鼻子发出很大的嗅闻声，把我拉回了现实。

"有股很好闻的味道呢。"

有一阵香气夹杂着海风的咸味飘了过来。"是酱油啊。"我下意识地嘀咕。好久没闻到这种厨房里散发出来的饭菜香了。我环视四周，视线落在了刚才看到的那个写了"牡蛎小屋专用停车场向前50米"的招牌上。

"小屋还在营业吗？"

"怎么可能？"

我们对视了一眼，循着招牌向前走。招牌写得一点儿没错，我们很快就抵达了目的地。

在一大片空旷的场地上，整齐排列着临时厕所和塑料大棚。十多座塑料大棚全都是牡蛎小屋，店里还插着旗子，上面写着"糸岛牡蛎"几个字。

酱油香气果然是从这些牡蛎小屋里飘出来的。伴随着宜人的海风，令人食欲大增的香气不断飘散过来。可是停车场里一辆车都没有，当然，也根本没有客人的影子。

能听到的声音就只有鸟叫。还有，跑调的歌声。

——歌声？

"海浪峡谷之间，两朵绽放的花儿肩并着肩。"

有人在唱歌，唱的是演歌[1]。声音听上去很年轻。

"兄弟船是父亲的遗产，它虽古老但又坚韧无边。"

"它是我和哥哥梦想的摇篮。"

年轻男人的花腔唱调十分夸张，那歌声乘着风飘到我们耳畔。

"哈哈，你唱得真差啊。"

此时另一个男人的声音打着拍子般插了进来。那是一个温柔又快活、含着笑意的声音。唱演歌的男人似乎被这个"唱得真差"的评价搞得不太开心了，中断了歌唱。

"我唱得有那么差吗？"

"嗯，遗传了奶奶。"

"好过分！"

---

[1] 是日本特有的一种歌曲，多为抒发成年人的内心忧愁。

"我觉得也别有一番风味，蛮好的。哈哈哈，但一码归一码，确实差。"

另外那个男人笑得太开心了，引得这个唱演歌的男人也忍不住笑了起来。他们笑得那么开心，令人忍不住想多听一会儿。感觉已经很久没听到如此平和的对话了。

我们躲在阴影下偷看那两个男人。从招牌这边看过去，他们就站在离我们最近的牡蛎小屋前。那个唱歌的男人双手抱着一个纸箱子，似乎正准备把一些物品运进塑料大棚。另外那个笑得很开心的男人好像坐在什么东西上，看上去很矮。

"小春，我们上。"

"啊，为什么？是要去和他们打招呼吗？"

"嗯，打招呼……也算是吧。"

在这种偏僻地方见到生人，我其实心里已经非常不安了。不过，虽然我讨厌"一期一会"[1]这种词，但情境放在世界末日之际，又要另当别论了。

然而，老师却压低了声音忠告我："那两个人看上去好诡异。"

"……听他们聊天，感觉就是两个普通人啊。"

"人不可貌相。那种说说笑笑、打打闹闹，如果有人来问路，肯定会爽快地带着人家找路的普通人，也能一脸无动于衷地去杀人哟。"

---

1 由日本茶道发展而来的词语，用来形容一生只有一次的缘分。

"您这个说法未免太极端了。"

"但说真的,世界快要毁灭了,还在这种地方待着的人,不可能是什么普通人吧。"

似乎是感受到了脚步和气息,他们双双回过头。看清两个人的体态之后,我顿时噤声。

那个说对方唱歌跑调,还笑得很开心的男人,就是那个远远看过去好像坐在什么椅子上的人,坐的其实是轮椅。他的头和手脚都缠满了绷带,基本看不到脸。面部覆盖的白色绷带之下,显露出一双黑溜溜的眼眸,正望向我们这边。

老师毫不畏怯,语气开朗地和那两个人打招呼。

"小哥,你唱得真好听。"

那个把演歌唱跑调的男人表情明显十分僵硬,面带怀疑地望着我们。他个子很高,还留着一头醒目的银发,和那个看上去很冷酷的银岛属于不同类型的"难接近"。再定睛一看,我发现他耳朵上戴了十多枚耳钉。

"你刚刚唱的是什么歌啊?"

银发男语气生硬地回答:"鸟羽一郎的《兄弟船》[1]。"

这个歌手和这首歌对于我来说年代过于久远,我并不了解。不过看上去那个银发男和绷带男也不像是会听这首歌的年纪啊。虽然看不清绷带男的脸,但听声音他应该和我年纪相仿。银发男估计也差不多吧,甚至可能还未成年。

---

[1] 由鸟羽一郎于1982年演唱的日本演歌名曲。

"你们两个在做什么呢?"砂川老师直率地问道。

"我们俩,呃,在搬战利品。说起来,你们俩又是在干什么呢?"银发男代表绷带男回答。

"这附近发生了一起案件,我们正在查案子。"

"查案子?"银发男猛地皱紧眉头,"你们是警察?"

"以前是。"

"以前?什么意思啊?就是说你现在已经不是了吗?"

"没错。现在也就算个志愿者吧。我们正在走访调查,方便的话,能不能告诉我最近发生过什么事?"

一瞬间,银发男的眼神之中闪过一丝不安。随后他弯下腰去询问边上的绷带男。

——大哥,怎么办?

银发男的口型的确是这个意思。好奇怪。

"你们愿意出力维护福冈的治安环境吗?"老师又继续逼问道。

这次是绷带男开口了:"嗯,当然愿意了。好久没在福冈遇见除我们之外的人了,我很高兴。"

绷带男一边说着"咱们就别一直站外面聊了",一边伸手指了指牡蛎小屋。看来这个人更善言谈,性格也更随和。

另一边,银发男则粗暴地把手里抱着的纸箱子放到地上,十分露骨地表达着自己的不满。他抓着绷带男的轮椅扶手,利落地避开塑料大棚的台阶,把绷带男推进了屋。看得出他早已习惯推轮椅了。

砂川老师假装老实地跟在他们身后，探头瞄了一眼被扔在地上的纸箱子。那是银发男刚才称之为"战利品"的货物。箱子里只塞着一些罐头和应急食品，没什么不对劲的。

绷带男冲我们挥挥手，招呼道："请进吧，其实我们俩也是擅自闯进来的。"

"你们俩是住在这里吗？"

"是啊，屋里留了不少方便使用的物件呢。"

牡蛎小屋很宽敞，毛坯风格的水泥地面，还有两排营业用的那种带铁板的桌子和折叠凳。墙上贴着菜单，字体醒目。

牡蛎一大份、虾夷扇贝、乌贼、烤饭团等文字在眼前跳动着，光是看到就感觉饥肠辘辘。

桌子之间的通道上摆着几个煤油炉。这些炉子原本只是用来保证塑料大棚里的客人们不受冻的，但在没电没天然气的今天，这些温暖的煤油炉简直能救命。

入口附近的炉子上摆了个烤网，冒着烟。一直飘到外面的那股香味果然是从这儿传来的。烤网上面摆的是去壳的牡蛎。真没想到，如今这世道竟然还能弄到海产品，我不由得大吃一惊。

"那就是战利品啦，牡蛎罐头。"绷带男的观察很敏锐，他马上和我说，"我们搜寻过附近的住宅区，发现有些住户的置物间里还剩了一些罐头。比如青花鱼罐头、金枪鱼罐头一类的。难得找到一个牡蛎罐头，我想不如烤着尝尝看。"

看样子，他们所说的战利品，指的就是在城市里到处搜罗得来的物资。绷带男伸手拿起摆在烤网边的空罐子，将包装转向我们，只见上面写着"牡蛎熏制油渍"几个字。

"糸岛真是个好地方呀。尤其是这个牡蛎小屋，实在是太棒了。对了，不嫌弃的话，一块儿尝尝牡蛎吧？虽然这个牡蛎不是糸岛产的，而且只是罐头……"

绷带男喜滋滋地笑着，似乎对自己的提议很满意。虽然他脸上缠着绷带，很难看清表情，但应该是笑着的。不过，一边的银发男却略带责备地低声"喂"了一声，可绷带男根本不为所动。

"大家一起吃更香，来，快坐，快坐。"

在绷带男的催促下，我们围着桌子坐了下来。我将书包抱在膝头，感觉到了身后煤油炉发出的热气，整个背部都温暖了起来。绷带男兴致勃勃地翻烤着网上的牡蛎，银发男则在他边上无可奈何地叹息着，并开始准备烧水壶。看样子是想用另外的煤油炉烧水泡茶。

眼下的气氛就好似远足或露营一般放松，但这种感觉只是表象。因为砂川老师正快速环视着牡蛎小屋的内部装修，毫不掩饰她的戒备心。

"对了，你们俩叫什么名字呀？"

老师一边盯着炉子上的银色水壶，一边开口问道。银发男和绷带男互相看了一眼，彼此递了个眼色。

银发男回答："我……叫日野。这家伙叫……秋田。"

自报姓名时这诡异的停顿给人带来些许违和感，不过也不能当场指出来。于是我默默对两人点头致意。

"你们两个是什么关系呢？"

"亲戚。"

"表兄弟？"

"是啊，有意见？"

"当然没有了，你这火药味有点儿重啊，日野。"

银发男，就是自称日野的那个人，刚才称呼秋田"大哥"，如果秋田是他表哥的话，这么称呼倒也说得通。紧接着，砂川老师又问：

"为什么没有逃离福冈？"

"因为秋田住院了。他卷进一场火灾里，受了很重的烧伤，没法儿随意活动。"

"是吗？所以日野你陪他一起留在这儿喽？你们关系真好呀。"

日野语速很快，似乎想赶快结束对话。看他那样子，好像是隐瞒了些什么。秋田也不再像刚才那样健谈，而是静静看着日野和砂川老师对话。

火上的水壶开始冒起白色的蒸汽。

日野眼神凌厉地打量着老师和我。

"你们究竟在查什么？"

"在此之前，我想再听听你们的事。请问你们为什么要用假名？"

"啊？"

"早露馅儿了。尤其是日野你啊，演技超差。"

我慌张地捂住了嘴巴，不这么做的话我怕自己会叫出声来。整个塑料大棚内的空气都紧张起来。

"因为受了严重烧伤所以动不了了,这设定未免太粗糙了吧?如果脸上的烧伤严重到被绷带缠成这样,估计喉咙早被烧烂了,根本就说不了话才对,但听秋田的笑声可是相当嘹亮啊。其实你根本没被烧伤吧?"

水壶开始吱吱响了起来,水已经烧开了。

"之所以绑着绷带,是因为必须挡住脸。既不想让人知道自己的真实姓名,也不想被人看到自己的真面目,你究竟是什么人?"

我的想象力开始一股脑儿地向着不好的方向膨胀起来。日野口中的"大哥",如果是反社会团体成员之间的一种称呼——再明确一点,就是黑道上的"大哥",该怎么办呢?

"我说,你应该是个犯人吧,秋田。你是趁着世界末日从监狱里跑出来的,对不对?"

最开始行动起来的是日野。他一把抓起背后的折叠椅,挥向了坐在他对面的砂川老师。老师一脚踢飞自己的椅子,起身在地面滚动躲避攻击。折叠椅猛地撞到了水泥地面上。

老师手边没有任何能拿来当作武器的东西啊!可正当我想到这儿时,只见她一把拿起了炉子上的水壶,将沸腾的水泼了出去。日野慌忙躲闪,手指还是被开水烫到了,大喊了一声:"好烫!"

两个人顿时拉开距离,互相瞪视。

"你们是来抓大哥的吧?!"

"不懂你在说什么,能不能详细讲讲?"

他们两个人似乎有些鸡同鸭讲。虽然毫无根据,但我总觉得这两个人似乎并没有犯什么罪。然而，老师和日野之间已经是剑拔弩张了。紧接着，日野又拎起折叠椅直冲砂川老师的脑袋挥去。

我急忙跑到后面桌子的阴影里躲了起来。稍停片刻，我又将秋田的轮椅也拉了进来。

趁日野动作有破绽，砂川老师迅速和他拉近了距离，一把揪住他的衣领，瞄准对方脚踝，猛然一脚横扫过去。日野顿时失去平衡，摔趴在地。但他刚想迅速支起上身，就被老师一把勒住了脖子。

"再挣扎我就勒死你。"

短暂的两三秒内，日野发出痛苦的呻吟，但很快他又大声怒吼着，上半身猛然反弓，留着银发的后脑勺猛地撞向砂川老师的下颌，甩开了她的束缚。紧接着他拉开了一段距离，开始抓起手边的各种东西，牡蛎夹子、手电筒一类的，向砂川老师扔过去。老师则露出一个挑衅的笑容。

"没错，没错，你很聪明。面对一个打不过的对手，就应该拉开一定距离冲对方扔东西，恐吓对方，这样最有用了。"

"闭嘴！"

砂川老师也拿起了自己手边的牡蛎夹子扔了过去。怎么说呢，这俩人打得也太没章法了。

我和秋田就这样惴惴不安地看他们俩打了一会儿，不知何时起，那种紧张的氛围逐渐消散，我们俩变得就好似置身事外看别人吵一场莫名其妙的架似的，真的很滑稽。于是，我们俩你看看我，我看看你，两个人都困惑地歪着头。

"他们为什么要吵架来着？"

"不晓得……"

于是，我和秋田几乎是同时出声。

"快别打了！砂川老师！"

"小光，住手！"

那个自称日野的银发男，本名应该是小光。

砂川老师和小光根本没搭理我们的喊叫，两人都沉浸在打斗的氛围里。

"先冷静一下，老师！这样太危险了，住手吧。"

"坐下来聊聊吧，喂，小光，你倒是听我说啊！"

这两个人依然没听进我们的话。究竟是怎么回事啊？这个血气方刚的银发男暂且不提，秋田——目前还不清楚本名是什么——估计还是个能沟通的家伙吧，如果彼此坦诚，原本不该发生这种暴力冲突的。

该怎么办？就在我和秋田再度对视之时，那个叫小光的银发男抓起掉在水泥地面的烧水壶，猛地扔了出去。

砂川老师晃身躲过，水壶在空中飞舞，朝着我们躲藏的桌子直直飞了过来，我条件反射般举起怀里的大书包扔了过去。那个依旧滚烫的铁块被书包击中，两者双双落地，发出冷冰冰的锵啷声。

真是千钧一发啊。我手抚着胸口大喘了口气。原本沉浸在争吵之中的两人总算扭头看向我们。

秋田无奈地笑了，问小光："闹够啦？"

"没有！如果不能让这俩人闭嘴，那大哥你……"

"让她们闭嘴？你是想杀了她们吗？"

小光眼神游离，开始支支吾吾："我、我不会做这种事啦……"

砂川老师的气势似乎也泄了大半，好似闹脾气的小孩子一般噘起嘴："是你先动手的，我这属于正当防卫。"

于是，秋田代替小光低头致歉道："您说得没错，真抱歉，我这就说实话。"

"说了实话又如何？"

"那就看二位的意思了。"

秋田说着，伸手摸到脸颊，扯开了绷带上打的结。覆盖他脸庞的绷带缓缓解开，白色布料之下是他真正的模样。他皮肤苍白，但丝毫没有被火烧伤的痕迹。头发柔顺清爽，一双细长眼，瞳孔漆黑。

我想起来了，我认识这个人。

"我们两个姓了道。虽然刚才说了谎，不过我们确实是兄弟。我叫了道晓人，这个是我的弟弟了道光。"

这个稀罕的姓氏进一步唤醒了我的记忆。了道晓人，就是八年前那起杀人案，通称"了道事件"的凶手。

八年前，宫崎县日之影町的一户民宅里，一个名叫栅木坚治、时年52岁的男性被绞杀致死。主动去附近派出所自首的，就是被害者的外甥了道晓人，时年20岁。自幼时起，代替父母抚养他的祖父母便双双去世，他和弟弟都由舅舅栅木坚治抚养，且常年遭受其虐待。

这起了道事件，也因为晓人日常使用轮椅而引起巨大的关注。他有先天性胫骨缺损症，两岁起双腿就被切除了……

眼前的这个人是个杀人犯。我不知道该如何接受这个真相。他为什么要躲进这儿的牡蛎小屋里呢？

秋田，也就是晓人似乎看透了我的想法："因为11月份的时候福冈监狱发生了一起集体逃狱事件。要是你们不肯放过我，那我会再回监狱的。"

"不要，我绝不会让你回去的！"此时小光突然打断了晓人，大声说，"大哥你从监狱里跑出来又不是为了做坏事！陨石都快撞地球了，犯人还要被锁在监狱里，有什么必要啊？"

"小光，你别说了。"

"大哥你什么坏事都没做！凭什么要你死在监狱里啊！"

原来，在公布小行星撞击地球之前，小光一直生活在东京。后来为了帮助兄长越狱，他逆人流而行，跑去了福冈。同一时期，还有一个暴力团体"刀轮会"正在计划集体越狱，于是小光和服刑人员以及暴力团体成员互相合作，将监狱里的犯人放了出来。

不知为何，小光这段拼命的倾诉深深打动了我。

砂川老师抱着胳膊说："从个人角度来讲，我肯定是不希望罪犯们在外面大摇大摆地乱晃的。就算陨石撞击地球，我也希望罪犯能服完刑。"

怎么能这么说啊？太过分了。

"你说什么？"小光扯着嗓子质问。

"那我就说最后一遍，我不希望罪犯们在外面大摇大摆地乱晃。不过，只要这些犯人不犯事，我也不会多管。你们能证明自己不是连续杀人事件的凶手吗？"

"啊？"小光疑惑地皱起眉，晓人则瞪圆了眼睛。

"前天这附近发生了杀人案。博多和太宰府也都发生了类似事件。"

老师简单讲了一下连续杀人事件的概要，小光一直默默听着，听到匿名张贴告示的时候开口道：

"发现立浪纯也尸体的人是我。"

这次轮到我"啊"地反问了。

"我大哥刚才不是说了吗？我们会在这个牡蛎小屋附近的住户家里搜刮食物。昨天，我摸进这附近的别墅和公寓里找吃的东西。吊死在家里的人我倒见得多了，但那人死得实在太惨了，所以我才去通报的警方。"

竟然会有这么凑巧的事吗？不，这其实不算偶然。因为还会留在这附近的人毕竟太少了。

"说到在警察局门口贴的那张告示，为什么匿名？"

"第一发现者不是会被问来问去的吗？我怕暴露了大哥的事情，所以没报名字。"

尽管如此，小光并没有无视那个杀人现场。虽然他脾气不好，但一定不是个生性恶毒的家伙。我有好多问题想问他们。

看着打翻在地的烧水壶和倾倒的桌子，晓人扑哧一声笑了出来。

"所以，咱们要不要喝杯茶？这次不要再吵了。"

主谋

首谋者

"你竟然专门跑去驾校考证?你好奇怪啊!"

小光指着我捧腹大笑。他似乎觉得在人类灭亡前还跑去驾校上课的人很滑稽,所以很爱听我讲话。我就只是做了个自我介绍而已,没想到他对我的态度就像很亲近的好友一样。而且刚刚他还和砂川老师一通乱打,现在竟然能如此地平心静气,真是令人惊讶。

此时,重新开始烧的那壶水也沸腾了。砂川老师毫不犹豫地接下了晓人递过来的茶,喝了起来。小光已是一派轻松的模样,老师也是一副毫无顾虑的样子,或者说情绪转换过快了。最终感到迷茫的只有我而已。

此时小光开口问:"你是学生吗?"

"不是,我已经上班了。读大学的时候就去驾校报名了,但在就职前的春假没上完课,所以工作之后又去上了一段时间。"

"那你现在是23岁?咱们同龄呀!"

聊天的过程中我大概也知道我们是同岁了,但他没怎么具体谈及自己在"厄运星期三"之前是做什么的。小光的头发已经褪色了,还戴了一耳朵的耳环,很难想象他穿着西装去公司上班的样子。虽然我弟弟Seigo也戴了好几副耳环,而且染了头发,但和小光相比,视觉冲击力还差得远。

"现在就算是无证驾驶也无所谓了吧?你好认真啊。"如此评价我的是晓人。

"我很愚钝的,不找人好好教我就特别不安。"

此时小光插嘴道:"认真过头了就有点儿恶心。"

和比较照顾人感受的晓人完全相反,小光说话超级耿直。但不可思议的是,听他这样的话我并不会觉得火大。仔细端详,我发觉他的脸其实颇有几分幼态,再加上那种任性的说话方式,甚至显得有些可爱。想到这儿,我便自然而然不再对他用敬语了。

"砂川老师以前是警察,但现在是驾校的教练。我们就是在驾校认识的。"

"哦。"

"今早我们本来是去驾校开车的,结果在后备箱里发现了尸体。因为死者也是被害身亡,所以我们开始寻找凶手,一路找到这儿其实只是巧合,我们也没想要逮捕你们。没关系的,不会让你和你大哥分开的。"

"既然如此,怎么不早说啊?"小光如释重负地松了口气。

"刚才真是抱歉了,老师绝不是坏人。"

"不是坏人?那她还拿煮沸的水泼别人?"

"真的很抱歉。"

我稍稍瞪了一眼坐在一边理直气壮的砂川老师,再度道歉。

烤网上的罐装牡蛎很好吃，虽然牡蛎肉干巴巴的，味道也咸过了头，但光是能用热乎的食物填饱肚子，我就感动得快哭了。作为回礼，我从书包里掏出了小熊饼干分给他们，兄弟俩高兴极了。

大家就这样把桌上的食物分吃干净，随后话题终于转到了事件上。老师整个人都结结实实坐在椅子上，摆出一副聆听的态度。

"你是什么时候发现尸体的？"

"昨天早上。"小光说。

"这个你刚才说了，我是问具体时间。"

"那我不记得了。"

这才刚开始，弟弟的证言就变得颇不靠谱。于是晓人代替弟弟说：

"小光每次都是趁天还没亮就溜进别人家里的，所以当时应该还没到凌晨5点吧？"

老师的记忆力可能真的超群，她根本没有记笔记的意思。而我则再度打开手机快速记录起了情报。

"请把发现遗体时的情况详细说说。"

于是，小光开始一边回忆，一边断断续续地讲述起来。

"嗯……我记得当时玄关的门是开着的。我本来还想，这回不用撬锁了，蛮幸运的。然后，推开门的瞬间，有一股温乎乎的气流涌了过来，还带着血腥气……"

昨天凌晨5点左右，小光为了搜刮食物，潜入渔港附近的立浪家。玄关笼罩在一片血腥气之中，令人感到难以言喻的恶心，不过小光还是一脚踏进了屋内。这时，他看到了身负无数刀伤、倒在地上的尸体。

地板上残留着从尸体伤口喷出的大量血液，而且血迹尚未彻底干涸。小光不慎踩到血泊里，还打滑跌坐在了地上。就算是没有断案经验的普通人也看得出，被害人是不久前才遭受杀害的，凶手可能就在附近。小光感觉到了危险，立刻夺门而出。在牡蛎小屋等待的晓人见弟弟回来时裤子和鞋上都沾满了鲜血，也大吃了一惊。

"我当时慌极了，于是大哥提醒我'快去报警'。可是万一大哥暴露了不就糟了吗？所以我就去警察局贴了张纸。"

"原来如此，是晓人让你去的啊？"砂川老师问道。于是晓人轻轻点了点头。砂川老师又追问："你看到什么奇怪的人影，或者听到什么可疑的响动了吗？"

"一个人影都没有啊。"

"什么都行，你发现什么不自然的地方了吗？"

小光望向右上角，仰头思索了一番道：

"说起来，他穿得特别正式，我觉得这一点挺奇怪的。"

老师很感兴趣似的转了转她深黑的眼珠，问："穿得很正式，你是指被害者吗？"

"嗯。你想啊，现在还有谁会穿得板板正正的呢？反正自打'厄运星期三'起，我一直都只穿针织衫或者运动服，一般人也都会这样吧！可是死在那个屋子里的人却穿着衬衫一类的衣服，好像是高中制服。"

被害者身穿高中制服——我在笔记上补了这么一句。真是在意想不到的地方得知了尸体被发现时的案发状况。

接着，砂川老师把太宰府和博多的搜查情况也告诉了二人。太宰府驾校车子的后备箱里被扔了一具尸体，我们通过被害者胃里的名片查明了她的真实身份。令我非常吃惊的是，砂川老师把没有对银岛透露的、有关NARU的事情告诉了眼前的兄弟俩。

"接下来你们两位要继续去寻找凶手吗？"晓人问。

"没错。"

"一直查到地球毁灭吗？要怎么做呢？"

首先，我们要去寻找立浪纯也的母亲。

银岛此前已经把立浪遗属的情况告诉了我们。他的母亲名叫笠木真理子，是糸岛市私立小学的教员。和立浪的父亲离婚后，她就独自生活在供职的学校附近。银岛把她的住址也告诉了我们。想找到她应该不难。

笠木真理子领走了立浪的遗体和遗物。如果立浪也和其他被害者一样与NARU有关的话，现在笠木手里那部属于立浪的手机应该还留着相关记录。

这时，小光冷不防说了一句：

"也带我们一起去嘛。"

"为什么？"砂川老师瞪着眼问道。

"我可是第一发现者，自然有权利见证一切喽。听你讲了这么多，我也来兴致了。"

"你可真是厚脸皮。难道不该好好感谢我放你们一马，不追究越狱的事吗?"

"吵死了!暴力狂!"

两个人说着说着又开始互瞪起来。看样子他们俩性格相当不合。

我原本置身事外地旁观着这两个人你争我夺,老师却猛地冲我这边转过脸来,问我:"小春,让小光跟着我们,你能接受吗?"

"呃……可以啊。"

"那好吧。"

好、好吗?

随后,砂川老师又去询问晓人:"你怎么办?"

晓人慢悠悠地摇摇头:"我就算了,我行动不便,会拖你们后腿的。"

晓人的语气里并没有任何自卑的情绪,可是这么一来,反倒显得更寂寞了。小光一脸不高兴地刚要开口,我却抢在他前面说:

"一、一起走吧。"

下意识地说出这么一句话,我自己也吓了一跳。于是我又趁势继续说:"因为,要是砂川老师又和小光吵起来,我一个人搞不定啊。"

"可是,我会给你们添麻烦吧。"

晓人的态度依然没变,这时砂川老师助力道:

"小春她是问你想去还是不想去啦。"

晓人似乎烦恼了好一会儿,随后嘴角放松下来,微微笑着说:

"那就麻烦大家了。"

我们走出牡蛎小屋,领着兄弟俩走向停在附近的教练车。小光和晓人并排坐进车后座,轮椅也被折叠起来装上了车。

晓人在小光的帮助下倚靠在了座位上,随后又开始将刚刚摘下的绷带缠回到脸上。我对着后视镜中的他问道:

"那个绷带,是拿来挡脸用的吗?"

"嗯,是小光为我准备的。"

渐渐地,晓人那温柔的笑容就被白色绷带一点点遮住了。

"我是他的亲戚,浑身都被火烧伤了,是他把我从医院里带出来的——这个设定也是小光的主意。不过,如今这绷带也就只能算是个摆设了。"

"抱歉哟,我脑子不咋好。"小光闹起了别扭。

兄弟之间闹脾气的样子令人忍俊不禁,我不由得垂下眼帘。

在我心底里潜伏着某种冰冷的东西。我知道,那东西的真面目就是罪恶感。我是因为越来越害怕和砂川老师结伴行动,所以才将晓人和小光拉进我们这场旅程的。

※

立浪纯也的母亲笠木真理子和立浪父子一样生活在系岛市内,不过她的住处距离船越渔港略有距离。从JR筑肥线的波多江站出站后只需步行几分钟就能到达,算是在一个比较方便融入街区生活的环境里。

此时，坐在后座的小光探身向前，天真无邪地和正在开车的我搭话道："小春，你拿驾照是想干什么啊？"

车刚开出去没多一会儿，小光就开始很随意地喊我"小春"了。

"我拿不到驾照的。考场已经关闭了，考不了试的。"

"我不是这个意思啦。距离陨石落下来就只剩两个月了呢，你肯定是有什么目的，所以才要学开车的吧？"

"我想开车去个地方。"

"哪儿啊？"

我不知该如何回答，于是简短地回了一个"回忆里的地方"。对方没有再追问下去，转而又去问砂川老师：

"话又说回来，小春，还有你这家伙，你们俩都没离开福冈呀！"

"什么叫'你这家伙'？你至少得称呼我砂川姐才对吧？"

"砂川……姐，你、你的家人呢？"

小光这问题问得可真够直接的。老师有家人吗？我也不知道。我之前认定这个话题是不能触及的，所以就没问。但说实话，我其实很感兴趣。

老师倒是若无其事地回答："你以为是个人就一定有家人吗？我就是独自一人哟。小春的家人也在动乱之中丧命，现在和弟弟一起生活。"

听老师这样讲，小光露出一个难为情的表情："对不起，我不该问这些。"

"我不会因为这种事生气的。小光你有个这么亲的大哥,我真羡慕啊。"

很难得,这一次我和老师的想法相同。我也很羡慕兄道弟的深厚亲情。我直视前方,一边开车,一边问小光:"小光,你之前是住在东京的吧?是为了帮晓人越狱才特意跑来福冈的吗?"

如果本来就住在大城市,那说不定是能乘飞机或船舶逃去海外的。就算是想帮哥哥越狱才来的,但他真的一丝后悔的念头都没有过吗?

"你听了可别吓一跳哟!"小光得意地鼓起鼻翼说,"我们要偷渡去韩国!韩国为了和朝鲜的核武器抗衡,建了好多坚固的避难所。据说只要躲进去,就算陨石撞上地球了也不要紧!"

小光说,他和晓人计划坐船途经对马岛逃亡韩国。因为人口急速减少,所以沿海的警备力量松懈,偷渡也更简单了。他们准备在明年2月上旬出发,眼下正在准备必要的燃料和食物。

我本来期待着车里有谁能大笑着嚷一声"这不就是骗小孩的谣言吗?",然而车里鸦雀无声。

韩国的避难所很安全,这无疑是假的,是"厄运星期三"之后满天乱飞、毫无根据的流言中的一个而已。就算他们乘船跑到了韩国,又该如何冲进"鬼城"里的避难所内呢?而且,退一万步讲,就算他们真的能进入避难所,像韩国这种距离被小行星击中的地点那么近的国家,就算有避难所,也会在瞬间被夷为平地吧。所以,这只能说是个完全不靠谱的幼稚计划。

"我们也可以带上小春和砂川姐哟。"

透过后视镜，我看到了他那双闪着光芒、真诚又坦率的眼眸。他是认真的，他坚信那个计划就是希望。晓人一直没说话，看样子哥哥心里有数，知道这个计划相当幼稚。

"只要进了避难所就安全了。来吧，咱们一起走吧。"

砂川老师清了清嗓子："我会考虑的。"

从抵达糸岛起，太阳就开始西斜了。眼看已经到了下午4点，我突然开始焦急起来。得快点儿找到笠木真理子，要回她儿子的手机，不然我晚上到家就太晚了。

我很担心弟弟，但是教练车就这么一辆，眼下这个情况我也没法儿直说自己想回去了。Seigo有没有好好吃饭啊？他现在是不是也独自待在房间里呢？

开过了波多江站，我们顺利抵达了笠木居住的公寓附近。由于我不小心开错了路，结果我们一行人开始在住宅区兜兜转转起来。坐在副驾驶席上的砂川老师倒没表现出什么烦躁的态度，一直在安慰我。

"可以暂时找个地方停下，稍微歇歇。"

我沿着来时的路折返，转弯过了车站附近的JA产地直销市场。事到如今，就算在大路正中间随便一停，也不会有人跳出来指责。不过反正也要停，我还是选择了宽敞的停车场。

波多江站附近的这家由JA糸岛运营的产地直销市场是全国销量第一的JA直销点，也是糸岛市主要的一处观光地。这里贩卖新鲜的蔬菜、海鲜、副食品，还有鲜花等，种类丰富，我记得自己以前光是在这儿闲逛一圈就已经很开心了。过去，这儿的停车场上挤满了外县来的私家车和观光大巴,但如今已经成了一片荒地。

果不其然,市场入口的自动门玻璃已经被敲碎了,和其他的食品商店类似,这儿已被洗劫一空。

我刚停下车,小光立马推开车门跑到了外面。

"小春,咱们去看一下里头吧,说不定还剩了些什么呢。"

"我觉得应该早就被抢光了吧。"

我没什么兴趣,但晓人和老师都劝我们去看看。于是,我只好和小光两人去探索凌乱不堪的直销市场。

果不其然,店内的食物已经彻底被抢光,从生鲜食品到瓶装罐装果酱,分毫不剩。地板上还洒着斑斑点点的血迹,估计是几批来偷食物的小偷争抢所致。唯有卖鲜花的地方还剩了一些颜色尽失、枯萎的花束。

"还真是啥都没有。"

"这儿也被抢得够呛啊,东京的店也都这样吗?"

"还好吧,这儿要比关东那边惨多了。"

这时,小光看到了一家冰激凌店的看板,于是惋惜地噘起嘴:"我好想吃冰激凌啊,草莓牛奶口味的那种……"

"事到如今不可能吃到了吧。"

看了一大圈,小光估计也心满意足了,很快他就说了句"好了,就这样吧",结束了这番搜索。

"真的算了?里头的房间说不定还能剩点儿什么呢。"

"我就只是想看一圈,已经看够了。"

说罢,小光又环视店内一周。

"本来我挺犹豫的,不知道出发去韩国之前应该住哪儿。我没在福冈生活过,对这地方也不熟嘛,所以就想着,要是能吃到什么美食就好了,所以就来了糸岛。可是这儿啥也没有,只能找到点儿罐头牡蛎。"

小光带着调侃的语气咴咴笑着说道,可我听在耳朵里却觉得心好痛,连客套的笑都很难挤出来。

到了这个地步,我却仍旧没有把家中储备了很多食物的事情告诉大家。虽然存货有限,但只要省着点儿吃,多少也能分晓人和小光一些的。可我却没开口。是因为我不信任小光他们吗?的确,毕竟我们才刚刚认识啊。谨慎点儿总没错,我做得对。我在心里给自己找着借口,但同时,心底里响起了另一个声音——

你这样做和你父亲有什么区别?

把便利店里所有食物都运回了家的父亲,不肯把食物分给家人之外的任何人。便利店雇用的员工们来家里问他:"能不能分点儿吃的?"结果他撒了谎:"我家什么都没有!"还把那些人全都赶走了。随后他甚至在大门口设了个路障。而我就只是沉默地看着这一切。我当时拼命告诉自己:为了活下去,这也是没办法的事啊。

几个月前的这些难受的记忆翻涌起来。

正在此时,小光出其不意地唤了我一声,问:"听说到明年2月,挪亚方舟就要上太空了,是真的吗?"

我点了点头。他口中的这个挪亚方舟,其实只是个比喻。

2022年6月2日,在公布小行星撞击地球的新闻前,某国的企业家就成立了一个民间宇宙企业，准备制造一艘前所未闻的、巨大的载人航天飞船，载员50人。不知他从哪儿提前得到了这个机密情报，于是开始做起了逃离地球的准备。

2023年2月28日，这艘航天飞船会飞离地球和国际空间站对接，以躲避撞击时的冲击。说是50个乘机人员的选拔标准参考了对人类贡献程度的高低，具体人选还是凭CEO（首席执行官）个人的判断。真是好笑。虽然全世界都将这项计划比喻成"虚伪的挪亚方舟"，该计划也遭到一片骂声，但同时貌似也在稳步推进着。这不是谣言，是胜似谣言的真相。

登船名单没有公开，但今年9月下旬，传闻日本内阁总理大臣获得了登船的权利，引发了国内外的疯狂指责。如果要和往年一样举办流行语大赛的话，估计首相那句苦涩的"所以在接下来的日子里，就让我们同舟共济吧"一定能得最高票。

小光叹息着小声嘀咕了一句："有钱人能买到活下去的权利啊，真好。"

"不过，就算逃到了太空也不一定就能获救吧。"

我指出了这项计划的弱点，虽然这样似乎无法安慰对方。

其实，现代航天技术并不能建构起一个让人类在封闭空间长时间自给自足、生活下去的环境。所以挪亚方舟的目标，是在小行星撞击地球，以及该撞击产生的次生灾害尘埃落定的这一段时间内，暂时躲在国际宇宙空间站避难。随后它还会再返回地球。但是，对于次生灾害何时结束的相关预测还很模糊，就算想回归地球，地表恐怕也无法提供足够的支撑。如果始终无法回到地球，那资源不足、食品短缺的问题将无法避免。最重要的是，制造一艘能载50人的大型航天飞船，这可是史无前例的。最惨的莫过于船上的所有人一起死了。

"——所以呢，我认为挪亚方舟计划并不怎么聪明。你看，那些真想活下去的有钱人，不是都跑去欧美建造无比坚固的避难所了吗？"

我滔滔不绝地说了一通后，开始对自己话说太多的行为感到后悔，可小光却一脸钦佩地赞扬道："你懂得好多啊！"

随后他又补了一句："我啥也不懂，但我希望那个飞船掉下来。"

"是啊。"

我们返回停车场。走到教练车前面的时候，我俩双双停下了脚步。车旁边站着一个陌生女人。那个女人正和车外的砂川老师说着什么。坐在后座的晓人则一脸担忧地透过窗子看着她们。这个人是谁啊？

女人看上去35岁左右，淡黄色的外套上沾着油污，头发乱七八糟地缠在一起。用一个字形容就是：脏。然而，最异常的其实并不是她的外貌，而是她的状态。她始终满脸堆笑。

事到如今还留在九州的人肯定有什么特殊原因。我急忙后退几步保持警惕，可那女人似乎注意到了从市场走出来的我们，于是面不改色地慢慢向我们凑了过来。

她开口道："对不起，那个，请问，能分我些吃的吗？"

砂川老师似乎是要保护我们一般，向前迈出一步。

我将陌生女人从头到脚观察了一番，确定她没有拿任何武器。随后，我发现停车场正中间不知何时停了一辆没见过的薄荷绿自行车。可能是她的车？这么说来，她的移动方式就是骑自行车了，她甚至没有小汽车。

"突然跑来跟你们搭话，冒昧了，但我真的好几天都没吃到东西了。"

女人说着，肚子开始咕咕叫了起来。我略微犹豫了一下，伸手到背包里掏出了干面包和谷物棒，递给了她。

"不嫌弃的话……"

女人快速抓过吃的，对我说："谢谢您！真是太感谢了……"

她咧开嘴再度满脸堆笑。不可思议的是，她明明已经处在极度饥饿的状态，却并没有当场吃下我给的食物，而是小心翼翼地把食物放进了自己的裤子口袋里。

随后，女人用失焦的眼睛环视了我们一圈，问："你们也是去笠木老师那儿的吗？"

听到这个出乎意料的名字，我不禁眨了一下眼。小光也对坐在教练车里的晓人使了个眼色，两人轻轻地互相点了点头。立浪纯也的母亲笠木真理子是小学老师。这个女人口中的笠木老师，指的会不会就是立浪的母亲呢？

"一定是吧？因为好多人去投靠笠木老师了呢，我带你们去吧！"

我张开嘴，正准备回应这女人的提议，旁边却伸过来一只手制止了我。砂川老师看了我一眼，似乎想暗示我些什么。于是我

147

闭上嘴,让砂川老师来回应处理。

只见老师轻描淡写地撒了个谎:"不必了,我们只是在找吃的,碰巧走到这边而已。"

"是吗?但是这附近的超市已经都被洗劫过了,应该什么都没剩下吧?"

"嗯,确实不怎么样。对了,您说的笠木老师是谁啊?"

"你看,那边不是有所小学吗?她就是那儿的老师呀。不过她现在已经不是老师了,毕竟那种私立小学早就关门了。"

女人伸手一指,西九州汽车道高架桥的对面,能看到一栋奶油色的教学楼。那是一所附带幼儿园的教会私立小学。的确,那儿就是笠木真理子工作的地方。

公布小行星撞击地球的消息后,最早关门的就是私立中小学。而公司、公共设施、公立学校,还有各种组织的管理层都对这种突发事件束手无策,不知该如何是好。所以有些机构甚至到10月中旬都还在没头没脑地继续运转着。从这一点来看,私立学校做出判断,决定关闭学校的速度相当快。

"笠木老师把一大批没有及时逃跑的居民都带去了市里的公民馆照顾,是个特别好的人呢。"

"在公民馆里?"

"是啊,就是那边那个波多江第二公民馆。"

那个人简直就像第二个整形外科医院的伴田医生啊。我发自内心地感到钦佩,真是到处都有大好人啊。与此同时,那个女人也还在继续夸赞着"笠木老师"。

"她真的好像神一样。以前她是我儿子的班主任,我儿子不愿意去学校的时候,她也特别照顾我们家。"

"这样啊,您儿子多大了?"

"小学六年级了。"

聊到这儿,我突然感到古怪。这几个月里,我从没在福冈见过拖家带口的,尤其是带着小孩的家庭。

晓人从车窗里谨慎地开口问了一句:"您也住在公民馆吗?"

"我……"对方支吾了一下,接着说,"是的,我和儿子都靠她照顾了。"

"那您现在是要回公民馆吗?"

"是,对啊。"

我定睛一看,发现这女人浑身是伤。脸颊和手背上是大大小小黄绿色、紫色、红色等颜色的瘀伤。这意味着她平日里在持续遭受暴力对待。我突然感受到一种深不可测的恐惧,于是不知不觉地一步、两步,和她拉开距离。

"真的特别感谢你们送我吃的,那我就先走了。"

最终,这个女人并没说自己叫什么,一瘸一拐地走向自行车。

"您等等,我们还有话想问……"

然而,那个穿着淡黄色外套的女人似乎并没听到晓人的呼唤,眼看着越走越远。

"砂川姐,就这样放她走吗?我们可以请她带我们去公民馆,去见笠木真理子的呀。"

"我是故意放她走的。"砂川老师说着,勾起嘴角笑道,"尾随她。"

"就等这句了!"

小光表现出强烈的兴趣。看样子,最先习惯调查行动的可能是小光。

老师开着车,隔了一段距离尾随着那个女人的自行车。虽然拉开了一段距离,但这条路上根本没有其他车,所以也算是正大光明地尾随。女人一定察觉到自己被跟踪了,但是她仍旧慢悠悠地蹬着那辆薄荷绿的自行车。如此一来,整件事就显得越发诡异了。

骑到车站附近的一片住宅区前,女人停下了车。这儿是波多江第二公民馆前,也就是她刚刚提到的笠木老师照顾众多居民的避难所了。只见她迈着飘忽的步子,晃晃悠悠进了住宅区。

老师把教练车停在了三栋楼开外的地方。她尽量不发出声音,蹑手蹑脚地下了车,打头阵向公民馆正门走去。晓人说了句"我在车里等你们",可小光却不依,半是强迫地背起晓人跟在了老师身后。

只见那女人直愣愣地站在玄关的门廊上,动作完全静止。此时,门开了道缝,她貌似在和公民馆里的某个人对话。

一个陌生的声音响起。

"就这么点儿?"

女人回答:"对不起,我实在是找不到了。"

"我说你呀,内田女士,你真的一家一家认真找过了吗?"

"当然。"

"那没办法了,你得把搜寻范围再扩大才行。"

"可是……我骑着自行车实在是走不了太远。"

我们在停车场遇见的女人似乎叫内田。从声音判断,那个隔着门和内田说话的人也是位女性,声音听上去要比内田的年龄稍微大一些。

于是,这女性的声音毫无预兆地突然粗暴起来。

"你不是当妈的吗?你不想让你的孩子吃上饭吗?得有吃的,有吃的才行!拿这么点儿玩意儿没精打采地回来,你是不是脑子有问题啊?"

我从对话中大概摸清了情况。公民馆里的女性应该是要求内田出去寻找食物,然而内田带回来的战利品,也就是我送给她的谷物棒和干面包,并没有满足公民馆里那个女人的需要,所以她才如此动怒。

可就算不满意,那个人也骂得太狠了。内田不停地重复着"对不起,对不起",可门内的女性根本不理睬她。两人间的地位怎么会有这么大差距呢?

"因为天快黑了……真对不起,我只是想见儿子一面。我已经好多天没见到他了。"

"你这话说的,好像我故意把你和你儿子分开了一样。真受不了你!"

"对不起,对不起。"

内田一刻不停的道歉声渐渐融入暮色之中。

突然,从开了道缝的门内探出了一根棍状物,很粗,好像是晾衣竿或者拖把杆。

砂川老师在看到这根棍子的瞬间猛蹬地面，快速跑到了内田身边。就在那根棍子马上就要打到内田头上时，老师顺势将身体滑进了门缝内，果断伸手接住了棍子。

我也慌忙冲过去，只见门内站着一个手拿拖把的中年妇女。她被突然出现的闯入者吓了一跳，但依然摆着架子问："你是谁啊？"

砂川老师报之以一个挑衅的笑，单手抓住拖把猛地推了回去："你冷静点儿，我会说清我们是谁的，但你得先把你的武器收起来。"

"你说这是武器？这根拖把吗？"

"没错。你刚刚不是要敲她的脑袋吗？这属于实打实的施暴，不，是犯了故意伤害罪。"

老师和那个女人互相瞪了有三秒钟，那个女人瞄了一眼站在老师身后的我们，注意到了个子又高、发色还很醒目的小光，于是放下了手里的拖把。

这时内田才终于醒过神来，露出惊愕的表情："你们是刚才的那几个……"

我总算明白内田身上的瘀青都是怎么来的了。

小光身上背着晓人，灵巧地伸腿进来，把门蹬得大敞开："阿姨，你为什么要揍她啊？"

那女人没说话。看表情她似乎是在琢磨怎么回答才足够圆滑，不，是在琢磨怎么说才能骗过我们。

"问你呢！"小光威慑她道。

"不是笠木老师的错，是我不好。"此时内田突然插嘴，"我没有尽到做母亲的义务，笠木老师只是在训导我。"

"什么玩意儿？什么尽义务啊？"

"总之都是误会。是我不对，什么事都没有。"

内田称呼那个拿拖把的女人为"笠木老师"——所以她真的就是笠木真理子吗？她就是那个领走遗物和遗体的、立浪纯也唯一的家人吗？看她那样子，内田评价她温柔慈爱好似神明真是一点儿都站不住脚。笠木究竟是出于什么目的留在了这个公民馆内呢？

此时，笠木突然态度大变，改用一种十分温柔的音色凑近内田道："快告诉他们呀，内田女士，这些人竟然都把我当成坏人呢！话说回来，这几个人什么来头，都是谁啊？"

内田战战兢兢地将我们环视了一圈。其实我们只是在附近偶然遇见，她对我们也丝毫不了解。

这时，砂川老师向前一步道："你是笠木真理子吧？我们正在调查你儿子的事。"

"你是警察？"

"可以这么理解。听说你已经把孩子的遗体领走了。我这次来就是要问你一些问题。"

听到砂川老师这句话，一边的内田困惑地捂住了嘴，扭头看向笠木："呃，笠木老师，您的孩子去世了吗？"

笠木没回答她的问题，看样子她属于见势不妙就会缄默不言的类型。

内田和笠木真理子之间究竟是什么关系？明明应该是住在一起的两个人，却有着很明显的距离感。而且，内田甚至不知道笠木的孩子立浪纯也遭人杀害的事。

这时，我突然回忆起了刚刚在玄关偷听到的对话。

——我只是想见儿子一面。我已经好多天没见到他了。

——你这话说的，好像我故意把你和你儿子分开了一样。真受不了你！

对话里的"儿子"，恐怕就是在停车场的时候内田提到的那个读小学六年级的孩子吧。从内田的话推测，笠木有可能是限制了她和自己孩子的交流。她们两人，一个是孩子的老师，一个是孩子的监护人，但怎么看她们的关系都不太正常。

"能请内田女士稍微回避一下吗？"

笠木接受了砂川老师的提议，命令内田先去公民馆办公室等着。

走进公民馆后，我们在大厅席地而坐。环视四周，公民馆深处还有三个日式房间和一个多功能厅，但这个长长的走廊上却一个人都没有。为了能让晓人有地方坐，小光把教练车里的轮椅搬了过来，可是大厅里到处扔着笠木的私人物品，几乎没有下脚的地方，所以光是搬轮椅就费了不少劲儿。看样子，笠木是把公民馆直接当成自己的私有地产了。

"你为什么还留在福冈？"

"不为什么，我没必要告诉你们。"

笠木半躺着坐在了地板上。内田离开后,笠木的语气更加粗暴了。那态度实在不像个小学老师。不,说起来,其实我上学的时候遇到过不少像她这样态度又凶又差的老师。

砂川老师清了清嗓子,继续问道:"无所谓,反正你留在这儿的理由并不重要。刚刚那位是叫内田,对吧?你和她是什么关系?"

"我和她是什么关系重要吗?和我儿子的事无关吧?"

"出于职业习惯,我必须问你一下,毕竟有可能涉及其他犯罪。"

我感觉场上的气氛变得紧张起来。

笠木瞪着老师,随后好像是想开了,叹了口气,说:"我在这儿照顾内田的儿子。"

据笠木所说,这个身穿浅黄色外套的女人叫内田瞳。内田的儿子洋司就在笠木供职的私立小学读书,笠木则是他们班的班主任。去年1月洋司遭同班同学霸凌,得了恐慌症,还开始惧怕起了人群和幽闭空间。内田瞳认为,带着无法外出的洋司逃离福冈太困难了,所以决定留在本地。笠木作为前班主任很可怜这对母子,所以才承担起了照顾他们的义务。

此时晓人在一旁插嘴道:"那洋司的父亲呢?"

"不知道,大概是自己跑了吧。"

据说洋司现在还独自躲在公民馆深处的某个日式房间里。但笠木的话究竟有几分可信呢?她看上去实在不像是个重情重义、会照顾无处可逃的母子俩的人啊。

我开口提出了内心疑问："那个，其他人呢？"

听到我的问题，笠木紧皱起了眉毛："啊？你什么意思？说清楚点儿。"

"刚、刚才我们在外面和内田女士也聊过几句。她说您把周围的居民都聚集起来，经营了这个避难处。所以我想问……躲在这里的其他人都在哪儿呢？"

"啊，你说其他人是吧？其他人……其他人现在都出去找吃的了。"

笠木的回答有些含混。我的直觉告诉我，她似乎在隐瞒什么。在我们几个人的轮番提问下，笠木的脸色越来越难看了。

砂川老师继续问："笠木女士，你不出去找吃的吗？"

"我吗？我不是得照顾洋司吗？我们各司其职。"

"是吗？就算各司其职，我觉得你对内田女士的态度也挺不礼貌的。"

"最近食物短缺，洋司也基本吃不到东西。我是希望他能摄入些营养，所以才训斥了内田女士。"

笠木口齿伶俐地解释了一通，但她的说法听上去十分单薄，好似水上漂着的一层油花。于是，小光一句话直中问题核心：

"你不就是把那个阿姨当找食物的员工使唤吗？而且还拿拖把打她、威胁她！"

"你这孩子真没礼貌！有手有脚的人负责维系生命线，这不是理所当然的吗？都这时候我还得替她照顾她家里蹲的小孩，她做这种事算给我付辛苦费了，好吗？"

晓人带着愠意反问："打她，也算辛苦费吗？"

"我可没打她。那是她跑路的丈夫打的吧。"

这明显是个毫无依据的谎言。内田脸上的瘀青明显还很新。笠木一定在对内田施暴。

反正所有人都会死。既然要死，那最好能在人生的最后活得舒服一点儿。就算需要利用他人，也想在最后的最后，活得舒服。由此可见，因为某些原因放弃离开福冈的笠木，估计是用了些花言巧语欺骗了内田，并且利用了她吧。

这个人很邪恶，而且她根本无意掩饰这种邪恶。毕竟地球都快毁灭了。

"对了，你们不是来打听我儿子纯也的吗？"

笠木明显是在转移话题。而砂川老师的目光也愈来愈冷峻了。

"好，内田女士的问题我们稍后慢慢聊。——请问，关于事件当晚立浪纯也的行动轨迹你知道些什么吗？"

此时的笠木似乎感到自在了一些，她露出一个无畏的笑容。

"谁知道那蠢货干了什么啊？"

我们已经事先听说，父母离婚后，被害者和笠木之间鲜有交流。两人明明都住在糸岛市内，而且都没有逃跑，选择留在了福冈，可据笠木说，他们两人之间完全没联系过。

"你最后一次见你儿子是什么时候？"

"不记得了。一年前？不，可能是一年半以前吧。"

"纯也的死亡时间大约在29日晚11点到30日凌晨1点。这段时间你在哪儿？"

"你什么意思？怀疑我？"

"抱歉，就是得形式性地问一下。"

"我早就证明自己是清白的了。拿着裹尸袋的那个警察问我有没有不在场证明，内田做证说我前天晚上一直都在公民馆。"

"是吗？那你确实领走了你儿子的遗体和遗物，对吗？"

笠木轻轻点点头，承认了。

"我们的调查有了新进展，现在需要再次调查留在现场的遗物。请把你儿子的手机拿出来吧。"

一听到砂川老师这句话，笠木突然露出了一个得意的微笑，态度傲慢地挺胸摆起架子。她不作声，也不配合。于是，砂川老师压低声音威胁道：

"你这样给人的印象很不好。"

"你对我印象不好又怎样，谁在乎？"

"你说什么？"

"你们也不是什么正经警察吧？一点儿都不像公务员，好吗？"

她看了一眼晓人的轮椅，还有小光的银发，发出冷笑。

"我们是拿到了警方的搜查许可的。"

"我可是听说警方根本不干活儿了！你们不就是在虚张声势吗？呵呵。原来如此，你们想要那蠢货的手机，是吧？"

她不再用那种虚张声势的方式说话了，面对一脸困惑和焦躁的我们，她夸张地大叹一口气：

"还没听懂？我的意思就是：要是帮助你们能有好处拿，那我也可以把纯也的手机交出来。"

只见砂川老师的眉头跳了一下。我则没忍住小声嘀咕了一句"真离谱",于是被笠木瞪了一眼。

"要好处?"

"没错。不过不是要钱哟,那东西如今就是堆废纸而已。我要水、热乎食物,什么都行,统统给我。你们不是警方的人吗?那肯定能拿到配给的啊。"

"没有好处你就不帮,是吧?"

"当然了。"

老师看上去似乎费了一番力气想要保持冷静,可最终还是忍无可忍,猛地站起来。

"你看到你儿子的尸体了吧?你至少想象得出他死前受了多少苦吧?!"

"不知道,我没仔细看。"

"不是你领回来的吗?"

"只不过是突然冒出一辆巡逻车,然后警察就把包在裹尸袋里的尸体塞给我了而已。我直接把它扔院子里了,没看。"

我紧握的拳头因为愤怒而发抖,气得说不出话。

或许是场上陷入了沉默的缘故,周围的声音都变得异常清楚。钟表走动的声音、麻雀的鸣叫,还能依稀听到待在办公室里的内田瞳的喘气声。然后是自己鼓膜深处的耳鸣声——实在是太安静了。

此时,晓人开口道:

"没有孩子的声音。"

听到这句话，我顿时感觉心口吹进一股冷风。内田的儿子应该就在这里，可是我们完全听不到他的声音。

和弟弟一起生活时，我们俩虽然几乎不说话，但我每天都能听到他生活着的声音。他走在廊下的脚步声、拖拽椅子的声音，只要是住在一起，就一定会听到各种声音。

我一跃而起，穿过大厅向长长的走廊奔去。原本一脸卑劣笑容的笠木大惊失色，猛冲向我。小光则扑上去拽住了她的腿，将她绊倒后拦住了她的行动。

趁着落山的太阳留在天际的朦胧光亮，我逐一查看着昏暗的日式房间。一个人都没有。我推开多功能厅的拉门，还是一个人都没有。我又打开大厅一侧的后门，检查后院，也一个人都没有。

到处都找不到内田的儿子洋司。别说洋司了，这儿根本一个人都没有，整个公民馆都是空的。内田被骗了。

不知何时起，砂川老师也跑到了我身边，她站在空荡荡的日式房间门口，眯起眼睛深吸了一口气。我感受到她浑身散发出来的强烈怒火，不禁起了一身鸡皮疙瘩。

突然，砂川老师猛地转过身，一把抓住被小光绊倒在地的笠木的头发，一路拖拽着她走过廊下。笠木尖声惨叫，可砂川老师根本不为所动。

我慌忙追上去，只见老师将笠木扔到大厅的地上，直接跨到她身上坐下来。小光和晓人由于太过震惊，僵在原地一动没动地围观全程。

"你把洋司带去哪儿了？你都做了什么？"

"什么都没做!"

砂川老师眼底闪着晦暗的光,一把抓起笠木胸前的衣服。笠木眼神乱瞟,好似求救一般看着我。

"别瞎瞟,说话!"

砂川老师一巴掌扇到笠木脸上,她的脑袋猛地被打偏向一边。

"你以为我不敢动你,是吗?再不开口我把你脑袋打爆!"

笠木声音微弱地哭叫起来。她嘴唇被打裂了,鲜血滴落下来。

"老师,快住手!"

我实在无法袖手旁观,冲上去从背后抱住老师想要制止她。可我的力气实在比不过,老师第二次、第三次痛殴笠木的脸,我一边拼命抱着老师,一边对笠木大喊:

"笠木女士,你快把实话都说了吧!不然这个人会把你打死的!"

大概是明确意识到自己的生命遭受威胁了吧,笠木终于老实交代了。

事情的开端自然还是那颗小行星。自从在班上遭受严重的霸凌后,洋司就极度恐惧他人的目光。哪怕小行星撞击地球的消息公布之后,他也无法走出自己的房间。内田夫妻绝望地意识到,他们不可能全家逃离福冈了。内田瞳的丈夫彻底丧失了判断力和理性,于是在9月中旬带着儿子一起自杀了。

内田瞳无法接受孩子的死亡。10月上旬,内田不知从哪儿听说了笠木还留在福冈的消息,于是跑去笠木家。据说,内田当时是来找笠木咨询孩子不愿意走出房间该怎么办的。

一开始笠木相信了内田的说法，很亲切地和她交谈。内田又不断恳求笠木去说服儿子，把儿子领出房间。无奈，笠木只好答应去找洋司面谈。可走进她家后，笠木惊呆了。面对孩子和丈夫腐烂的尸体，内田的态度就好似他们还活着一样。于是，笠木就利用了内田。她假装相信了内田的胡言乱语，下命令说："我会照顾洋司的，你给我出去找吃的。"而内田则真心诚意地相信着笠木，一直拼命收集食物供奉给笠木。

笠木将洋司和内田丈夫的尸体装进农用独轮车，运去了小学的沙坑。从警方那儿领回来的立浪纯也的尸体，也同样被她丢弃在沙坑里撒上了沙子。自从9月学校关门，这所私立学校就一直没人进来过，可以说是最适合遗弃尸体的地方了。

听完笠木的坦白，老师仍旧猛烈地摇晃着她。

"是你杀了洋司，对不对？洋司和立浪纯也，都是被你杀掉的！"

"不是、不是的！我只是把尸体埋了而已！他们当时早都死了！"

笠木看上去不像是在撒谎。不过，她的确利用了洋司的死。这几个月，笠木恐怕就是靠掠夺内田瞳的食物和生活用品活下来的吧。

在公民馆组织避难是在撒谎，照顾洋司是在撒谎。可笠木却说，一切都是精神不稳定的内田自己脑补出来的幻想，自己只是借此占了个便宜而已。

"你为什么要打内田啊？"

"因、因为她特别恶心。"笠木这句话说得理直气壮,"凭什么让我遇到这种事啊?我一直待人温柔,我陪着这个脑子有病的女人玩,还二话不说把我那蠢儿子纯也的裹尸袋都领回来了。——说到纯也,他也不是什么好种!"

笠木因为恐惧而逐渐精神错乱,说的话也开始丧失逻辑。说着说着,她就突然聊起了立浪纯也的事。

"你们知道他作为一个老师的儿子,还去欺负同学,搞得我有多抬不起头吗?都是因为那个蠢男人,纯也的爹太惯着他了。全家如坐针毡的就只有我一个人而已!我就不该让他转学,就应该让他继续在明壮学园读高中,让他好好吃吃苦头!"

明壮学园。我突然觉得自己好像才听过这个名字不久。

——哦,还有高梨就读的初中,应该是明壮学园的初中部。您听说过那个学校吧?就是在东比惠站附近的名门私立学校。

纯也和银岛提到的那名博多的受害者读的中学一致,年级也一致。

因为霸凌同学,立浪纯也在班上没法儿立足,于是没有继续读初高中一贯制的明壮学园高中部,而是转学去了承南高校。

砂川老师朝笠木啐了一口。

"人渣。"

"你的意思是坏人就不该活下去吗?"

"没错。像你这种恶人,根本没有活下去的价值。小行星撞地球之前我就把你宰了。"

砂川老师冷酷地吐出这么一句话,扬起手准备继续殴打笠

木。我不知道是什么导致老师做出这样的事,她的侧脸看上去近乎非人,冰冷的表情就好似人偶一般。我冲小光和晓人大喊:

"快来!帮忙按住老师啊!"

率先行动起来的是晓人。他爬下了轮椅,按住了老师的胳膊。小光见状突然醒过神,也来帮忙。

砂川老师挣扎了一会儿,但很快放弃。她淡淡笑着,放下手臂说了一句:"小春真温柔呀。"

随后,她依然保持着骑坐在对方身上的姿势,眼神锐利地瞪视着笠木:

"从此以后,你不可以再靠近内田女士。还有,现在马上把立浪纯也的手机交上来!"

"知道了,我知道了。你快起来,我这就去取手机。"

从警察手里领回来的立浪遗物都被收在多功能厅的某个盒子里。被放开后,笠木眼泪汪汪地说了句"我马上回来",便摇摇晃晃地走出了大厅。

"发生什么事了?"

此时,听到骚乱声的内田瞳从办公室出来,刚好和笠木前后脚。只见内田一脸不安地喃喃道:"笠木老师呢?"

"内田女士,你被那个笠木骗了。"

"不好意思,您说什么?"

紧接着,内田就看到了砂川老师手上沾着的鲜血。她脸上顿时血色全无。而另一边,声称要去拿纯也手机的笠木也没回来,她已经走了好一会儿了。

小光跑去多功能厅一看，大喊："喂！那家伙逃跑了！"

定睛一看，多功能厅一侧的紧急逃生门大敞着，门外还能看到笠木仓皇逃窜的背影，越跑越远。此刻内田却猛地扑上来，抓住砂川老师的双肩摇晃：

"你对笠木老师做了什么！我们需要她啊！"

面对尖声狂叫的内田，砂川老师拼命解释：

"你睁大眼睛看看！内田女士！哪有什么别人！就连洋司也不在这里啊！"

"他明明在的，就在这里！"

内田指着多功能厅斩钉截铁地说。可是那宽敞的大厅里只有笠木的物品被乱七八糟地扔在地上。根本一个人都没有。

内田瞳是被害者，她被笠木真理子欺骗、利用，非常痛苦。我们需要帮助她。这些道理我懂，可是看到她那阴气逼人的可怕模样，我又感到不寒而栗。

"笠木老师！"

那是在一瞬间发生的事。内田一把甩开了砂川老师的控制，追着笠木飞奔出紧急逃生口。笠木真理子慌忙扭头看了一眼身后，急忙又奔跑得更远了，就像是要拼命逃离内田一般。

※

教练车的车前灯笔直劈开漆黑的夜色。按照砂川老师的吩咐，我再次坐到了驾驶席上，但我并没有询问目的地。我只是想要离开这个地方，所以才抓住了方向盘。

晓人小声嘀咕了一句："她们接下来会怎么样呢？"

我们搜索了附近，但既没找到笠木，也没发现内田，连立浪纯也的手机也没找到。接下来的66天，她们要怎么活下去呢？没人知道。

无论如何，两个月后地球都会毁灭。在这段日子里看淡他人的生死，是不是就能轻松些呢？从今天一大早开始就是如此，每次得到了新情报，我就感觉心像坠入泥沼一般地沉。

"接下来要怎么办？"

砂川老师的这句话是问晓人和小光的。两个人似乎都不知如何回答，双双沉默着。我则反复地深呼吸几次，做好心理准备后开口道：

"一起回太宰府，如何？"

我透过后视镜望着车后座。晓人脸上依然挂着温柔的微笑，没有表露出什么情绪。小光则惊愕地瞪大了眼。

"你说什么呢？我要和大哥一起逃去韩国！"

"距离出发不是还有一段时间吗？我家是开便利店的，食物还有些剩余，如果你们需要，我就去拿些给你们。"

隐藏食物带来的罪恶感一直令我心慌不已。我甚至做好了心理准备，比如对方会骂我："为什么等到现在才说？"

可是，我话音刚落，车里就回荡起快乐的叫喊声：

"那可帮大忙了！谢谢你啊，小春！"

小光不住地对我道谢，甚至显得过度夸张。晓人显得很抱歉，隔着绷带也能看出他低垂下来的眉眼。

"真的很感谢你的好意，可是小春，你不是和弟弟一起住吗？"

这时砂川老师插嘴道："你们住驾校就好了呀。"

这次轮到我吃惊了："可以吗，老师？"

"反正驾校又不是我开的。只要小春同意就好。"

主动邀请初次见面的陌生人，把自己的食物分给他们，我今天这是怎么了？可我又觉得自己早该这么做的，无论是对砂川老师，还是对晓人、小光兄弟俩。

返回博多站后，我们按来时的路线，从月隈JCT开进都市高速，拐向了太宰府IC。

狭窄的车内坐着四个人，这趟夜车之旅很安静。虽然偶尔有人说那么一句两句，但大家似乎都沉浸在自己的思绪里。快到大野城时，小光把脸凑到驾驶席和副驾驶席之间，透过车前窗望向东边的天空：

"那边能看到一颗红色的星星！是忒洛斯吗？"

"不是，那是火星。"

我短暂将视线从眼前的景象上挪开，瞄了一眼东方的天空。

"今年的12月，火星会非常清晰。每过两年两个月，火星就会结束一个对地球由远及近的周期。2022年是火星距地球较近的年份。尤其是12月1日，那天火星距离地球最近，非常漂亮。8号那天它正好运行到太阳的反方向，呈赤红色闪耀着，一整晚都是肉眼可见的。"

砂川老师用佩服的语气说了句:"小春真的很喜欢星星呢。"

没错,我喜欢星星。

要去太宰府市里,就必须从太宰府IC之前的水城IC开出去才行。晚上7点50分,我们顺利抵达水城IC。随后我返回家里的便利店准备拿些吃的。父亲虽然把大部分食物搬回了家,但是那些没搬完的应急食品,他都藏好并锁在便利店后院里。在黑暗中看到便利店大门的时候,时间已经过了晚上8点。我还是第一次开这么久的车。

将车子停在便利店停车场的时候,砂川老师十分雀跃地从手套箱里拿出授课单。

"今天的高速教学,小春你合格了。"

我盯着那个单子看了一会儿,"啊"地喊了一声。今天发生了太多的事,我早把这个忘在了脑后。原本我今天是要上高速课的呀。

我独自下了车,用父亲留下的钥匙打开了后院的门,将食物逐一摆进了折叠货箱里。水果果冻、2升装的茶和汽水、罐头、拉面、汤料、速食咖喱、速食米饭,等等。随后我还拿了毛巾、手帕、创可贴、头痛药等日用品,甚至搬了个瓦斯炉。

这样一来,我和Seigo的食物很有可能会不够用啊——如此的担忧也曾在脑中闪过,但我决心不去细想这些。我将货箱搬到平板车上,踢着它出了后院。

我一边推着车往前走,一边仰头看了看便利店背后的家。

Seigo的房间里没有手电的光亮。这个时间离睡觉还早，但我其实并不太知道他何时睡觉，何时醒来。Seigo会不安吗？想到这儿，我突然有种想哭的感觉。我明明从小就最喜欢星星，可又很讨厌独属于夜晚的寂寥。

当我把摆满座位都放不下的食物推给小光时，他激动坏了。

"好棒！吃大餐了！竟然还有汽水？这些都是给我们的吗？"

太好了。我和Seigo都不喝碳酸饮料，能让爱喝的人喝到，真是太好了。

"那我回家了。"

我点了点头，准备转身离开，可晓人却喊住了我。

"小春不一起去驾校吗？不和我们一起吃饭吗？"

在砂川老师的带领下，不知何时，连晓人也开始称呼我为"小春"了。

"我就不去了，我弟弟还在家呢。"

但砂川老师也开始挽留我。

"这么难得，不然把你弟弟也一起喊上呗。"

"我弟弟不会来的，他一直都待在屋里不出来。"

"真可惜，我本来还想请小春帮我一起翻找一下日隅美枝子的笔记来着。"

我的心脏又开始兀自狂跳。对啊，那些笔记还没看呢。

"日隅美枝子的笔记？那是啥？"

见小光和晓人都很疑惑，我大致说明了一下在律师事务所发现被害人笔记的始末。于是晓人说："那还蛮需要人手的。"

说实话，我其实对日隅留下的笔记很感兴趣，而且也很想确认一下搜查的进度。我想知道老师推理到了什么程度。所以，我再度扭头看向家的方向，随后决定和老师他们一起走了。

我们在太宰府驾校第一教室摆上了蜡烛和手电筒，随后开始准备起了晚饭。我把速食咖喱的包装和原本应该用微波炉加热的米饭包装都扔进开水里加热。老师带来的野营用汽油炉在煮开水上立了大功。

大家很久没有吃到热乎饭了，都一个劲儿地扒着咖喱。晓人和小光则美滋滋地喝着汽水。

"通过今天的搜查，凶手的形象有了新变化。"

老师一口咖喱一口茶，边吃边说道。

"博多、糸岛、太宰府——一开始，我认为短时间内在有一定距离的三个地方发生了三起杀人事件，应该是某人出于自暴自弃的心态犯下的罪行，或者是因为城市功能瘫痪，所以一心施暴、享受血腥的杀人鬼犯下的罪行。但这都是基于被害者们没有任何共同之处才做出的推断。也就是说，是在无差别连续杀人的这种先入为主的想法之下才形成的凶手形象。如果这三个被害者之间有关联，那就有可能是出于怨恨的杀人了。"

听到这儿，晓人问道：

"怨恨？可是两个月后全人类不是都会死吗？有必要为了报仇让自己的双手染血吗？明明都没有未来了，这样做还有什么意义呢？"

"在地球毁灭之前，这世上的一切从广义上看都将是无意义的。但即便如此,我们还是无法控制自己做无意义的事,这就是人类。你看,人总有一天会死,咖喱进肚早晚变成屎,不是吗?但我们不还是要吃咖喱吗?"

听到这儿,我忍不住大声抗议:"吃饭的时候别说这些,好不好?"

小光一边嚼着饭菜,一边也加入了讨论:"那就是说,凶手特别恨这三个被害人,想在地球毁灭前亲手杀了他们,是吗?"

"还不能确定就是如此。不过,我现在正在追这条线。第一个被害者高梨祐一,他的手机短信里还留着和谜之人物NARU的对话;第三个被害者日隅美枝子的电脑里也有NARU发来的邮件;还有,按笠木真理子的说法,高梨祐一和立浪纯也都曾经就读于明壮学园初中部。第一个被害者和第二个被害者读了同一所中学,第一个被害者和第三个被害者又有共同的熟人,这会是巧合吗?显然,这三个被害者——不,包含NARU在内的这四个人之间可能都有联系。说不定,我们没弄到手的立浪纯也的手机里也还有和NARU的对话记录呢。"

"所以,那个NARU就是凶手喽?"

"算首位嫌疑人吧。还有一点比较重要,就是这个律师的笔记。"

老师指了指摆在教室前方长桌上的那堆笔记,笑着勾起了一边的嘴角。

"日隅美枝子是个勤奋的律师,这一点算帮了我们大忙。她负责的案件,也就是各种纠纷的记录有这么一大堆。搜寻一下她的笔记，说不定能从中找到日隅和另外两个被害人，还有NARU之间的交集。"

砂川老师一脸笃定地说着，我则歪了歪头质疑道：

"笔记的量这么大，想从里面找出线索感觉会很难……"

"咱们有四个人呢。"

果然，挽留我的目的是想打人海战啊。小光拿起一本笔记翻了翻，看到那密密麻麻的小字，忍不住咂了咂舌，似乎早早丧失了斗志。晓人则表现出积极帮忙的态度，说了声："我们加油！"

既然如此，那就大干一场吧。

晚饭后，砂川老师把堆得像山一样的笔记分成了四份。根据封面记录的年份分出了从2019年至2022年的四份记录。

"那我负责看2020年的。"

我从长桌上选了一堆，随后，大家各自领了一堆笔记回到了自己的位置。2020年的笔记一共十四本。教室里很安静，只回荡着纸页翻动的声音。

我越看越觉得，日隅律师真是个认真严谨的人。她明知道在电脑或手机上录入这些内容会更快，却更喜欢随手带一本笔记，这种心情我能理解，但她恐怕是那种对记笔记的行为本身就十分热爱的类型。想到这儿，我不由得对她产生一种亲近感。但同时，一种难以言喻的罪恶感也在不断加深。

二日市法律事务所经办的业务类型广泛，包括交通事故、房产纠纷、债务整理、离婚、遗嘱·继承、刑事案件，还负责面向法人的企业法务等业务。仅凭她的笔记可以看出，日隅美枝子比较擅长的类型是儿童虐待、体罚、老师的猥亵行为、不上学、霸凌问题，还负责儿童咨询所等行政机关的交涉代理工作。看样子主要是一些围绕儿童权利展开的业务。

刚开始十五分钟，小光似乎就已经看够了，他毫无遮掩地大张着嘴巴打了个哈欠。而哥哥晓人则正相反，他用手指点着纸页一行行认真地读着。而砂川老师则以惊人的速度快速地翻着页。

阅读速度完全不同啊。砂川老师翻看笔记的速度虽快，但并不敷衍。估计是掌握了能瞬间读到所需信息的技术。我感到一阵焦躁，于是拼命将注意力集中到笔记上。

"小光，你注意力集中一点儿！"

似乎是看不下去小光的溜号行为，晓人像个老师一样提醒他。小光则不服气地反驳："可是，哪有大过年做这个的啊？"

"这和过年没关系吧。"

"我知道啦。啊啊，可是连红白歌会都没了，哪有个过年样啊？"

说到这儿，小光一边哗啦哗啦翻着笔记，一边漫不经心地哼起了歌。他果然是五音不全，不过勉勉强强听得出是在哼唱《越过天城》。

又过了五分钟，小光大喊一声："休息！"然后站了起来。砂川老师也抬起头，说了句"我去个厕所"就离开了。于是教室里就只剩下了我和晓人。晓人一边读着笔记，一边和我聊着。

"小春，你不怕我和小光吗？"

"毕竟今天才认识，还是有点儿怕的。"

"不是说这个。你看,我不是个越狱的凶手吗?还是杀人犯。我做的那些事,和砂川老师还有小春你在找的连环杀人魔没什么区别哟。"

晓人有着和小光截然不同的、能深入人内心的才能,我甚至没有余力去遣词造句说些什么场面话。

"我觉得这起案件的凶手和晓人你并不一样。"

"你是在同情我的遭遇?"

"嗯,或许吧。"

弱者的复仇。了道晓人引发的这起冲击性事件被新闻媒体连日大肆报道。一些烂俗的小报甚至还"贴心"地附上插图,详细地报道了杀人方法。晓人在舅舅的饭里下了安眠药,在深夜施行了杀人计划。他用塑料绳缠住了舅舅的脖子,将绳子一头绕在阳台柱子上,另一头卷进轮椅的轮子里,将其绞死。当时的新闻将了道晓人塑造成长年受舅舅虐待的悲惨人物。他被捕时说的那句"我不杀他,就会被他杀掉"让我至今印象深刻。

然而,我现在没有什么时间去追究晓人的过去,现在,我必须追究的是眼前的文字。我要找到他。NARU。成(日语读音为naru)。

"对不起,我不该擅自同情你。"

"别介意,该道歉的是我,让你同情我这种家伙……"

"晓人,你很温柔啊。"

"我才不温柔,一点儿都不温柔啊。"

一行行字从眼前掠过,我却很难读进去。眼前笔记上的字和晓人的话在我的脑子里乱成一团。

"因为我被捕了,所以小光就成了杀人犯的弟弟。我很后悔,我不该做那种事的。"

我想起了一件事,好像是当时在网络新闻上读到的——了道晓人在杀害了舅舅之后,企图自焚,但被和他住在一起的家人拦住,于是才去附近的派出所自首的。阻止晓人自杀的,是小光吗?

"晓人,你很后悔吗?"

"当然了。杀人确实不对啊。"

"可那个人是个大浑蛋吧?"

"从小春的嘴巴里听到'大浑蛋'这三个字,感觉好有趣。"

把晓人逼到只能选择杀人这条路的舅舅无疑是个坏人。那么,为什么不能杀了这个坏人呢?难道是因为杀了坏人,自己就会变成杀人犯,这样很愚蠢吗?还是说,若是坚持"以牙还牙,以眼还眼",总有一天全人类都会灭绝?

可晓人的回答和这些都不一样。

"无论什么样的大浑蛋,都有生命不受威胁的权利……吧?我也不太清楚。"

"晓人,如果你的舅舅没有被杀,一直活着,有一天他会反省自己之前的行为吗?"

"不会,我估计那个人完全不会反省。"

"即便如此,你也……"

"嗯,即便如此。我也在反省,我也很后悔。"

和晓人的对话中断了,老师和小光短暂休息过后返回了教室。

正在这时，我在手中的笔记里找到了某个名字。听到老师散漫地说了声"我回来啦"，我立刻将那本笔记塞进背包里藏了起来。

"你们聊什么呢？"砂川老师问。

"没什么。"

"怎么可能没什么呢？"老师笑着坐回到自己的座位上，继续翻起了笔记。我一时冲动站了起来："我还是得回家。"

老师用不可思议的表情看着我，眼睛眨了两三下。

"要回去了吗？怎么了，担心弟弟？"

"是的，我没帮上什么忙，很抱歉。"

"那我送你吧，走夜路很危险。"

"不必了。"

"我觉得有必要。万一被杀人犯袭击了该怎么办？"

我有一种不好的预感。我坚持要独自回家，可老师却比平时更强硬地要送我。走出教室的时候，小光满面笑容地对我挥了挥手："明天见喽！"

我坐上了教练车的副驾驶席，一边望着砂川老师的侧脸，一边浅浅地不断吸气呼气。沉默实在是难挨。老师一句话都不说，于是我只好开口道：

"砂川老师觉得是NARU杀了那三个人吗？"

停顿片刻后，老师回答："我不知道。"

"那您知道些什么？到什么程度？"

"我还什么都没抓准。不过，的确有些比较在意的事。"

听到她这句话，我感觉浑身的血液都涌进了心脏。就这么一动不动地坐着，老师一定会听到我的心跳声吧。我不由得抱紧了膝盖上的书包。

"小春，你弟弟是在哪所中学念书？"

来了。

"你能把你弟弟读书的那所学校的名字告诉我吗？"

"我不懂您问这个是什么意思。"

"你懂吧？"

手指在颤抖，我已经很难再强装平静了。

"我对您这方面真的应付不来。请不要刨根问底地打探一些私人信息，好吗？为什么连弟弟在哪儿上学都要告诉您呢？"

"其实，从一开始我就觉得奇怪了。"

教练车没有绕道，径直向我家开去。老师平稳的声音在安静的车内不断流淌。

"小春，你昨天说过，你离家出走的妈妈把手机、钱包、存折、车钥匙全留下了，什么都没拿，是空着手走的。你妈妈把车钥匙留下了，也就是说，她把车子留在家里了。可是今天早上我去接你的时候，你家的停车场里只停了一辆车。明明有停两辆车的空间，但只有一辆。你爸爸和你妈妈的车原本是都停在那儿的，对吧？你爸爸在家上吊自杀，妈妈把车扔下跑了。那停车场里另一辆消失的车又是谁的？那个人又把车开去了哪儿呢？"

没错，四个月前，母亲把车留在家里跑了。从那天起一直到前天，父亲的本田N-BOX边上，一直都停放着母亲的那辆得利卡D:2。

"白天我们在博多北警察局的停车场看到了高梨祐一乘坐的车子吧？当时银岛并没有说那辆车的颜色是什么，而且还把车子型号说成了SOLIO。可小春却径直走向了那辆得利卡D:2，也就是作为案发现场的那辆天蓝色的车子。远远看去明明看不到染满血的车座，小春之所以那么笃定，是因为你对那辆车的颜色和型号有印象，你知道那辆车就是案发时的车辆，对吧？"

我说不出话，但我必须说些什么。可越是急着想说点儿什么，我的呼吸就越是紊乱，思维也陷入了停滞。

"我不觉得小春你就是凶手，但是，你有可能会为了凶手扰乱搜查工作。你察觉到凶手的身份是在……没错，是在警察局听到了被害人名字的时候，对吧？"

一切正如老师所说。我早就知道高梨祐一和立浪纯也的名字。他们是弟弟的损友。最开始听到他们名字的时候，因为"高"和"立"在日语中的第一个音都读"Ta"，姓氏也都比较罕见，所以我就记住了。从两年前起，这两个名字就被我扔在记忆的角落里，但始终没忘。

"还有，在二日市法律事务所看到日隅律师的邮件时，小春也表现得怪怪的。当时的你可能已经知道NARU的真实身份了，对吧？"

我紧紧闭上了眼。

"小春，把你弟弟的名字告诉我吧？你弟弟就是NARU，对吗？"

NARU。成。

Seigo，成吾。我的弟弟。

从中学起，NARU就一直是我弟弟的绰号。成吾，我在被害者的电脑上看到你的邮件地址时是什么心情，你能理解吗？

"小春是为了确认事实真相，所以才跟随我一起调查的吧？而且，你当时在博多北警察局停车场里看到那辆车的时候，就已经有所察觉了吧？"

那是前天的事。我从驾校回来之后，发现母亲那辆停在停车场的车子消失了。只有我和成吾知道车钥匙放在了哪儿。所以，只有可能是那个没有驾照的家里蹲弟弟趁我不在把车开走的。他去哪儿了？独自逃跑了吗？我慌忙冲进家里，却听到二楼和往常一样发出了些许响动。我又松了口气。弟弟还在二楼，那……那辆车，那辆连钥匙都被母亲扔下的车子究竟去哪儿了呢？是弟弟趁我不在家的时候把车开走，然后又扔在了什么地方，自己走路回来了吗？

当时我并没有多想。反正地球都快毁灭了，成吾想做点儿什么出格的事，比如无证驾驶一类的，似乎也合理。但我万万没有想到，那辆车会沾满鲜血地再次出现在我面前。

银岛是这么说的。

"驾驶席的门上和方向盘上残留了不少被害者的指纹，但也发现了一些并不属于被害者的指纹……这辆车就好似坐过一家几口。"

那辆车上一定到处都是我弟弟的指纹吧。还有我的指纹。因为那是我们全家一起坐的车。

"高梨和立浪17岁,和你弟弟年纪相同。他们两人是明壮学园初中部的同级生。而日隅是负责霸凌事件的律师。按笠木真理子的证言来看,立浪中学时曾经霸凌过自己的同学。小春,你的弟弟是不是被高梨和立浪霸凌了?日隅美枝子是你们父母找来的律师,对吧?"

我当即否定了老师的说法。

"不是的。"

砂川老师一定以为成吾是受了高梨和立浪的欺负,为了复仇才杀了他们的。可是事实并非如此,唯有这一点她猜错了。

"成吾不是被害者。他和高梨祐一、立浪纯也一样,都是加害者。日隅律师一定是成吾曾霸凌过的那个学生父母雇来的律师。"

两年前接到成吾班主任的通知电话时,母亲脱口而出的第一句话是:"怎么可能?"那天大学放假,所以我正好在家。听到母亲这一声失常的大喊,我不由得竖起耳朵。

妈妈,刚刚那通电话是谁打来的?

——成吾的学校。他们班主任。

啊?成吾做什么了?

——老师说,成吾他霸凌了同学……同学的父母已经请了律师,明天来学校。小春,怎么办啊,妈妈该怎么做啊?

等等,成吾霸凌同学?搞错了吧,真的不是他被同学霸凌吗?

——老师说成吾自己也承认了。

成吾根本不是那种会主动跑去霸凌别人的孩子啊。他应该只是偶然被卷进纠纷里而已。

——可是,老师说他是主谋。

主谋?骗人,成吾不可能那么做,他根本做不到。你不要被老师骗了啊,妈妈!

成吾胆子很小。我这个人已经属于比较老实的类型了,成吾比我还要老实几分。他心思细腻,不擅运动,连个虫子都不敢弄死。周围的男孩子都嘲笑他,说他是"胆小鬼",是"弱鸡",可是他的性格始终没有变过。他连句脏话都不会说,也从不会无故伤害别人。作为姐姐,这些都是值得我为弟弟感到自豪的优点。

可弟弟却一直想摆脱这些。

进入中学,弟弟突然性格大变。他读的是一所校风比较宽松的私立中学。这儿没有一个小学同学,是一个展现全新自我的好环境。

"虽然还不太清楚,但我猜应该是弟弟杀了那三个人。"

我已经无法再袒护弟弟了。我说不出"弟弟不会杀人""不要找他麻烦"一类的话了。因为,成吾早就变成了一个我一点儿都不了解的陌生人。

我本来是想妨碍砂川老师调查的。我甚至考虑过,一旦看到了弟弟留下的痕迹,我就马上抹掉。当时在伴田整形外科医院的屋顶上,我之所以想给弟弟打电话,也是为了提醒他:"你干的事快败露了。"

我反应过来时,教练车已经开进了我家的停车场。父亲那罩着塑料布的尸体就被扔在路旁，被微弱的车前灯照着。老师熄了火，身体向副驾驶席这边凑过来。

"你把笔记藏起来了吗？"她的视线落在了我的背包上，"我知道你为什么要主动选择2020年的笔记了。因为这一年的笔记里会出现你弟弟的名字，对吧？"

今早在后备箱看到日隅的尸体时，我根本没想到这起案件的搜查会摸到我弟弟这儿。我没见过被害者家人请来的律师，也不知道律师的名字。可是日隅的笔记里，却清清楚楚地写着弟弟的全名。

"小春，我想去你家，想见你弟弟一面。见过一面后我就走。"

"见我弟弟干吗？"

"只是想和他聊聊。"

此时，我的脑海中浮现出老师不停殴打笠木真理子的模样。

"您能发誓只是和他聊聊吗？"

"我发誓。"

"您不会打成吾吧？"

"不会的，绝对不会。"

事到如今，再挣扎也没有意义了。我下定了决心，带着老师走进玄关。

"成吾住二楼。我这就让他见您。请在这里稍等一会儿。"

我连一句"我回来了"都没说，径直走进了黑漆漆的家中。我从背包里掏出手电筒照着玄关，正在这时，我听到二楼传来声响。成吾在家。

我明明说了让老师等一下，可她却从教练车里拿出一个常备灯，擅自走上楼梯。很明显，她一点儿会保证成吾人身安全的意思都没有。在太宰府警察局里遇见的那位市村警官曾经说过："她那个人很危险。"如今我算是明白他的意思了。

我独自走进了厨房。盥洗水池里扔着一个吃空了的杯面盒子。哦，原来成吾自己吃过饭了。我突然感到无比火大。只有我一个人在担心着一切，像个傻子！我从水槽下面的收纳架里掏出一把菜刀，别进裤子的腰带里。

我跑到二楼，发现砂川老师还在走廊站着。她似乎正在研究成吾住哪间。我扔掉了手电筒，双手抓紧菜刀，挡在了正对楼梯的房间门前。手电筒摔在地上，撞到了成吾堆在走廊上的空塑料瓶，漫反射后的光线将四周朦胧地照亮。

"请您回去吧。"

"小春，把刀放下。"

"不要！如果老师不肯回去，那我就只能杀掉您。"

我自己也知道，我不可能杀得了她。我根本没胆子干出那么破天荒的事。

"老师，求您了，能不能放过他？"

"不行。"

"为什么啊？您明明就放过了晓人啊。"

"因为你弟弟还有可能继续杀人啊。"

老师说得没错。成吾还没有杀够。他一定非常想把自己的那段过去抹掉。所以他会跑去寻找那些了解自己过去的人，把他们一个个都杀掉。

自从霸凌的事被捅出来后，弟弟的人生就彻底坍塌了。他无法走出房门，也无法去读高中，无法再架构起新的人际关系。他也不再和家人交谈。当然，一切也可以简单总结成是他咎由自取。可是，眼看人类就要灭亡了，我这可怜的弟弟还是只会去怨恨他人吗？

"这和老师无关。"

"不。只要我还活着，就不会对这件事置之不理。"

"够了！求您了！回去吧！"

我将刀子举到身前，负隅顽抗着。可砂川老师根本不吃这套。她大步流星地走近我，一把抓住我手中的刀子。不是抓刀柄，而是抓住了刀刃。在我意识到这一点的瞬间，老师的右手掌上已经划出一道红线，鲜血滴下来，打湿了地板。

我惨叫一声，松开了手。

"谢谢你，小春。你真温柔呀。"

我伸手还想拦住老师，可她却无情地推开了门。

弟弟并不在房间里。

房间里只有一个我从未见过的少女，瘫坐在地板上。

※

我捡起掉在地上的手电筒，战战兢兢地照向房内。

"你是谁？"我盯着那少女看了半天，好不容易才挤出这么三个字。

女孩看上去也就十二三岁的样子。可能是读小学高年级，或者是刚读初中的年纪。她瘦成了皮包骨头，脏兮兮的运动外套之下露出一截脚腕，细得几乎一碰就折。她应该好多天都没洗澡了，凑近会闻到一股馊味儿。

房间里根本没有成吾的影子，连一丝他的气息都不存在。

"成吾在哪儿？"

屋里的人对我这个问题表现得无动于衷。少女的表情十分僵硬，屁股紧贴地板，蹭着后退。砂川老师走近她，半跪下身，将视线和她的视线保持齐平。老师将染血的右手藏在身后，微笑着说：

"小妹妹，你肚子饿了没？"

少女摇了摇头。

"不饿？那就好。这屋子不是你家对吧？这儿是小春，也就是这个大姐姐的家呀。你是什么时候来的？没关系的，大姐姐和我都不会对你发火的。"

少女沉默了半响，随后像下定决心般开口道："那个男人去哪儿了？"

她的音色意外地干脆利落，令我有些吃惊。少女圆溜溜的大眼睛一会儿看看我，一会儿又看看砂川老师。

"你说谁？"

"就是那个戴了一堆耳环的男人。是他把这个地方告诉我的。"

我立刻想起打了很多耳洞、两只耳朵闪闪发光的成吾。是弟弟让这个陌生的少女来这儿的吗？我一时头晕眼花，完全搞不清状况了。

我提心吊胆地问她："你……是在哪儿遇见那个人的？"

少女表现得很戒备，她回答："在太宰府站附近。"

她穿的那条裤子上绣着熟悉的初中校名，是我母校的校服。所以她是这附近的中学生吗？

"前天早上我独自走在外面的时候，有一辆车靠近我跟我打招呼。开车的就是那个男人。"

砂川老师声音柔和地问她："你还记得那是什么时候的事吗？"

"我没有表，不知道具体时间。不过大概是上午9点多、10点的样子。"

"那车子是天蓝色的吗？"

少女用力点了点头。

开着天蓝色的私家车，耳朵上戴了好多耳环。没错，那人一定是成吾。

"他当时和你说什么了？"

"他说，一个人走在外面很危险，还问我有没有地方可去。"

"那你是怎么回答的呢？"

听到这个问题，少女再次噤声。这种时候独自在外面徘徊，应该是有些隐情的吧。

"如果不想说，那你也可以不说。然后呢，他还跟你说什么别的了吗？"

"他说，如果找不到吃的，就去河边便利店背后的那户人家吧。他说他有家人在那儿，可以分些食物给我。"

"只说了这些吗？"

"嗯。"

"说完之后那个人去哪儿了？"

"他说他不准备再回家了。所以把钥匙给了我。"

少女对砂川老师伸出右手，她手里握着一串挂了只绿色小象的钥匙。

"是成吾的钥匙……"

在路边和独自一人的少女搭话，还把能找到食物的地点告诉了她——成吾的心境是产生了什么变化吗？疑问接二连三涌现出来。弟弟究竟去哪儿了？为什么一句话都没和我说就离开了呢？

"你是从什么时候开始待在这个房间里的？"不知何时起，我询问她的语气里带了些责备的意味，"告诉我，你什么时候开始待在这儿的？"

"……从前天。前天那个戴耳环的人把这儿的地址告诉我之后我就过来了，然后一直待在房间里。"

我顿时说不出话来。少女则好似找借口一般补充道："我按照他的说法找到这儿，但是家里一个人都没有。我实在是太饿了，就擅自走进来，吃了拉面和罐头。我怕挨骂，所以躲在了二楼……"

少女躲进了二楼之后，我才从驾校回来。当时我误以为楼上的动静是弟弟发出来的，所以丝毫没有起疑心。我既没喊弟弟的名字，也不和他说话，只偶尔端些吃的上来。在他人看来，我这个姐姐应该挺无情的吧。

"因为真的很可怕啊！那个日式房间里还死了一个不认识的大叔……"

这三天里，我以为是弟弟生活的气息，以为是弟弟发出的声音，其实全都来自这个少女。想到成吾应该不会被砂川老师弄死了，我稍稍松了口气。但与此同时，一阵新的不安浮现在脑海之中。和少女分开后，成吾去了哪儿呢？如今他又在哪儿呢？

——成吾真的是杀人犯吗？

见我呆呆戳在原地，少女开口道：

"那个人不会杀人的。"

看样子，她应该隔着门听到了我和砂川老师的争吵。

"因为他帮助了我，他是好人。"

要不是因为对方是个小孩，我肯定会当即回敬她一句："你凭什么这么断言？"她明明什么都不知道。倘若知道了成吾的过去，那她无论如何都说不出"成吾是好人"这句话。

"能告诉我你叫什么吗？"砂川老师用安抚的语气询问道。于是少女声如蚊蚋地回答：

"七菜子。数字七，菜叶的菜，孩子的子。"

无论是读音还是汉字，都和我的好友完全一样。就算再不情愿，我也忘不掉这名字了。

一旁的砂川老师则露齿一笑，回应道："你叫七菜子呀。那七菜子，咱们出去呼吸一下新鲜空气吧，吃点儿巧克力什么的。"

少女的眼神闪烁起来："巧克力？"

"是啊，我绝对不会再让七菜子遇到什么可怕的事了。刚才吓到你了，真对不起呀。我叫砂川，这个姐姐叫小春，她是帮你忙的那个戴耳环的男生的姐姐哟！我们现在正在调查某起事件。"

老师一边说，一边摩挲着少女的后背。紧接着，少女心里那根紧绷的弦好似突然断了一般潸然泪下，哭着点了点头。

看到老师那么自然而然地想要保护七菜子，我的心里突然一痛。紧急情况下要保护孩子，根本不需要任何理由，在老师看来，这都是理所当然的，她从未迟疑过。她和我这样一个满脑子只想着自己的人完全不同。

老师的右手仍在流血，完全抓不了方向盘。我让七菜子和老师都坐到了车后座，开着教练车向驾校奔去。直到现在，我终于意识到自己都做了些什么可怕的事，禁不住后背一阵阵冒着冷汗。

"老师，您的手……"

"没事，也不是小春的错啊。"

很快我们就抵达了太宰府驾校。当我们慌里慌张地准备冲进第一教室时，突然听到晓人呼喊小光名字的声音，于是我们三人在门前停下了脚步。

"小光，你可以出发了。"

"怎么突然说这个啊？再慢慢准备准备呗。我们还要去抓连环杀人犯呢。"

"为什么要去抓？"

"因为……因为不能让坏人为非作歹呀。"

"你明明把我都放出来了，还说这种话？"

隔着门缝可以隐约看到晓人那张缠着绷带的脸。小光背对着走廊，看不到表情。

"这件事你不要再插手了。我猜，小春应该在包庇凶手。"

"小春？为啥？"

"我看到她把笔记藏起来了。小春不是也放过我们了吗？所以我们最好也假装不知道，尽快离开比较好。"

从走廊上也能感觉到小光被吓得不敢出声了。

晓人继续说："小光，如果你真的想活下去，那就得跑到更远的地方才行。"

此时，月亮的光芒从云朵的缝隙间洒下，一瞬间照亮了整个教室。晓人温柔的双眸闪着光，他在淡淡地微笑着。

"你想说什么啊？"

"韩国不行的。得去中国，那儿的交通尚未瘫痪。虽然搞不到去南美洲的机会，但应该能逃去欧洲或者亚洲西部的国家。"

"别担心啊，韩国那儿有避难所的呀。"

"你真的以为靠那个能得救吗？"

小光被问得噎住了，随后他压低了声音："那要怎么去中国啊？"

晓人泰然回答："有办法。我在监狱里认识的那些人告诉我，他们在外头的同伴会帮忙准备偷渡的船舶，还说愿意带上我。只要在出发那天去港口就可以了。"

"喂，你说的那个认识的人……"

"就是黑社会的。"

"哥哥，你都和那种家伙扯上关系了吗？！"

"没办法，以前在一起服刑嘛。小光，你代替我上船去吧。"晓人用一种带点儿撒娇的语气，说出了这句残酷至极的台词，"你不用担心我。小光，只要你好好活下去就行了。我会留在日本的。"

一瞬间的停顿。随后，小光用一种带着怒气的粗暴语气回应道："你胡扯什么！我们好不容易才逃出来的啊！"

"我也没有求你帮我越狱啊。"

"你这话什么意思啊？喂！你冷静想想吧！留在日本是死路一条啊！"

"嗯。我觉得也没什么不好。"

"啥？"

"或许，我从很久以前开始就想死了。嗯……我现在就是这种感觉。我可能一直都觉得小行星撞地球是件超级幸运的事吧。"

"你开什么玩笑啊！"

小光像个孩子一样捶胸顿足，毫无逻辑地破口大骂起来。虽然看不到他的脸，但猜得到他受了不小的打击。

就在这时，砂川老师猛地推开了教室大门，大大方方地走了进去。晓人和小光被这声突如其来的门响吓了一跳，停下争论看过来。

"怎么了?你们俩怎么都一脸烦躁的,哥儿俩吵架了?"

老师语气调侃地问道。要说是"哥儿俩吵架",那吵得未免太凶了一些。小光慌忙别过脸,胡乱将眼角的泪滴抹掉。原本吵得热火朝天,现在突然被当头泼了盆冷水,两个人的火气被浇灭,不由得呆愣了片刻。但他们很快注意到站在一旁的七菜子,于是又都皱起了眉。

"这小孩是谁啊?"小光讶异地问。

"叫七菜子,她孤苦伶仃的,所以我把她领回来了。"

"不要省略说明,好吗?"

晓人垂下眼注意到了老师的右手,"啊!"地大喊一声:"砂川姐!你的手怎么了?在流血!"

"我刚摔了一跤,手碰到地就被划破了。"

砂川老师的语气没有一丝的迟疑。她可能是想靠谎言把这件事搪塞过去吧,可是我实在忍耐不下去了。

"是我害老师受伤了!"

"所以啊,你们不要省略说明,好吗?"小光说。

得赶快帮老师处理刀伤。我在搬来驾校的那箱日用品里翻找了一圈,找到一条没开封的手帕。我将手帕紧紧按在老师血流不止的手掌上,随后又用发圈缠住。如果刀伤重到必须缝合该怎么办呢?要是伤口被细菌感染,死掉了可怎么办啊?

教室里十分安静。我感觉得到,大家的视线都集中在了我的身上。

"凶手是我弟弟。我为了包庇他,所以想要阻碍调查。"

我紧盯着眼前染血的手帕坦白。砂川老师好似要盖过我的声音一样插嘴道:"还没有确定凶手一定就是小春的弟弟呢。"

"别这样,老师您明明也觉得凶手就是成吾。"

我心里难受极了,眼泪不知不觉盈满眼眶。我将藏在背包里的笔记掏了出来,在大家面前的桌子上摊开。

2020年10月27日与被害学生及其监护人的第三次面谈

被害学生的身体情况较稳定,第三次面谈询问了具体情况。备注:原本要和园田律师一起负责面谈,但园田律师因身心压力,不再参与此事。

一、发生霸凌的时间

2020年5月至今。升入三年级后分班,加害者团体和被害学生分在了同一个班级。

二、霸凌行为的具体表现

无视、讲坏话、暴行……霸凌内容多样。还曾向被害人勒索钱财。后述。

三、校方的回应

自9月上旬起,被害者开始频繁迟到、早退、缺席。9月30日,班主任询问被害者是否身体不适,于是被害者坦白了遭受霸凌的情况。被害学生要求在其他教室接受单独指导,以此同加害学生隔离。但当班主任告知加害学生这件事时,遭加害学生拒绝。最终,被害学生被校方询问是否可以去保健室上学。因为没有采取换班措施，我方对校方怀有一定的不信任，或许应该追究校方违反安全注意义务的责任？

四、被害者学生现状

因霸凌导致缺席的天数为35天。目前该生正在心内科就医，身心俱疲。我方应优先查清霸凌行为的真相，不应以追究校方的损害赔偿和加害学生的退学处分及刑事责任等法律目标为先。

五、加害者学生及其监护人姓名、联系方式

加害者团体成员：高梨祐一、立浪纯也。主谋学生：……

注意到我想藏起笔记的晓人表现出一种能理解的态度。而小光似乎还不太愿意相信我坦白的这些话，不安地左顾右盼。

"这就是我弟弟的名字。那个和被害者们联系的NARU，就是我弟弟。"

不知何时，七菜子也走到了我们身边。她仔仔细细地盯着笔记上成吾的名字。

"那个人，叫成吾呀。"

"是啊。"我有些迷茫地点点头。

"成吾君他不会杀人的。"

听到七菜子这句话，我忍不住恼火起来。她竟然称呼一个可能杀人的家伙"成吾君"？她根本一点儿都不了解他，却还如此相信一个只有一面之缘的人——我忍不住想否定七菜子心中描绘的那个成吾的形象。

"成吾不是你以为的那种大好人,他甚至可以说是个坏人。"

成吾是坏人。说出这句话时,两年前的记忆突然决堤般涌上心头。接到学校的通知时手机举在耳边呜咽哭泣的母亲,对着成吾大吼"瞧瞧你干的好事!"的父亲,还有一脸事不关己、冷冷地瞪视着父母的成吾。

"成吾……读初中的时候曾经霸凌过他的同学。他的行为非常过分,过分到用'霸凌'二字形容实在太轻飘飘了。他不但说同学坏话,无视他,在很多人面前嘲讽他,甚至还逼他去喝马桶里的水,硬是用剪刀剪了他的头发。七菜子,你想想班上有这样一个人会怎么样?你肯定也觉得这种人神经有问题,对吧?"

"小春,等等。"

见我越说越激动,晓人有点儿看不下去了。可是我一开口就根本停不下来。

"成吾就是有问题,人都是他杀的。虽然不太清楚他是什么动机,但成吾很有可能反过来记恨自己以前的熟人,于是开始大开杀戒。眼看地球快毁灭了,于是他就自暴自弃了——你根本不了解他,凭什么包庇他?适可而止吧!"

我连珠炮似的说了一通。七菜子沉默了,她怯生生地试图躲到晓人的轮椅后头。

"说得太过了。"

听到晓人这句话,我猛地惊醒。

有问题的人其实是我啊，我都对一个孩子说了些什么啊，我这不就是在拿别人出气吗？整个房间好似沉入泥沼一般再度陷入沉默。这时，砂川老师突然开口道：

"差不多该睡了。"

她就这样打断了我们的对话。大家齐齐将视线投向她。

"因为太累，所以大家都神经敏感了。所以说啊，疲劳和压力是争吵之源哟。"

的确，大家都很累了。我们决定把这些棘手的问题都放到一边，先去睡觉。

老师带来驾校的被子只有两床，所以我们就在汽油炉前呈"川"字排开。我最终也没有回家。现在，我家既没有弟弟，也没有我了。也没有光亮，只有黑暗。

成吾他，现在应该也睡了吧？

※

然而，越是想睡觉，睡意就离我越远。闭着眼，白天发生的一幕幕就好似在眼前重现一般。我在被子里翻来覆去地睡不着。被塞进后备箱里的日隅美枝子的尸体，聚集在伴田整形外科医院屋顶的老人们，银岛那个自暴自弃的表情，母亲那辆座位遍布鲜血的车子，在海边对彼此微笑着的晓人和小光，坐在弟弟房间里的七菜子。

月光摸到我的脚边，我就那么躺着，透过窗户仰头望着星星。

如果把夜空当作一个巨大的半球，那贴着球面内侧的行星和恒星，其实就是围绕着北极星在逆时针转动。它们每晚都从东方地平线的固定地点升起，向着西方地平线的固定位置运行。只要记住，每过一晚，中天时刻——星星升上正南方的时刻都会提前四分钟，星星之间的位置关系不变，那夜空就能成为一个指南针，或者一块表。

在晚上8点左右东方天空能够看到的冬季大三角，现在已经移动到西南方了。从星座的位置关系推测，现在大约是深夜1点。我拿着手电筒照了一下手表确认时间。我算得没错，现在已经过了1点。

"啊，是新年了。"

我就这样脑子里塞满各种乱七八糟的事情跨过了年。根本感受不到新年新气象的"绝望2023"，就这么来了。

我爬出被子，披上外衣，蹑手蹑脚地走出教室。我没有什么特别的目的，就那样被寒冷的空气带领着，晃晃悠悠走到室外。当走到配车等待大厅的大门时，眼前的景象令我停下了脚步。

停在教学楼前的28号车旁站着一个人。是砂川老师。她抱着双臂倚在教练车旁。老师口中哈出白色的热气，她正仰头望着天空。

当我走出大门时，老师突然低下头看向我。

"数羊了没有呀？"

"……我从来没靠那玩意儿睡着过。"

"你还试过呢？真可爱。"

老师的手指上还挂着带粉色猴子钥匙扣的钥匙串。她一边转着钥匙，一边看着我的表情。砂川老师的双眼反射着月亮的光辉。

"兜个风怎么样？"

我没作声，点了点头。不知为何，我好像根本没想过拒绝。可能是因为下意识地觉得老师的手受伤了，肯定开不了车吧。

"我来开车可以吗？"

"好呀，带我去一个你想去的地方吧。"

我在这座城市生活了23年，但从来不知道有什么好玩的兜风路线。虽然最终只能是在熟识的街道转来转去，但开在没有街灯和便利店照明的夜路上，倒也自有一番新鲜感。

老师坐上了副驾驶席，微微皱着眉用单手去系安全带。包着她右手的手帕渗出了鲜血，看上去好疼。

"真对不起，您的手……"

"别在意，别在意，涂点儿口水就能长好了。"

怎么可能啊？

我动作笨拙地将灯转成远光。开出驾校后向右一拐，开上了筑紫野古贺线。

穿过付费停车场聚集的街道，开进安静的住宅区时，视野之中出现了一个好似垃圾袋一样的东西。路过时我看了一眼，那是一束干枯的花。它好似在强调：无论人类消亡，还是小行星撞地球，都不能改变这条路上曾发生过悲惨事故的过往。说起来，我在前天上课的时候似乎也见到过这束褐色的花。老师歪头看着好似垃圾一般在路旁摇晃着的花束，轻笑了一声：

"你猜我为什么辞掉了警察的工作？"

她突然这么问，我在感到震惊的同时又有一丝不安。这个问题我很难回答，而且我完全不理解她是出于什么目的才跟我提到这件事的。

"您不是说'因为丑闻'吗？"

"那你猜猜是什么丑闻呢？"

"怎么还改成猜谜形式了啊？呃……是抓错人了吗？"

"哟，你这个思路不错哟。"

我不知该作何反应，于是毫无意义地检查起了后视镜。明明不是什么很滑稽的场面，可老师却用一种滑稽的声音说：

"正确答案呢——是非法搜查。"

从她嘴里突然冒出这么一个令人不安的词，搞得我下意识地不敢出声。我缓缓将车速放慢，摆出聆听老师讲述的姿态。

"我在南福冈警察局时，隶属于组织犯罪对策课。嗯，简单来说，就是负责黑社会和违禁药物的。有一次，我在追查某个黑社会成员的贩毒行迹时，没拿到批准就搜了他的车，收走了他的药品，硬把他拉回警察局做了尿检。我知道自己没有遵照规定，但那家伙绝对不干净，我有信心让他认罪。有无数年轻人因为他而毁了一辈子，我希望在事态严重之前想办法控制住一切。可是，我的做法最终被判定为非法搜查。"

"因为您收走了毒品，是吗？"

"按照非法收集证据排除法，对方虽然承认自己持有毒品，但是使用毒品罪被抵消了。他被判刑1年零6个月，而且还是缓期执行。都是我的错。到头来,那家伙竟然酒后驾驶卡车,轧死了太宰府市的一个小学生。死掉的是个9岁的女孩子,叫北泽若菜。这起事故就发生在天满宫附近的住宅区。小春你应该知道吧?"

我说不出话来。那起悲惨事故,就发生在我们刚刚路过的那条摆了花朵的路上。我至今记忆犹新。上小学的女孩子被酒驾车辆轧死,司机也一同死亡。这起重大事件在当时不仅传遍附近的住户,甚至震惊了全国。

我将教练车停在了路中央,拉起了手刹。此刻,我特别想和砂川老师谈谈。

为抓到凶手所做的一切,反倒缩短了凶手的刑期,结果还害死了一个无辜的孩子。非法搜查的事情暂且不提,那起酒驾导致的事故明明是在老师不知情的情况下发生的啊,可老师却似乎把一切的责任都扛到了自己肩上。

"一直以来,我做的很多事都是走在非法搜查的边缘之上的。我常挨领导骂,他告诉我:'法律不单是为了逮捕犯罪者,还是为了限制警察的行为。'"

"您后悔吗?"

"是啊。后悔。早知会这样,我当时就应该把那家伙宰了。这样若菜就不会死了。"

"什么?"

"真想把人渣全都宰了。如果不行的话,就该给所有犯过罪的人都戴一个GPS(全球定位系统)项圈。一旦他们又作恶,项圈立刻爆炸，把他们的脑袋炸飞。"

这回答真是令人意想不到。我条件反射般地看了一眼副驾驶席，砂川老师那双黑溜溜的眼睛也在看着我。这不是什么恶趣味的玩笑，老师说的是真心话。或许是察觉到了我的不安吧，老师调整姿势，浅坐在自己座位上，有些刻意地咯咯笑了起来。

"作为一个警察，不该这样想，对吧？"

我既不希望看到她这样笑，也不希望她陷入迷惘。我紧咬着嘴唇，一门心思地紧盯着她的眼睛。于是，砂川老师止住了那虚假的笑声，垂下肩膀，深深叹了口气。

"作为警察，我应该了解我们权力之中的暴力性，不可以让超出法律范围的搜查威胁市民权利，并要为这一目的不懈努力——说这种话，总觉得很傻，不是吗？"

"我并不觉得傻啊。这不是身为警察十分重要的态度吗？"

"这个嘛，道理我懂。但仅限于道理。对于我来说，我保护的市民里可不包含犯罪者。为什么要关心那些威胁他人生命和精神的犯罪者呢？无论用何种手段，都应该将犯罪者除掉才对呀。"

老师毫无忌惮地说着。她的论调相当奇怪，而且对虚妄的正义相当执着。我对她的这种执着感到恐惧。

"是发生过什么事吗？"

她是不是经历过家人被残忍杀害，或者朋友被强盗袭击等悲惨过往，所以才那么痛恨犯罪者？我不敢直截了当地问她，所以绕了个圈子，但老师似乎明白了我的意思。

"我没有因亲朋好友遇害而产生过心理阴影，也不是什么刑侦剧里的主人公。我这只能说是没来由又比较异常的正义感吧。不，不能这么说，这样对正义感很没有礼貌哟。"

"您一直都这样吗？"

"嗯，打懂事起就这样了。或者说，我其实无法很好地接受他人后天养成的正义感。"

"后天的正义？什么意思啊？"

"只是我自造的一个词啦。比如说，小孩子都明白杀人和偷盗是在作恶，对吧？不可以伤害他人、掠夺他人，这种规则近乎人的本能。但也有一些是后天通过学习才能获得的感受，就是情感上很想否定，但是从人的理性角度必须遵循的那种正义感。"

"嗯……"我心里没什么底地应和着，眼睛始终盯着老师。虽然无法轻易地理解她的话，但我还是努力咀嚼着老师的这些话，尝试着去接受它们。

我无法同意，也没有同感，但我想要理解她。

"一直以来，我就超级拥护死刑制度。因为被剥夺的生命和权利不会再回来，就算把凶犯扔进监狱很多很多年，也赎不尽他们的罪。所以我一直相信因果报应，相信拿命抵罪。到现在我依然这么想。可是这个世界现在流行的是废除死刑，全世界研究刑事法的人都认为死刑是在侵犯生命权，是野蛮、残虐、不人道的制度。我再说一遍，道理我懂，但是情感上接受不了。我就是无法原谅犯罪者。因为这样一来，不就成坏人得胜了吗？"

应该给威胁到他人生命的家伙戴项圈，杀了人的家伙就该拿命偿还，面对坏人就该严苛对待。为此，警察想做什么都可以。

自己的这些想法从未改变过——老师叹着气又说：

"可说到底，我只是在遵循一种狠狠惩罚坏人的原始欲望罢了。这样做和犯罪者不是一样吗？"

"再怎么说……也不可能和犯罪者一样啦。"

"就是一样啊。我任凭自己用情感去决定能不能原谅罪犯。晓人明明犯了杀人罪，可我却觉得有同情的空间。出于直觉，我能够理解他的所作所为，于是我就放过了他。可是我同情不了笠木真理子，于是我殴打她。我觉得，如果小春你的弟弟是连环杀人犯，那我应该是原谅不了的，所以我硬冲进了他屋里。你看，我真的很残暴。"

夜晚十分安静，好像整个世界就只有我们两人。

她为什么要和我掏心掏肺呢？可能也没什么深刻的理由，只是因为想说，所以就说了吧。只是因为在她的罪恶感和孤独感逐渐膨胀之时，我们偶然相遇了吧。可即便如此，能听她倾诉，我还是觉得挺荣幸的。

我捏住挂了粉色猴子的车钥匙，再度打着了火。车子起步后不久，眼前就出现了一个十字路口。月光只照亮了信号灯绿灯的那部分，好像在暗示我"前进啊"。我在离十字路口还有30米的时候打了转向灯，转动方向盘。

"其实，我去驾校是为了偷汽油。"

听到我突然这样说，老师猛地转向我这边，迷茫地"啊？"了一声。

我忍不住笑了。受惊吓的永远是我，所以看到老师这么狼狈的一面，我还蛮开心的。

"12月初，那还是'厄运星期三'之后我第一次跑去了驾校。我想在地球毁灭之前去趟熊本。虽然想开车去，但是靠父母车上的汽油还不太够，所以我就摸到驾校去偷。我本以为驾校不会有人，结果遇到了老师。情急之下，我就撒谎说自己是来驾校学车的。真对不起，我当时撒谎了。"

"怎么了啊，突然说这个……"

"感觉现在这个气氛……我似乎也该坦白自己的秘密。"

"你好傻啊，明明可以不说的。"

老师苦笑起来，随后又重复道："真的好傻。"

"小春，你也蛮厉害的嘛，我以为你只是个普通的乖孩子呢。"

"我只是在假装大好人而已。因为希望大家拿我当个好人。"

"嗯。"

"只要遇到待人和善的机会，我总是会提醒自己：'哎呀，这是表现你人很好的机会呀。'于是就拼命表现。我这人真讨厌，是吧？"

"不过大家或多或少都会这样吧。人不就是这样的吗？"

老师搔了搔脸颊，用鼻子哼笑起来。如果是现在，是今晚这样的氛围，那我似乎能问出那个一直开不了口的问题了。

"老师，您为什么要留在这儿呢？"

"嗯……"老师沉吟道，"就是觉得很累吧。一大群人逃出日本，彼此搀扶着逃难，然后绝望地又哭又喊什么的。光是想象一下我就受够了。既然如此，还不如独自去死比较清净。"

"您也不喜欢集体活动呢。"

"可能是吧。就算费尽力气，也没法儿把自己的想法原原本本地转达给他人啊，真的好麻烦。"

"那……那您为什么要带着我去搜查呢？单独行动不是要方便得多吗？"

"我不知道。可能没什么理由，就是看心情吧。"

冬季的夜空很美，肉眼可以清晰看到昴星团的七八个星群。今天的夜晚尤其清朗澄澈。格外醒目的那颗红色星星是金牛座的一等星毕宿五。东边的天空能看到等距排开的三颗星，那是用来分辨猎户座的三颗星星。猎户的脚下，能看到一只飞跳逃窜的兔子。天兔座是由三等星和四等星构成的一个光亮略微弱的星座，但在今晚，它那一对立起来的长耳朵却分外明晰。说起来，今年好像就是兔年吧。

夜晚的那些影响观星活动的光亮叫作光污染。"厄运星期三"之后，人们离开城市，电也停了，夜空终于彻底摆脱了光污染。上一次看到如此美丽的景象，还是我们全家去熊本的天文台观星那回。星星们就好似一串串银色的珠宝首饰，撒满了天穹。

我不知不觉地小声说：

"弟弟和我很像。我们都很迟钝，怕生，不擅长说话，也很难融入集体。"

弟弟也一定和我一样，期待着有谁能来将自己混沌的未来彻底撞飞吧。

"对不起，我不该那样硬闯进房间里。"

"我也做了傻事啊，真对不起，伤到了老师。"

"嗯，我伤得好严重呢。"

砂川老师挥了挥她缠着手帕的右手，大声笑了起来。那不是勾起嘴角带些讥讽的笑容，而是皱起脸来的开怀大笑。

"我想抓住我弟弟，您能帮助我吗？"

老师没有直接表示同意，而是从副驾驶这边伸过胳膊，摸了摸我的脑袋。我本来想把她的手轻轻推开，却反倒被老师提醒："不可以单手握方向盘哟。"真是火大。

"换个话题吧，小春，你想开车做什么呢？刚刚你说过想去熊本，但熊本现在不是最危险的地方吗？"

"还不能说。"

"什么嘛，你刚才不是说，感觉这个气氛之下应该坦白自己的秘密吗？"

"仅限刚才那个情况啦。"

夜晚的兜风结束，我们返回了驾校。

回到了教室，确认砂川老师已经睡着了之后，我联系了市村。

我还是第一次使用卫星电话，光是按开电源就挺紧张的。在一阵独特的拨号音响过后，就只能听到一些沙沙的电波杂音。我一开始还不太明白这通电话有没有接通，但当我问"能听到吗"的时候，电话那头立刻回答了我。明明是深夜，但市村好像并没有睡着。

"晚上好，发生什么事了吗？"

"……我还是说不出来。"我鼓足勇气说,"砂川老师貌似很讨厌您。我实在没法儿像这样偷偷地和您联系。真抱歉,我会把卫星电话还给您的。"

我就这样拂了别人的美意,估计市村会很不爽吧。我也做好了可能会挨他一两句抱怨的准备。可是对方通过铱星电话传来的回复却显得若无其事,十分轻松。

"如果小姑娘你这样想,那也没办法啦。"

"可、可以的吗?"

市村十分干脆地回了一句"当然没关系"。然后他又补充道:"不过一定会有需要的时候,所以小姑娘你先拿着吧。我也想帮帮前辈,这种念头和你是没有区别的哟。"

残留者们

残留者たち

残留者们

    第一教室的桌子上摊着罐头和果冻饮料等紧急食品。这个元旦既没有年饭,也没有杂煮[1],乏味极了。

    "晓人君为什么要留在福冈啊?"

    七菜子一边吸溜着速食汤,一边很熟稔地和晓人攀谈着。晓人温柔又沉稳,所以七菜子对他也没什么戒心。话音刚落,七菜子干脆坐到了晓人旁边的位置上。

    "为了和小光一起去韩国。"

    "韩国?不是说日本附近全都会被陨石撞飞吗?"

    "虽然我也这么想啦,但总比什么都不做强吧。"

    七菜子只要和我视线相触,就会马上移开视线。昨天发生的那件事导致她对我彻底关闭了心门。

    晓人和小光之间也不说话了。两个人都是一边和七菜子聊天,一边互相观察对方的脸色。一晚上过去了,如今他们之间已经不再有随时可能会吵起来的气氛了,但还是处于冷战状态。

[1] 日本人过年时吃的传统料理之一,以麻薯为主料制作而成。

"那咱们切入正题？"肚子吃饱了，老师率先开口道，"目前需要考虑的就是凶手接下来的行动了。已经杀了三个人，他满意了吗？还是说，他想杀更多人呢？"

听老师这样讲，晓人和小光都小心翼翼地偷瞟着我。这对兄弟其实长得并不太像，但是他们感到担心时眼神里的慌乱，还有歪头的动作简直一模一样。

小光战战兢兢地问："小春的弟弟真的是凶手吗？"

"小春的弟弟成吾在发布了小行星撞击地球公告的5天后，也就是9月12日，发邮件联系了日隅美枝子。我们还确定了他在同一天也向高梨祐一发送了信息。虽然无法查看立浪纯也的手机，但是成吾很有可能也和他联系过。"

"但……这不就仅仅意味着他和被害者们认识而已吗？"

"没这么简单。他把小春母亲的车开走了，而这辆车出现在了博多。况且，警方还在本该是成吾开的那辆车内发现了被杀害的高梨祐一。虽然无法断定凶手就是成吾，但是凭以上这些信息，他无疑是头号嫌疑人。我们必须找他问话，否则调查就很难再推进了。"

大家纷纷摆出一副观望的态度，谁都不说话。我接着老师的话回答她。

"我想去找弟弟。"我心意已决地大声说道，仿佛是在提醒着自己一样，"我认为成吾是想把那些和两年前的霸凌事件有关的人尽量都杀掉。他现在还没回家，也一定是因为正在寻找下一个目标。"

因为弟弟是加害者,所以他的杀人动机不可能是复仇,而应该是转嫁责任,是自暴自弃导致的杀人行为。我能想到的动机就只有这个了。

"我会找到弟弟,逮捕他的。"

他的杀人行为还未结束,这就是我得出的结论。

被害的三个人只是碰巧留在了福冈,没有逃难。但是大多数和这起霸凌事件有关的人原本都应该已经离开日本了才对。即便如此,弟弟还是想把自己人生的最后一段时光花费在杀人这件事上。

"很抱歉,让大家听到这么不舒服的事,想忘掉这件事的人就当我从没说过吧……"

我话音未落,砂川老师诙谐地直直举起了右手,大声打断了我的话:

"那不想忘掉的人,就可以帮忙一起找成吾了,对吧?"

小光立刻接茬:"那当然要帮忙找喽!最后的分别竟然是这个样子,小春该多难受啊!"

小光那痛心的表情看上去要比我悲伤许多。或许在他心里,我和弟弟就这样互相无法理解地迎来地球的末日,实在是太过遗憾的一件事吧。我真的很羡慕他的单纯。

"没事的,小春!我们都会帮你的。赶快找到你的弟弟,然后好好聊聊吧!"

小光要帮忙,必然也会把晓人牵扯进来吧。我感到满心愧疚,垂下了头。正在这时,我的眼神瞟到了七菜子。

说起来，我们还没聊过这孩子以后怎么办。

"那个……老师，您是准备带着七菜子行动吗？"

"为什么一副要把我扔下的态度？"

七菜子眼神凌厉地瞪着我。她对我说话时的态度相当没大没小。而老师则轻松地回了一句："一起不是蛮好的吗？"

"多危险啊！"

"但是把她独自扔在一个杀人恶魔横行的地方，不是更危险吗？"

听到老师这么讲，七菜子不由得昂首挺胸，摆出了胜利的姿态。不知不觉间，搜查团队的人数竟然增加到了5名，真是人员众多。

此时，晓人突然嘟囔了一句："日隅律师是霸凌事件的被害人请的律师，对吧？"

"嗯。"

"她和你弟弟的关系很亲近吗？"

"不知道，不过倘若我弟弟是在尝试联系和霸凌事件有关的人，那日隅律师应该是处在这件事里比较边缘的位置吧。"

据说，在两年前爆出霸凌事件的时候，日隅律师曾经参与了好几次面谈。NARU，也就是成吾，发送给日隅律师的邮件里写了："两年前您曾经告诉我有事可以来找您，并且留给我一个电话号码。"所以，这两个人的关系恐怕仅限于互换过联系方式而已吧。但是在我的印象里，全家没有一个人提到过她的名字。

回头再想想，日隅律师和成吾之间的关系的确很浅，那么杀害日隅美枝子的优先级别或许还蛮低的。

"还有哪些人和成吾君他们这件事的关系更深一些呢？"

弟弟最想杀死的人是谁？这才是我们现在最需要考虑的事。于是，我不由自主地吐出一个人名。

"中野树。"

"中野……什么？"

"中野树。就是成吾当年霸凌的同学。如果成吾真的反过来记恨谁的话……"

那么，那个孩子就很有可能是他要杀害的对象。

我逐渐想起来了。那个被成吾霸凌了好几个月的男孩子，我在他们班的集体照片里看到过他的脸。那是个瘦削又老实的孩子，气质和过去的成吾有些许相似。杀了三个人之后，成吾可能就在去杀中野树的路上了。

再度翻开日隅美枝子的笔记，轻而易举就找到了中野树的名字。幸运的是，在那本昨晚我本来要藏起来的笔记里，还写着中野树家长的联系方式。是树的母亲——中野美也子的电话号码。

我猛地站起身："我来开车。"

我们的目的地是伴田整形外科医院。虽然不知道中野树现在住在哪儿——说不定早就已经跑去国外避难了，但我们准备去医院屋顶找找信号，尝试联系他。这样一来，说不定就能在弟弟找到他之前，提醒他可能到来的危险。

我们几人慌里慌张地坐进了28号教练车。砂川老师坐副驾驶席，车后座坐着晓人、小光和七菜子。

"该怎么打电话啊？"

七菜子一脸难以置信地问道。我看了一眼摆在车后座的背包，有些不自然地回答：

"我们在整形外科医院的屋顶上遇到了一个老奶奶，她说把手机举高更容易收到信号。"

我的背包里放着自拍杆。昨晚和砂川老师开车兜风后，我顺路回家找出来的。

"去年的黄金周假期，我和三个朋友一起去了迪士尼乐园，买了这个自拍杆。昨晚我回家找到的。真没想到竟然会在这种情况下用到它。"

那两根自拍杆，就静静地躺在我房间的衣柜里。

逛完迪士尼回家的路上，朋友七菜子的行李超过了手持行李的重量上限。眼看着要登机了，几个人慌忙开始帮七菜子分摊行李，塞进自己的箱子里。当时我帮七菜子分担了她的自拍杆，结果一直没机会还她。如今，这根自拍杆已经成了她的遗物。

车子沿着县道南下，向着伴田整形外科医院开去。正在这时，从右侧洗衣店的阴影处突然窜出了一辆巡逻车，驶入对向车道。车子没拉警笛，也没开警灯，阳光下面的黑白色条纹十分醒目。

巡逻车正对着我们开了过来。见对方逐渐减慢速度，我也踩下了刹车。车体上写着"福冈县警察"几个字。果不其然，驾驶席上坐着市村。他将车子稳稳停在了教练车侧面，降下车窗。

"别管他，快开车。"

砂川老师毫不留情地说。可无论如何，遇到这种情况再佯装不知未免也太不自然了。于是，我犹犹豫豫地降下了车窗。

对面的市村语气亲切地说：

"哎呀，前辈，真是巧了。小姑娘也一起吗？"

老师鼻子里哼了一声，根本不理会面带微笑的市村。我虽没做过什么亏心事，但此时突然回忆起了昨晚用卫星电话联系市村的事，不由得暗自捏了把冷汗。

能听到小光在车后座抗议了一声："这家伙是谁啊？"他对警察十分警惕，拼命探着身子挡住了晓人。

市村看了一眼教练车，又盯着后座的三个人，手扶脸颊发出"咦"的一声。

"后面坐的都是谁啊？"

老师简短地吐出两个字："亲戚。"

"是吗？不愧是您家的亲戚，眼下这种世道，竟然还举家出门兜风，真是独树一帜。"

"那你呢？出来炫耀警车吗？"

"我正在搞防盗巡逻哟。"

"这种蹩脚的谎就不要说了。"

"嘿嘿，其实我是为了写资料才跑出来的。不过，想顺便巡逻也不是骗您哟。"

"那你倒是把警灯打开啊。"

"前辈还是这么严厉，其实我也挺不容易的呀。"市村嘴上说着不容易，可从他的表情上看不出丝毫的痛苦。

"所以呢？你有什么事？"

"没什么事，就是碰巧看到你们，所以就停下来看看，想着跟您寒暄几句嘛。您看，我这么孤独，黏人也是自然的喽。"

就在老师瞪视市村之时，我不经意间看了一眼市村的巡逻车，发现他车头的保险杠凹下去了一大块。市村似乎注意到了我的视线，于是从车窗里伸出胳膊，轻轻敲了敲车身。

"这车子也吃了不少苦呢。两三天前我开在山路上，突然一个吊死的尸体从天而降，把它都撞瘪了，吓了我一跳。"

我前天上山路教学课的时候，在开车去北谷大坝的路上也遭遇了自杀者的尸体从天而降的突发事件。原来市村也遇到这种事了吗？我不由得插嘴道：

"我们在山路上开车的时候也遇到尸体了，是腹地自杀，对吧？"

"没错，小姑娘你也遇到这种倒霉事了呀？幸好你平安无事。朋友们哪，就算一时情绪激动，也千万不要自杀哟。"

"谁会这么干啊？"老师咂了咂舌，回敬了一句。

接下来市村又随便闲扯了一些有的没的，但他很快也就说够了，心满意足地踩下油门准备开车离去。

"你不问我搜查进度吗？"老师挑衅般地问道。

市村无动于衷地回答："前辈定夺吧。我相信您一定能解决这件案子的。"他再次看了一眼教练车的后座，随后单手打着方向盘，笑嘻嘻地挥手开车走了。

"那家伙是谁啊？"小光表现出显而易见的不悦。老师则撇了撇嘴，说了句："纯粹是陌生人。"

抵达整形外科医院后，伴田医生见到我们一行人似乎惊讶极了。搜查团队人数暴增，吓了她一跳。

"哎呀，来了这么多年轻人，发生什么事了啊？"

没有监护人陪伴的七菜子，全身包着绷带、挡住面容的晓人，紧黏在晓人身边的小光。怎么看这一行人都太奇怪了。幸好伴田医生没有再追究，而且什么都没问，就爽快地处理了砂川老师手上的伤口。

医院屋顶依然聚集着好多住在附近的老年人，看脸感觉成员和昨天没什么区别。昨天坐在等待室沙发上的长川今天也在屋顶。我向老人们表达了在屋顶找信号打电话的愿望，大家都欣然同意了。

想要将手机提到更高的地方，自拍杆就是必不可少的道具。只要把手机卡在有线自拍杆上就算准备好了。手中那个自拍杆遥控器上的拍照按钮还能代替通话键。可能是对自拍杆的使用方法感兴趣吧，在我们做准备的时候，很多原本站得远远的老人渐渐凑了过来。尤其是长川和另一位老奶奶，也就是昨天那位建议我用自拍杆找信号的老人，这两个人似乎对我们的行为十分感兴趣，都凑上来饶有兴致地看着我们准备。

我真的很想立刻打电话给中野美也子，但是身边围了这么多人，我又觉得有点儿不方便行动。

"真不好意思，我们都这样盯着看。"和我说话的正是昨天那个很热情的老奶奶，"我们这群老头老太都很想打电话，就忍不住围上来了。长川，你也很想和孙子联系吧？"

老奶奶寻求赞同般地望着长川，可对方却冷着脸不作声。

"孙子？他发生什么事了吗？"

听到我这样问，老奶奶一边瞄着长川的脸，一边向我解释。

据她所说，长川之前并不住在这附近，他是从"厄运星期三"之后才来伴田整形外科医院的。

长川患有胃癌，9月7日，也就是小行星撞击地球的消息公布之时，他正好在福冈市内的医院进行开腹手术，切除胃的一部分淋巴结。等他从麻醉之中清醒过来时，整个世界已经陷入暴乱之中，所以不巧错过了逃难的时机。

长川的女儿供职于在德日企，比较幸运地拥有了留在欧洲安全圈内的机会。为了把长川带离日本，她本想逆着人流返回福冈接他，可是长川却拒绝了，他决定独自留在福冈。不过，就这么和家人永别他也很不舍，所以才日日夜夜都在想办法和女儿家取得联系。

然而，9月下旬，长川家附近的无线基站就停止了工作，打不通电话了。于是他开始踩着自行车，踏上了寻找接收信号地点的旅程。11月，他找到了这家整形外科医院。虽然最近伴田整形外科医院屋顶的信号很不稳定，但相近年纪的住户们都聚在这儿，感觉日子过得也比较放松些，所以他就准备把这里当作自己最后的住处了。

和健谈的老奶奶不同，长川本人不作任何反应。他的表情好似死水一般没有一丝波澜，却又带着难以抹去的寂寥感。一旁静静听着老奶奶讲述的晓人则表情寂寞地应了一句：

"原来如此啊。一定有不少人是因为身体抱恙，所以才没来得及逃离九州的吧。"

"哎呀，你也不必这么消沉啦。话又说回来，小哥你怎么全身都被绷带缠着呢？你也是因为受了伤，所以没来得及跑掉吗？"

听到对方这么问，晓人朝小光的方向瞟了一眼，然后低下头说："嗯，差不多吧。"

"真是可怜啊，你还这么年轻。受苦了。"

我又拿出朋友的那根自拍杆，冲着老奶奶的方向递出去。

"不嫌弃的话请收下吧。长川老先生和其他老人家也都可以用。"

"啊！小姑娘，你自己不用吗？"

"这是我朋友的。我也用不了两根，您就收下吧。"

"哎呀，这怎么好意思，我们借用一下就好。"

老奶奶似乎有些不好意思，半推半就才收下了。朋友的自拍杆留在我这儿也是徒增寂寞，送给需要它的人才更好。长川则是老样子，一直默不作声地望着我们。

就这样，我们在一群老人的注视下准备给中野美也子打电话。个头较高的小光手举自拍杆，拼命将手机举到更高的地方，这时，手机屏幕画面上出现了一格信号。七菜子不由得欢呼："有信号了！"围观的老人们也都骚动起来。

看样子，用自拍杆将手机举到更高的地方的确更方便接收信号。我们按下了日隅笔记里记录的那串号码，手机里随即响起了拨号音。不知是谁的喉咙里发出紧张的吞口水声。

电话一直没人接。中野树一家可能已经离开福冈逃难去了吧。既然如此,那就不必担心成吾的袭击了,毕竟成吾只能依靠汽车这么一种交通工具。

拨号的声音还在继续。

正当我们准备挂掉电话的时候——第十三声拨号音响到一半戛然而止,手机那头响起人声——接通了!

(要怎么办,小春?)

老师在一旁不出声地用口型问我。

"我和对方谈。"

我踮起了脚尖,按下了免提键,尽量靠近手机,问:"呃,喂、喂?"

我的声音有点儿尖。对方一句话都没说,但能听到呼吸声。

"呃,您能听到吗?突然打电话过来,打扰您了。"我报了自己的名字,告诉对方自己是成吾的姐姐。随后又说:"请问这是中野美也子女士的电话号码吗?"

一瞬间的沉默,随后对方大大地叹了口气。

"你有什么事?"

是一个年轻男人的声音,看来不是中野美也子。

"请问……您是中野树吗?"

"对啊。是我。"

接电话的竟然是中野树本人,是那个惨遭弟弟霸凌的受害者。现在,我就通过电话在和他交谈。

"那个，我弟弟真的……"

"你究竟有什么事啊？"

"对不起。"

"你道什么歉啊，我是问你有什么事，好吗？在这种时候给我打电话，说实话我觉得很不舒服。"

对方的回答混杂着焦躁感，可声音却在微微颤抖。突然这么通上了话，我满心都是罪恶感和自保心理，脑子里冒出来的全是道歉的话。作为成吾的姐姐，我有义务保护他。于是我稳了稳情绪，谈到了正题。

"中野同学还留在福冈，是吗？"

"是啊，怎么了？"

"您家人都留下了吗？大家都还好吗？"

"当然不好了。不过好在有个家用风力发电机，总之，暂时死不了吧。"

"……说真的，我也不是在担心您家的用电……其实，我弟弟现在行踪不明了。"

紧接着，我颇显笨拙地将博多、糸岛、太宰府三地发生的连续杀人事件和他解释了一下，还讲明了那三个被害者之中有两个人都是霸凌过中野树的人。第一名被害者高梨祐一和第二名被害者立浪纯也以前是同学，也都属于成吾主谋的霸凌事件里的加害者。还有在太宰府发现的那具律师的尸体，则是当年负责中野同学案件的中间人。这三件事就这样串联在了一起。

我一边讲述，一边字斟句酌。

——我的弟弟成吾是杀人犯。成吾很有可能反过来痛恨和当年那件事有关的人,他很有可能盯上你了。所以你快逃吧。

我这样解释的话,他愿意相信吗?

"成吾现在去向不明,那个……请问他联系过您吗?"

我支支吾吾地刚问了这么一句,电话那头的中野树就突然激动起来。

"你想说是我杀了他们吗?"

对方这跳跃性的思维一时令我语塞,我立即否定道:"不是的。"都是我表达得不够好。

"不是的,我不是这个意思。我不是把您当成凶手……"

"你怀疑我,对吧?你觉得我是因为过往的仇恨于是把那些人都杀了,所以你才打电话给我的吧?!"

"不是的!我觉得凶手可能是成吾,我怕您被他袭击,所以才……"

"撒谎!你嘴上这么说,其实还不是向着你弟弟!"

这一声怒吼过后,电话那头陷入死一般的寂静。过了几秒,中野树声音颤抖着开口道:

"虽然不晓得是谁干的,但他干得好。"

在我背后听着我们对话的小光听到中野树这句话,忍不住发火道:"这家伙说的什么蠢话!"但我抬起一只手制止了他。

"既然你是他姐姐,那你应该明白的吧。那群家伙是死有余辜。"

我没资格对他说的这些话感到愤怒。因为我知道这个孩子读初中时曾遭受过什么样的霸凌。

中野树是个很老实的学生。他的朋友很少,但并不是完全融入不了班集体的那种小孩。他只是不太擅长朗读课文。他真的一点儿错都没有。

我听说,每次古文老师点中野树起来读课文,成吾就要嘲笑他的发音和语调。很快,这种嘲讽又升级了。成吾他们的那个加害者团体开始恐吓他,对他施以暴力。

我说不出话,整个人僵在原地。突然,砂川老师拍了拍我的肩膀。

"电话给我。"

老师没有再管失措的我,拿过了电话。

"换人接电话喽,我是砂川。"

"什么?"中野树发出疑惑的声音,"你谁啊?"

"我是和小春一起搜查这起案件的人。我和小春是在太宰府驾校认识的。"

"所以我问你是谁啊?"

"哎呀,眼下这种情况,突然给您打电话,真是打扰了。不过,这可是一起杀人事件,能请您协助调查吗?"

"我不是说了我什么都不知道吗?"

"别这么说呀,成吾没去过您那儿吗?"

"对,我不知道。我不晓得他人在哪儿。"

"是吗?您是说,您没见过成吾是吗?"

虽然砂川老师的态度很得体,但语速飞快,三下五除二就压

225

制住了对方。她不断抛出问题，对方被她问得十分狼狈，又被老师的节奏带跑，话自然而然地多了起来。

"那么遇害的几位——高梨、立浪，还有负责案件的律师，您最近见过他们吗？"

"怎么可能见过？我从转校之后就再也没见过他们了。日隅律师也一样，从那以后再没见过。"

"嗯。"老师手按着下巴，轻轻点了两三下头。光是看她的模样我就立刻明白，老师应该有些线索了。

"了解被害者生前情况的人大多已经不在这儿了。中野同学，您刚才说自己还留在福冈，对吧？方便的话，我们想直接找您聊聊。咱们见个面呗？"

手机那头传来呼哧呼哧的声音，好似风声一样。那是中野树的呼吸声。一听到老师提出要见面的要求，对方的呼吸顿时紊乱了。

"……不要。"

"我们去找您，您在家等着就可以的。"

"不见。我和你们没什么好说的。"

说完这句话后，中野就挂断了电话。"嘟——嘟——"的电子忙音听上去带着几分悲切。是不是进攻过度了？我们又用自拍杆拨了一次电话，但对方再也没有接。

原本围在我们身边的老人们听到"连环杀人""霸凌事件"等词语之后，逐渐和我们拉开距离，不安地交头接耳起来。留在我们身边的就只剩下了长川和那个开朗的老奶奶。小光、晓人、七菜子都是一脸严肃,他们可能也在琢磨着中野树刚刚说过的话。

"怎么办啊,砂川姐?他挂了我们的电话啊。"小光不开心地把手机屏幕伸向砂川老师。而老师则一脸轻松地说:

"这一次收获颇丰哟,中野树在撒谎。"

听到她这么说,我吃惊得和一旁的七菜子同时发出"啊?!"的惊呼,两人面面相觑。七菜子大概想起了之前对我的反抗态度,觉得有些不好意思,于是立刻别开了视线。

"什么意思啊?"

"很简单。小春在和他解释的时候,一直都将日隅美枝子称作'律师',对吧?"

可能是吧……我当时太紧张了,也记不太清楚了。好像确实是用了"律师"这个词。

"我也学着小春的样子,没有报出她的名字。问中野问题的时候,我说的是:'高梨、立浪,还有负责案件的律师,您最近见过他们吗?'但是,你还记得中野是怎么回答的吗?"

——怎么可能见过?我从转校之后就再也没见过他们了。日隅律师也一样,从那以后再没见过。

"按照日隅笔记里的说法,她当时是和另外一个律师一起负责这起案子的。她在笔记里写了'和园田律师一起负责面谈'。也就是说,负责这起案子的律师有两个。可我和小春都没提律师的名字,对方却断言是'日隅律师'。明明他声称霸凌事件过后就再也没见过负责案件的律师了,为什么就能知道被杀害的是日隅律师呢?那名字简直是脱口而出啊!"

按照砂川老师的推理，对方之所以能一眼看穿被害者是日隅美枝子，正是因为他在接到我们的电话之前，就已经知道日隅遇害的消息了。

听到砂川老师的这一通解释之后，七菜子突然振奋起来：

"那就是说……成吾君不是凶手啊……"

她仿佛在寻求认同一般看向小光和晓人，对方却都没有说话。于是七菜子又兀自继续道：

"凶手难道就不可能是那个中野吗？他不是撒谎了吗？所以，应该不是成吾君啦。"

她对成吾为什么会有如此纯粹的信赖？我慢慢地摇了摇头：

"要知道，就算中野树撒了谎，成吾是嫌疑人的身份也并没有发生任何变化。"

"为什么啊？"

"如果成吾不是凶手的话，他就没有理由躲起来啊。成吾开着妈妈的车出门，而这辆车正是博多那起杀人事件的'案发现场'——光靠这一点，他就有充分的杀人嫌疑。"

"可是……"

我并不赞同七菜子的想法，可砂川老师却好似在肯定七菜子一般插嘴道：

"成吾说不定是有什么躲起来的理由哟。"

"为什么突然这么说？"

"如果成吾提前得知了中野树想要去报复自己，他可能会因为不想牵连小春你，所以才会离家出走。"

"……什么？"

光是回应这么一句，我就已经用尽了力气。

"他担心小春你被波及，所以才开车逃跑了。这个逻辑没什么问题啊。"

"也就是说，中野树才是杀了那三个人的凶手？太奇怪了吧？"

"哪里奇怪了？完全有可能啊。"

"中野树的确有理由痛恨成吾他们，但是日隅美枝子可是他们家雇来的律师啊，是站在他这边的，他有什么理由杀了律师呢？"

"其实，我们谁都不知道杀人的真正动机，不是吗？说不定中野是对她这个律师所做的工作不满意，又或者有其他一些产生恨意的契机吧。"

"那就退一万步来说吧，就算中野是凶手好了，那为什么高梨祐一会死在成吾开的车里呢？"

"成吾离开家之后，和高梨一起行动，共同逃离中野树的追杀，所以高梨才坐进了他的车里。然而他们被中野找到，于是，高梨在成吾的车内被杀害——这个思路是不是很有道理？"

"那和高梨同乘一辆车的成吾去哪儿了呢？"

"命悬一线之际逃跑了，或者已经惨遭杀害了吧。"

听到砂川老师的这句话，晓人开口责备道："不要当着小春的面这么说啊。"

"我不觉得这个推论是百分之百正确的。但我能肯定，中野树一定撒谎了。"

就在几分钟前，我还坚信弟弟一定是杀人犯。我先入为主地觉得，中野树一定是成吾的下一个谋杀目标，并且非常担心他的安危。可如今，老师却提醒我还有一个新的可能：中野树才是那个真正的凶手。我的脑子极度混乱，快要炸了。

如果弟弟真的已经被杀了，我该如何是好？

此时小光开口道："那我们必须找到中野树才行啊。"

然而，手机号这条线如今已经彻底断了。对方对我们十分警惕，就算再继续给他打电话，他应该也不会接听了。

"笔记里面真的只有一个电话号码吗？"

面对七菜子的提问，砂川老师皱着眉点了点头。我们手头的联系方式就只有中野树母亲的手机号码而已。

七菜子又仰头看看我："小春……姐姐也什么线索都没有吗？"

看来她是决定称呼我为小春姐姐了。

"没有。成吾当时闹出那个事情时，我们家只有父母被喊去了学校，我从没见过中野树。"

"他住在哪儿……也不知道吗？"

"我弟弟念的是博多区的中学，我只能猜测中野树家大概也在那一片……"

既然他接了打给自己母亲的电话，那是不是意味着他是准备和家人一起留在原地等待末日来临呢？不，他也有可能是独自留在了福冈。根据目前得到的信息判断，就只能确定中野树本人是留在了福冈某地，仅此而已。

"我虽然不太明白你们在讲些什么——"

一个声音突然响起，我们齐刷刷看向发出声音的那个人。开口的是长川。他从上衣口袋里掏出了一张口袋大小的地图，并且将地图展开。那是福冈县内的城市地图。被分割成好几页的地图之中，有几个地方被红色的油性笔画上了箭头。

"这是什么？"

"是能通电话的地方。"对方依然语气冷淡地回答。

为了寻找能拨打电话的地方，长川踩着自行车从博多区的家里出发，一直骑到了太宰府。途中一旦发现有能打电话的区域，他就会在地图上留下记号。这个箭头的标记分散在城南区、早良区、西区、那珂川市等地。由此可见，长川是绕了一大圈才迂回到整形外科医院的。

晓人最先看懂了散落的箭头标记是什么意思。

"原来如此，也就是说，中野君就住在箭头标记的附近，对吧？"

另一边的小光却一脸莫名其妙："你倒是带带我啊，再解释得好理解一些不行吗？"

"嗯……你知道有种装置，是帮助我们打电话用的吧？"

"这我当然知道啊！你是不是当我傻？"

"抱歉。"

自从昨晚那场争吵过后，兄弟间始终是一副别扭的样子。不过虽然还很尴尬，两个人依然尝试对话。晓人则肩负起了解释说明的任务。

"是这样的，手机需要信号才能通话，但终端之间不能直接用信号通信。比如说，我想给小光你打电话的时候，我手机的信号得先传到无线基站，无线基站那头连着光纤等有线电缆，然后再连接到各种通信设备上。也就是说呢，我从手机上发送出去的信号要通过无线和有线之间的各种协作，最终抵达一个距离我想联系的那个人——小光——的手机最近的无线基站，最后无线基站再发送信号到小光的手机里。"

"……我听蒙了，你还是直接说结论吧。"

"我们在整形外科医院的屋顶找到的是附近一座无线基站的信号。如果要给对方的手机打电话，那对方所在之处的附近也必须有无线基站，否则根本打不通。也就是说，中野家附近必然有还在工作的基站。长川先生给我们的这张地图里画了能收到信号的区域，中野家必然就在这几个地点之中。"

七菜子在一旁忍不住感慨："晓人君！你的脑子好灵啊！"

"那当然了！我哥和我可不一样，他聪明着呢！"

"怎么是小光你在得意啊？"

长川在途经路线上画了箭头标记的地点，主要对应的是在市政府、区政府、村政府等采取了停电对策的无线基站的所在地。假设中野树现在依然住在明壮学园附近的话，那他收到的就是自家附近的无线基站发出的信号。距离明壮学园最近的车站是博多站。从博多站到福冈市地铁机场线只需坐一站，就是东惠比寿站。我对博多站周边还是很熟的，看着这张地图，我注意到了一个比其他标记要大一圈的箭头。那个箭头指向区政府。

长川注意到了我目光所及之处,于是点了点头。

"大城市不行,没吃的,但是信号还不错。只要去找找区政府附近的住宅区,说不定就能找到你们想见的人了。"

长川只说了这么一句,就离开了我们。他很快就拉长了我刚刚送给他们的那根自拍杆,举到了空中。看样子是想尽快和遥远的亲人们联系上吧。

我们则再度奔往博多。如今只能循着这条细而弱的线索前进了。

※

车子沿着国道3号线前进,走普通大道向着博多区政府而去。途中,砂川老师用并不怎么开心的那种干巴巴的声音说:

"当当当,提问!"

"……什么?"

"好,请听题:当行驶中胎压较低时,出现轮胎破裂的情况叫什么现象?"

我犹犹豫豫地回答:"驻波现象。"

"回答正确。那在湿滑路面车速过快,出现轮胎发飘的情况,这叫什么现象?"

"滑水现象。"

"不愧是小春,笔记记得真好。"

不知为何，老师突然开始考我驾照的笔试高频题，还考了好几道。是因为实在太闲了吗，还是老师在用自己的方式缓和车内的气氛？我区分不出来。如果是后者，那她挑选话题的品位未免太差了。我透过后视镜看了一眼坐在车后座的小光、晓人、七菜子的表情，他们也都一脸疑惑地看着砂川老师。

我这愚钝的大脑直到现在也没能明确把握住现状，只好把脚放在油门踏板上，脑子里一遍遍地琢磨着。

中野树为什么没离开福冈呢？难道他真的得知了成吾他们留在福冈的消息，于是制订了一个杀人计划吗？如果他是凶手，那动机除了怨恨应该没有别的了。可眼看着全人类都要灭绝了，他真的还想在这时候杀人吗？还是说，就是因为大家都会死，所以他才不愿失去这个绝好的机会，想亲手去执行自己的复仇计划呢？

"我还是觉得中野君不是凶手。"

我无意识地嘟囔了一句。过了几秒，老师开口问我：

"小春觉得成吾是凶手？"

"是的。"

"明明是自己的弟弟？"

"就因为是自己的弟弟，才会这么想。"

"这样啊，因为罪恶感吗？"

或许有这一层原因吧。不过，我还是觉得直接把中野树定为凶手有些太过草率。

"老师您明明也觉得成吾很可疑，不是吗？"

"一开始我确实觉得他可疑。"

"现在不觉得了?"

"与其说不觉得了,不如说,我现在有一个疑问。"

老师说到这儿,长长地吐出一口气,抱起了胳膊。伴田医生帮她处理了右手,伤口暂且没什么问题了。她手上包得整整齐齐的绷带就出现在我视野的一角。

"那就按小春的说法,假设成吾是凶手吧。他开车离开家,一直到博多,然后将第一起事件的被害人高梨祐一杀死在车内。如果这个假设成立,那为什么成吾直接把高梨扔在了驾驶席上就弃车离开了呢?这就是我的疑问。"

第一起事件是银岛巡逻时发现的。他在住吉路上的一家便利店停车场中的某个车子里发现了尸体。这有什么可疑惑的呢?我沉默着,暗示她继续说下去。

"按死亡推测时间来看,被害者里最先死的就是博多的高梨,然后是糸岛的立浪,最后是太宰府的日隅。也就是说,如果凶手把车子扔在了博多的便利店,那他就只能步行去杀立浪和日隅了。糸岛和太宰府距离博多还是蛮远的,要抵达第二起、第三起案件的杀人现场必然会用到车子。那么在博多杀死了高梨之后,没了车子的成吾又是如何前往糸岛和太宰府的呢?"

"有没有可能是跑到别的地方,抢了一辆新车?"

"把一辆能用的车子扔了,再特意另找一个新的交通工具吗?可杀死立浪和日隅明明是在他的计划之内呀。"

"高梨是坐在驾驶席上被杀害的吧?有没有可能是成吾不想

再开一辆死过人的车子了呢？"

"你弟弟是比较神经质的那种人吗？"

一个能杀人的家伙应该不会介意驾驶席座位上溅到的血吧？确实，扔了车子的行为并不合理。

反应过来时，我发现坐在车后座的几个人也都在聚精会神地认真听着我们的对话。晓人似乎也很支持老师的说法，开口道：

"我也认同砂川老师的意见。而且，如果成吾君是凶手的话，那他的移动路线也太不自然了。他从位于太宰府的家里出发，先去博多杀了高梨，然后去糸岛杀了立浪，然后返回太宰府杀了日隅。可是，先在太宰府杀日隅，然后再去博多那边——这样子的移动距离才比较短啊。"

晓人的声音好像是在鼓励我一般，十分温柔。小光和七菜子也争先恐后地附和着：

"就是呀，小春，你弟弟不是杀人犯啦！"

"小春姐姐，你就相信他吧。"

这么一说倒也确实，假如成吾是连环杀人犯，那他的移动路径和移动手段都很矛盾。然而我却忍不住想反驳大家，想告诉大家"凶手就是成吾"。

"小春，"晓人语气沉稳地对我说，"你希望自己的弟弟还活着，是吗？"

原来，我潜意识里是希望弟弟还活着吗？

如果中野树是真凶，那弟弟应该已经被杀害了，已经永远沉睡在了一个我不知晓的地方了。我是不是打从心底里觉得，与其被杀身亡，不如夺去他人性命但同时自己也还活着更好些？

"还是被杀了更好。"为了斩断迷茫，我故意这样说道，"与其做个主谋，不如死了更好，不如就已经在什么地方被杀掉了更好。"

车子行驶进博多口，从博多站开往祇园站。驶入博多区政府大街后没几分钟我们就到达了目的地。博多区政府有着距离明壮学园最近，且至今仍在运转的无线基站。仰头望上去，能看到好似长枪一般的天线高高耸立。晓人望了望周围数不清的高层公寓和大厦，带着苦笑说了一句：

"能收到信号的区域可比想象的要多啊。砂川姐，你该不会要一家一家地查吧？"

"那是终极手段啦。"

开了将近一个小时的车，我们准备先呼吸一下外面的空气，于是先从教练车上走了下来。小光从座位上拉出折叠好的轮椅，动作流畅地帮晓人坐上去。

兄弟两人指着基站的大楼，一边仰望着楼顶的天线，一边在聊着些什么。比起这个基站，我对眼前这些摆放在中央隔离带上的栏杆更感兴趣。

那是分隔了四条车道的白色车用防护栏，但是防护栏的一部分已经被彻底轧扁，歪向一边。

七菜子吃惊地大喊一声："这是怎么了啊？"随后向着中央隔离带步履轻快地走了过去。周围一辆路过的车子都没有，所以像她这样在大路正中央随便走动也不会遇到什么危险。但我又不愿意放着她不管，于是也跟在她身后向隔离带走去。

"是遭遇什么事故了吗？"

七菜子蹲下身，端详着那些护栏。我也在她身旁蹲下，循着七菜子的视线看了过去。

"9月上旬的时候大家不都慌里慌张地要逃出九州吗？当时市内发生了数千起撞车事故，这些……可能就是那时候弄的？"

伤痕累累的护栏默默讲述着当时事故的惨烈状况。护栏是标准高度，如果教练车侧停在它边上，那上面印着的"太宰府驾校"几个字正好能被护栏挡住。这些栏杆看上去蛮结实的，却也被撞成了直角。撞上护栏的应该是辆黑色的车，栏杆上还留着黑漆。估计当时车身是狠狠剐蹭上去了吧。

"这不是血吗？"

不知何时，小光也来到我们身边，他的手从晓人的轮椅上松开，指了指防护栏的一处。除了车辆撞击后留下的黑漆，栏杆上还有一道红褐色的线。

砂川老师闻声也走过来，盯着白栏杆上飞溅的褐色痕迹看了一会儿，道："小光说得没错，这是血痕。"

这里发生过事故，还有人流了血。但现在只剩下了一个被撞烂的防护栏，血痕还留在上面。可能警察和消防都没能来帮助那个流血的人吧。

刺骨的冷风吹过冷清的街道。我掖紧了上衣的领口，可寒意丝毫没有减退半分。

"这是最近才有的东西吧？"

背后突然传来一个陌生的声音,我吓了一跳,慌忙回过头。只见一个陌生的男人正站在教练车旁。

他有些驼背,穿着一件旧的羽绒外套。虽然他有着一头乱糟糟的花白头发,但看面相倒并不老,所以可能是少白头吧。透过肆意生长的额发,能看到一双大大的眼睛,眼神好像打了个哈欠一样困困的,很水润。如今这世道,像他这样随处可见的平凡男人反倒很稀罕。

"我是说那个栏杆。"男人继续道。

如果是在前天,我在福冈的大马路上看到人大概还会感动吧,但眼下我已经开始习惯了。走出家门后我才发现,福冈意外地还生活着不少人。

"那是'暴走出租车'干的,你们不知道吗?"

"'暴走出租车'?"砂川老师重复着男人的话,"还是头一回听说,听上去挺危险的样子。"

老师对男人保持着警惕,挡在了七菜子身前。另一边,那个少白头的男人也一脸狐疑地将我们从头到脚打量了一番。

"说起来,你们几个都是生面孔啊,是哪儿的留守市民?"

"留守市民?呃……我们现在住在福冈。"晓人回答。

"那是自然,但你们并没有生活在福冈留守村吧?"

留守村、留守市民。对方说的净是些没听过的词语。

"就是没钱、没渠道、没体力、没办法才留在这儿的人,他们就叫留守市民,或者说留守者。你们也是吧?"

见我们一脸迷茫,男人也很困惑。

"你们从哪个留守村来的？北九州？难不成一直都只有你们五个人一起行动吗？"

"不是的，我们原本也生活在不同的地方。"

听到这话，男人的表情明显变了，他惊慌失措地环视四周。

"等等，你们究竟是什么人？！你们是怎么活到现在的？"

"就是正常生活啊。听您的意思，您应该是福冈留守村的人吧？能不能跟我们说说那个地方的具体情况呢？"

"我不会和来历不明的家伙讲话的……"

"如今您才说这个？明明是您先跟我们搭话的啊！"老师勾了勾嘴角，对男人笑了一声，"放心吧，我们不是可疑人员。我们眼下正在调查县内发生的某起事件，所以才来到这里的。"

"警察？那把警察证给我看看。"

"比较难解释的就是这一点。我并不是警察，只是凭借正义感和好事的秉性所以才坚持调查的。"

"说什么呢，根本听不懂！"

男人话音未落，就猛地冲了出去。

砂川老师似乎试图制止他，向男人的肩膀伸出了手。于是那个男人一把拉住了砂川老师的手腕，再猛一转身，似乎想来个过肩摔。然而，砂川老师的反应更快一步。她一个华丽的翻身动作，反而先将男人摔在了柏油马路上。

男人发出"咕嘎"一声，好似青蛙被压扁时的呻吟，随后面朝上躺在了地上。小光立刻跑了过来，按住了男人。

"老师，您还好吗？"

这种情况下，更需要担心的应该是那个男人吧？我一边心里这么想着，一边慌里慌张地奔向老师。正在这时，我和那个扬起下颌痛苦喘息的男人对上了视线，发现他的脸上露出一抹微笑。

"上钩了。"

那一瞬间，我的后背顿时冒出了冷汗，我感觉到了身后有其他人的气息。

转过身一看，背后竟站着三个人。他们统统都用布蒙着嘴巴，挡住了脸，手里还拿着武器。站在两边的那两个人手里拿的是棒球棍和一些四角木料，看上去杀伤力并不高；可是中间的那个人却举着一个相当夸张的武器——一把弩箭。

箭的前端直指向老师胸口。随后，中间那个人开口道："我们聊聊吧，换个更热闹点儿的地方。"

对方的音色高亢清澈，是个女人。

"还有小孩子呢，我们也不想伤害到孩子。"

于是砂川老师举起双手道：

"好，我投降。"

※

身穿条纹衬衫裙的假人模特双手叉腰摆着造型。橱窗里展示的都是秋季服装。从9月7日那天起，这个城市的季节就静止了。

川端路商店街附近一座综合性商场一楼的服装店，就是这群蒙面人的据点。不过，我猜这整个商场应该都是他们的聚居地，而我们所在的这个服装店只是为关押我们而准备的场所吧。

我们的车子被夺走,几个人都被带到了这家店里。随身物品全都被没收了。晓人的轮椅倒是没有被拿走,但是那个举着武器的蒙面人要求我们全都坐在地上,手也要撑着地面。

掠夺、集体死刑、凌虐女性。我脑子里冒出来的净是些负面词语。我们肯定会被关在这儿,一直关到地球毁灭。食物全都被抢走,整日遭受拷问。一想到这些,我就害怕得不得了。可是,那些蒙面人始终没有碰我们一下,甚至还和我们拉开了一段距离站着。

砂川老师从鼻子里哼了一声:"还挺优待俘虏呢。"

那个手拿弩箭的女性在拘禁我们的途中离开,消失了踪影。负责在店内监视我们的是一开始主动来搭话的少白头男人。除此之外还有两个蒙面人。

"我们会不会被打个半死啊?"

我下意识吐出的这么一句话似乎成了压死骆驼的最后一根稻草,七菜子的眼角滚落一滴眼泪。而一旦防线崩溃,不安与绝望将瞬间袭来。

"妈妈、爸爸……"

七菜子终于忍不住爆发痛哭,她难以自持地大声抽噎着,断断续续地喊着爸爸妈妈。晓人试图安抚陷入恐慌的七菜子,于是假装平静地对她说:

"没事啦,我们不会被吃掉的。"

"那他们为什么都拿着武器啊?"

"一定是误会了。我们都是人,把话说清楚他们就能理解了。"

"不要!我想回家!"

大街上突然冒出一群手拿武器的蒙面人,然后我们就被押着返回了他们的大本营——换了谁都会哭的吧。更何况,七菜子还只是个孩子,只有可能更害怕啊。早知如此,当初就不该带上她的。

"我、我想死。"

七菜子流着泪吃力地说出这么几个字。听上去真的太让人难过了。大家全都不再说话,狭窄的商店内唯有沉默笼罩。

"我想死,我当初就应该和妈妈一起死的。"

七菜子的父母都死了。我虽然预感到会这样,可是听她亲口说出来还是觉得很揪心。她是被父母留在人世,一直都独自生活着的吗?

"你爸爸妈妈都去世了吗?"

"不知道。但应该已经死了。他们说要一起死,但我太害怕了,就逃跑了。"

按照抽泣着的七菜子的讲述,在12月中旬,长期因小行星撞击地球的事情感到不安和痛苦的七菜子父母计划全家人一同赴死。可是七菜子却因为太害怕死亡,所以扔下了将安眠药一饮而尽的双亲,逃出了家门。就在她独自一人无依无靠地在大街上徘徊之时,偶然遇到了成吾,于是才去了我家。

她一定受尽了惊吓吧,能活到现在真的太厉害了。我真想这样对她讲，可是我的嘴巴和脑子现在都停止了转动，所以只能无言地摩挲着七菜子的后背。

"什么想死啊，你不要这样讲。"打破沉默的是小光。

"为什么？说想死有什么不对吗？"

"没什么不对，但是，这么说多难过啊。"

小光一脸认真地爬到七菜子身边，握住她小小的手。

"如果七菜子你是发自内心想去死，那我也没办法。可如果是因为寂寞、因为难过、因为这些情绪导致崩溃才说想死，那我会很难过的啊。"

"什么意思啊？我不懂。"

"也是，我也不知道自己在说什么。不过，我希望能帮你消除掉那些让你感到痛苦的东西，我想努力让你别再说'我想死'这句话。我们能为你做些什么吗？做些什么，才能让你不想死呢？"

小光是那么真诚，他毫不迟疑地想要去帮助七菜子。他真的有一个耀眼美丽的灵魂啊。我还听到，一直在一旁静静看着两人对话的晓人声音很轻地吸了口气。

于是，七菜子流着眼泪说：

"我希望，你们能一直和我在一起。"

突然间，我的脑海深处涌入无数画面，它们好似走马灯，但又没有那么地连续，而是无数片段式的记忆。

我和妈妈并排坐在沙发上看电影。妈妈是凯特·温斯莱特的超级粉丝，最爱的电影也是毫无新意的《泰坦尼克号》。一有机会她就会邀请我和她一起看这部电影。记得最后一次和她一起看,是在我大学考试合格的那天晚上。

别这样啊,妈妈。我对着记忆之中的母亲呼喊道。眼下小行星马上要撞击地球了,谁还有心情看电影啊?我没能乘上那艘船,而妈妈你,你把我扔下逃走了。

"对不起!对不起!对不起!"

我们身后传来呼喊声。七菜子吓得肩膀一颤。发出呼喊声的是原本在店角落里静静看着我们的那个少白头男人。望着大哭的七菜子,他显得坐立不安。他也没搭理另外两个蒙面男人,向我们冲了过来。

"等等,你别哭了,吓到你了,真是对不起啊!"

"你别过来!"

七菜子躲在小光背后,瞪视着那个男人。被拒绝的男人再度低头对她鞠躬道歉,说着"对不起"。

"抱歉,我什么都不会做的,请你别哭了。"

男人的语气听上去很谦卑。我凭直觉判断他应该不是什么很暴躁的人。

此时的小光则好似憋了很久一样,大声诘问:"说!你们的目的是什么?!为什么把我们关到这儿?都是你们的错,害七菜子都哭了!"

"只是想和你们谈谈,只要和我们说实话就好。"

"那你们想问什么?快点儿问啊!"

"我们得等老师回来。"

"老师？就是那个拿着弩箭的女人吗？她去哪儿了？"

"老师很忙的。"

"现在全人类都失业了吧？有什么好忙的！"

"哎呀，有很多事要处理……"

蒙面人中的一个开始还默默听着小光和少白头男人的对话，听到这儿忍不住开口责难："仓松，不要对一帮杀人犯态度那么谦卑，好吗？"

我以为是自己听错了。

"你说谁是杀人犯？"

小光狠狠瞪着那几个人，于是蒙面男人的语气更强横了。

"本来就是啊！你们用那辆车撞死了好多人，不是吗？还拐走了小孩子，究竟是何居心？"

那两个蒙面人的视线又落到了七菜子身上。

他们说我们拐走七菜子？开什么玩笑啊！话说回来，虽然原因不明，但他们似乎是在寻找杀人犯的过程中误将我们当成凶手了。怪不得摆出一副同仇敌忾的气势。

然而，令我感到惊讶的是，那个少白头男人，也就是被蒙面人称呼为"仓松"的人，却在庇护我们。

"还没办法确定这些人就一定是暴走出租车事件的凶手吧？"

那两个蒙面人一副无语的态度，无奈地摇了摇头。"就是因为你这样子，所以才会被小瞧啊。仓松你人太好了。"

"荣子老师不是也说了吗，要和这几个人好好聊聊，然后再决定如何处置他们。"

荣子老师是谁？暴走出租车又是什么东西啊？

仓松和他的朋友们似乎是在调查附近发生的一起"暴走出租车事件"，或者说是"事故"，并误将我们当成嫌疑人了。整件事大概就是这么一个脉络吧。

我求助般地望向砂川老师，砂川老师则好似在说"包在我身上"一般，轻轻点了点头，还冲我抛了个媚眼。她那副游刃有余的模样搞得人怪不爽的。

砂川老师用一种极度冷静的语气问仓松："荣子老师是谁？"

"就是众议院议员桧山荣子老师啊。虽然现在只能说是'原议员'了吧。她现在是我们这个留守村的村长，是她把一些没来得及逃走的人聚到这里来的。"

"你说的那个'留守村'，其实我还是听不太懂。"

"福冈留守村是荣子老师为福冈市近郊的残留者们创立的一处避难所。不，或许用'自治体'来形容更为贴切。距陨石撞地球还有两个月，虽然时日不多，但独自一人也是很难活命的吧。所以大家就聚在一起互相帮助了。"

为一些来不及逃走的人创立避难所，也就意味着她主动舍弃了离开福冈，乃至逃离日本的时间和手段。我不禁疑惑：真的存在这样自我奉献的政治家吗？

"你和荣子是什么关系呢？"

"我们以前是同学，小学同学。"

又过了十分钟，那个拿弩箭的女性——桧山荣子现身了。她比一般女性高大许多，只见她弯下腰穿过一些悬挂着的海报走进店内，拉掉了盖住嘴巴的布料，露出了真容。

看到她的脸，我一下子想起来了。那对粗眉毛和鹰钩鼻着实让人印象深刻。桧山荣子，当选过三届福冈县议会议员，之后又在2021年众议院总议员选举中初次当选议员。

我为数不多的朋友中，唯有水树对政治和社会新闻感兴趣。她总会和我讲"某某法案通过啦"或者"最近发生了某某新闻哟"一类的事。满18岁后我第一次参与选举，也是和水树一起去的。虽然当时桧山荣子是在别的选区，但她是水树常提到的支持政党的候补人，所以我还依稀记得她。

荣子看了一眼满脸泪痕的七菜子，顿时怒睁双眼问道："仓松君，这是怎么回事？！我不是让你把她带去别的房间避难吗？"

她一边说着，一边大步流星地走近仓松。她穿了一身方便活动的工装服，非常适合她。站在小个头的仓松身边，荣子就好像大人领着小孩子似的。

"可是老师，把大家分开的话，这个小孩多寂寞啊。"

"那也比和嫌疑犯待在一起强！"

"算了，算了，先入为主也不好呀。"

"这个小孩很有可能是被诱拐的，在他们的嫌疑洗清之前，必须把她和这群人分开。"

荣子的语气非常严厉，但仓松却好像并没怎么听进去。从两人的态度多少能看出他们对彼此相当信任。

"我可没时间陪你们玩了，能放我走吗？"小光似乎对这两个开始较劲的人感到不耐烦了，他毫不认输地说道，"你们说的那个什么暴走出租车，我们根本一无所知，好吗？"

"那你们为什么在现场徘徊？"荣子眼神凌厉地瞪视着他，"你们的车子和汽油是从哪儿弄到的？为什么跑去防护栏那儿？！"

荣子和仓松不同，她更加强势。如果我们不说清楚，对方就有坚持怀疑我们的理由。那么，该如何解除误会呢？这时，砂川老师缓缓举起了手。

"我们只是在追查别的事件。因为需要找到博多区政府屋顶的无线基站，所以才过来的。但我们并不知道那儿发生过什么事。"

老师毫不隐瞒地和盘托出。

发生在县内的三起杀人事件，警方虽认定是无差别连环杀人案，但在我们独自搜查的过程中，却发现这件事中的相关人员都和某少年过去引发的一起霸凌事件有关。而该少年如今下落不明。我们就是为了寻找曾被霸凌的学生——中野树，才找到这边的基站来的。

趁着砂川老师歇口气的空当，荣子惊讶地问："你们明明不是警察，为什么还要搜查呢？"

"顺势而为罢了——也算是遵从了我的个人追求吧。"

"你究竟是什么人？"

"我现在是驾校的教练，以前当过警察。"

"原来如此。也就是说那辆车是驾校的财产喽。那汽油又是怎么弄到的？"

"驾校有的是车啊。"

把汽油的来源说清后，荣子和仓松的表情缓和下来，显露出一丝安心。他们为什么这么在意车子呢？和暴走出租车有什么关系吗？

"然后呢？你和这些年轻人是什么关系？"

因为不能把了道兄弟的真实身份暴露出来，所以老师只告诉对方小光是立浪纯也尸体的第一发现者。她还试图把我和成吾之间的关系也糊弄过去，可我并不准备隐瞒这些。

"我是成吾的姐姐。为了抓住弟弟，我才一直跟着老师的。"

荣子睁大眼睛，僵住了。

"那可真是……太可怜了。"

"可怜的应该是被成吾欺负的孩子。"

如果不坦诚，再怎么解释都无法得到信任。我膝盖一用力，从地板上站起身，仰头望着荣子问道：

"接下来，能请您解释一下您这边的情况吗？"

荣子用一种审视什么东西的表情凝望着我的双眼，随后，她和仓松对视了一下，短促地点了一下头，开口道：

"福冈留守村是我和仓松君一起办的。我们把没来得及逃走，或者没有办法逃走的人聚集在了这个商场里，大家一起分享食物和物资。现在这里大约住了五十个人。"

"五……五十个人？"

难以置信，如今福冈竟然还有五十个活人在生活。

"我们准备在世界毁灭之前留在这儿平静地生活。这是我们唯一的愿望。眼下我们之所以全副武装，都是因为福冈县内出现了横冲直撞的暴走出租车。"

我迟疑着向斜上方瞄了一眼,发现荣子正紧锁着浓眉。看那表情应该是在回忆这件事吧。

"第一起事件正好是在一个月前,也就是12月1日发生的。福冈留守村一位70多岁的居民——筱田文惠女士突然失踪了。文惠女士养了一只名叫阿碳的狗,长久以来一人一狗相依为命。她带着小狗一起住在福冈留守村里,每天早上都带着阿碳出门散步。12月1日早上,文惠女士出门遛狗之后始终未归。考虑到已经是这种时候,她应该不会突然逃离日本,所以大家就担心她是不是在留守村附近晕倒了。于是我们组织了搜查队在周围寻找,但只找到了阿碳。"

七菜子紧张地咽了一下口水:"阿碳还好吗?"

"不,阿碳已经死了。发现它时,它正浑身是血地倒在中洲川端冷泉公园附近一条道路的正中间。但我们看了一下柏油马路上残留的血迹,那明显不可能只是一条小狗的血量。恐怕文惠女士和阿碳当场都流了很多血。我们检查了阿碳的尸体,确定是车辆撞死它之后逃逸了。那文惠女士很有可能是在遛狗途中被车子撞倒了。可是,我们到处都找不到她的尸体。"

这次轮到晓人提问了:"是凶手把遗体带走了吗?"

"有可能,但不知道是埋了还是扔了。一开始,我们都以为是有人在开车途中不小心撞到了文惠女士,因为担心被追责,情急之下才把尸体带走的。虽然很生气,但也只能当它是一起悲伤的意外事故。可是在那之后,每隔几天就会有人失踪。"

有和文惠女士一样出门散步未归的植村，还有出门找食物却再也没回来的菅野和川上。所有失踪人员都是70岁以上的老年人。这边留守村的领头人会定期和福冈县内其他留守村联系。——真没想到这儿竟然还有好几个留守村。结果发现北九州和筑后的留守村竟然也有类似的情况，有不少人突然失踪。县内至少有十五个人去向不明。于是荣子断言，这绝不是意外事故，是有预谋的连续肇事逃逸事件。

　　"等一下！"砂川老师大声打断对方，"您说失踪者全都是肇事逃逸的被害人吗？他们中有没有可能是因为改变了主意，所以才离开了留守村呢？也有可能是突然情绪所致，所以跑去自杀了啊。"

　　"你说得也有道理。但是福冈留守村里的第五个被害者——持田芽衣，绝对是被暴走出租车撞死的，这一点绝对错不了。因为我和仓松就是目击证人。"

　　我感到一阵恶寒，起了一身的鸡皮疙瘩。

　　"一周前，也就是12月25日傍晚，我带着福冈留守村十名身体健康的成员，出门寻找筱田、植村、菅野、川上这四名失踪人员。当时我们都还不知道这是一起连续肇事逃逸事件，只是因为担心失踪人员，觉得只要坚持寻找，应该就能找到他们，所以才采取的行动。我们分成了三组，分头在留守村附近搜索。我这一组的成员是我、仓松，还有持田芽衣。持田是就读于县内某个大学的女大学生，虽然很年轻，但也是无依无靠，所以就住在留守村里。我们一直寻找到晚上6点左右，天色已经很暗了，但是什么线索都没有。那天是阴天，连一点儿月光都没有，我们担心手电筒的电池不够，所以商量着不如先回留守村。

"事情就是在那时候发生的。持田说想去趟厕所，于是就短暂地离开了几分钟。我和仓松把她留在之前的那个地方，就是你们徘徊的那个基站附近，然后在稍远的地方等她。就在这时，我们突然听到了一声巨响。

"我们俩转头一看，发现一辆外形近似出租车的车子撞上了围栏，把那个围栏撞得乱七八糟的。持田就被夹在那辆车的保险杠和围栏之间。不仅如此，那个开车的人在撞上她之后，竟然还在踩油门加速，明显是故意要撞死持田的。"

说到这儿，荣子的眼睛里已经蒙上一层水雾。因为事件是上周刚刚发生的，所以那惨烈的景象还十分清晰地印刻在她心里吧。悲伤、无力、后悔。荣子满眼都是难以言喻的痛苦，我简直不忍心直视她的眼睛。

像是要保护一时哽咽的荣子，仓松开口道：

"我这个人没什么脑子，当时光想着赶快跑到持田身边，结果被荣子拦住了。她告诉我，如果贸然靠近，那辆出租车肯定会把我们也都撞死……"

据仓松所说，持田明显是被当场撞死了。估计车祸现场应该相当凄惨。

"我们躲在阴影处观察，发现有人从驾驶室里走下来，打开车后备箱，把持田的遗体放了进去，然后开车逃逸了。我们认为这家伙就是专盯着福冈的留守人员去杀的。福冈留守村，还有其他留守村的失踪人员，一定都是被这个开暴走出租车的家伙撞死的。"

小光一脸吃惊地重复道："放进了后备箱？出租车的后备箱吗？"

"那个车子被围栏挡着，只能看到一小部分白色车体。所以准确来讲，还无法断言是不是出租车。"

"所以你们就怀疑我们吗……？的确，我们坐的那辆教练车看上去和出租车倒是蛮像的，但那个从车里走出来的家伙长得和我们中的某一个很像吗？"

仓松不说话了。荣子则有些不好意思地说：

"不，其实……当时天很黑，我们并没有看清那个人的样子。但是感觉个子挺高的，可能是个男人吧。"

"我们这几个人里能站能走的男人就只有我了。但是我不会开车，也没有驾照。"

这时晓人也在一边帮腔："你们一开始就把那个肇事逃逸的事情告诉我们就好了啊，我们也会说明情况的。"

荣子尴尬地搔了搔鼻尖："我们态度太强硬了，我道歉。但你们确实也拿不出证明自己不是凶手的证据啊。就算这位男士他没有驾照，也不意味着他不会开车吧。"

"您还在怀疑我们啊？"

"不，聊过之后我明白了。你们不是那种人，我这点儿看人的眼光还是有的。——真不好意思。"荣子再度道歉。

见荣子他们的态度缓和下来，七菜子也恢复了冷静。她一边吸着鼻子，一边擦着眼角。

"虽然当场撞人后逃逸的情况你们只见过一次，但你们还是认定留守村的失踪人员全都被那辆暴走出租车撞死了，是吗？"

砂川老师再次提问，而荣子则用力点了点头。

"一定都是同一个人做的！因为那些失踪的人是不可能一句话都不说，直接离开的。"

荣子非常信任留守村的人们。当我意识到这一点时，突然觉得心口一热，险些哭出来。我立刻用深呼吸掩饰。

"您对凶手的杀人动机有什么想法吗？"

"说实话，我也不清楚。看肇事者的行为似乎也不是为了夺取留守村的食物和燃料。要是想抢物资，直接攻击留守村就好了，但遭受攻击的始终都是独自走在外面的留守居民。"

"原来如此。看来凶手可能只是单纯想杀戮，所以才这么做的。"

眼下，警察机构和政府已近乎瘫痪。无论是偷盗还是杀戮，不管做任何事，都没有人会受到惩罚。

9月7日以后，所有人都想在世界末日到来之际达成自己的心愿。有的人会去寻找想最后再看一眼的、重要的人；有的人想忘掉现实，于是沉溺于酒精药物，甚至包括一些情节较轻的犯罪；有的人会为了活下去而挣扎到最后一刻。当然，也有一些人会遵循想要杀人的冲动去袭击他人。

老师仿佛自言自语般嘀咕道：

"对杀人犯来说，这儿可真是天堂啊。"

全人类都进入了灭亡的倒计时——这就是驱动那辆暴走出租车的汽油。我情不自禁地抱住了七菜子的肩膀。

对话的主导权不知何时转移到了砂川老师这边，老师颇有警察风范地开始向荣子详细确认起了当时的目击细节。

"肇事车辆是朝哪儿开走的？"

"朝着博多站。"

"然后呢？"

"后面就不知道了。它有可能逃去任何地方。"

砂川老师手托着下巴。她正在认真思考着什么，看上去她此刻的思路已经彻底转换成了搜查模式。

"请您把福冈留守村那些失踪人员的信息提供给我吧。——还有福冈留守村之外的那些失踪人员的信息，如果您了解，也请告诉我。"

七菜子仰望着老师，一脸不可思议地问：

"这和咱们在追查的案件有什么关系吗？难道那个叫中野树的人就是开暴走出租车的凶手？"

"谁知道呢，说不定会有什么联系。当然，也有可能福冈县内存在着两个完全不同的连环杀人魔吧。"

暴走出租车事件，是在福冈全域袭击高达十五个人的无差别连续肇事杀人案；而我们目前在追查的事件，则是针对某事件相关人员的、有明确动机的杀人案。我感觉这两起事件似乎毫无联系，但老师却对两者都很在意。

"老师，您该不会连暴走出租车事件也要调查吧？"

"当然了。"

其实我心里早就猜到了，砂川老师一定不会视而不见。但荣子和仓松却双双吃了一惊。

"你人也太好了吧？就在刚才，我们这些人还把你们当成凶手呢。"

"既然知道有这种事，那就不能放着不管。"

"真是警察中的榜样。人类马上都要灭亡了，你还要为了市民鞠躬尽瘁……"

"快别这么讲啦。"

或许已经熟悉起来了吧，砂川老师和荣子他们讲话时，语气带着几分亲近。

根据荣子的说法，福冈留守村的失踪人员共计5人。筱田文惠77岁，植村茂80岁，菅野清子72岁，川上行雄74岁，持田芽衣19岁。北九州留守村失踪人员7人，筑后留守村失踪人员3人。被害者的数量从去年12月开始增加，频率是一周五六个人失踪。

自持田芽衣被撞致死起，各留守村都进入了警戒态势，严禁留守居民独自出门。如果为了寻找食物和物资补给必须出门，那就尽可能地把自己武装起来。或许是这一系列作战策略起了效果吧，自从12月25日持田被害以来，留守村就再也没有人失踪过。

可听来听去，这件事的线索都太少了。目击到那辆车的只有荣子和仓松。因为找不到失踪者的遗体，所以也能预想到是凶手有意想隐藏现场证据。

突然，一脸认真地聆听荣子讲述的砂川老师抬起头。我意外地和她对上了视线。

"老师，您想到什么了吗？"

"我看上去像是想到什么了吗？"

"因为您突然看过来……"

"那可真是抱歉了，信息量太少，我也完全没头绪。——喂，你看。"

我循着老师的视线看向橱窗，发现有两个小孩子正趴在橱窗玻璃上看着我们。

其中那个小女孩看年纪大概刚刚读初中，另一个小男孩像是在读小学低年级的样子。女孩子的年纪和七菜子差不多吧。她梳着非常适合她的三股麻花辫。虽然离得很远，但也看得出她脸上的表情非常丰富。

"啊，我不是说了吗？这儿太危险了，不可以过来！"

那两个站岗的蒙面人也看到了小孩子们，于是慌忙去赶。但荣子却制止了他们，说了句"不要紧的"。

"这些人不危险，他们不是开暴走出租车的凶手。"

一听到荣子的解释，从橱窗外看过来的小孩子们就一起大喊了一声："哇！"

"我们可是听说逮到了凶手，所以才跑来看的呢。"

那个读小学的男孩子一脸不开心地噘起了嘴。他的皮肤晒得黝黑，给人一种活泼体育少年的印象。一旁的女孩子挨个儿打量着我们，随后目光停留在了七菜子脸上，有些羞涩地冲她轻轻挥了挥手。

原来留守村里还有小孩子啊。荣子也对店外的孩子挥挥手，招呼他们进来，让他们俩对着七菜子并排站好。

"这是由里奈，这是义郎。他们俩现在都住在留守村。七菜子你是中学生吗？"

七菜子有些吃惊，急忙回答："是……是的。"

"那和由里奈一样喽。"

这三个孩子一脸难以置信地面面相觑。他们先是不作声地互相看着对方，随后由里奈率先开口问七菜子："你读初一吗？"

七菜子略有些紧张地点了点头。

"我也读初一，那多关照喽。"

由里奈语气柔和，面带微笑，看上去非常温柔，性格和有点儿小脾气的七菜子完全不同。不过很快，七菜子也小声回应了一句："请多关照。"

"义郎他读小学三年级。在这个留守村里，他的年龄是最小的。"

"你们不是姐弟吗？"

"不是，我们都是独生子啦。七菜子呢？"

"我也是独生子。"

由里奈温柔地问着，七菜子则战战兢兢地尝试走近她。看着她们笨拙而又努力地踏出友谊第一步的样子，我突然回忆起了自己那已经离世的三个朋友。

水树、阿绫，还有七菜子。大家都好温柔，温柔得让我觉得受宠若惊。对于我这样一个生性单纯又偏执的人来说,她们是我为数不多却又无可替代的好友。

那个叫义郎的男孩子本来就生着一对圆溜溜的眼睛,此刻他的眼睛睁得更圆了,兴趣盎然地望着七菜子,似乎也想加入到她们的对话中吧。他很有精神地开口说:"我,我呢……"很快,这几个年纪相近的孩子就热络起来,完全不在意周围的大人们了。

不知为何,我总觉得七菜子留在这儿或许会过得很好,她最后应该生活着的地方,不就是这儿吗?

"方便的话,七菜子你要不要去逛逛留守村?"荣子蹲下身,平视着七菜子问道。

"这建议好啊。"一旁的仓松也很开心地表示赞同。

"刚才吓到你了,真的很抱歉,为表歉意,我会领着你到处看看的。由里奈和义郎也一起吧?"

搜查会议暂时中断,我们一起参观了福冈留守村。这栋三层楼的综合商场整个都被当成留守村的大本营。电梯已经用不了了,我们直接走了楼梯。晓人本来说自己会给大家添麻烦,表示不和我们一块儿参观的,可荣子却喊了帮手,连人带车把他搬上了楼。

这个福冈留守村里住着五十多个留守市民。主场馆一楼现在是食物和储备品仓库,三楼主要用作卧室休息,二楼则是生活区域。我们一边参观,一边向荣子提问。

"这个商场有应急备用电源吗?"

"早就用尽了。我们现在用的是从超市找来的便携气罐式家庭发电机。然后还偷了一些摆在野外的太阳能板，利用太阳能发电。比较幸运的是，这儿的供热方式是利用地热的热泵系统。因为这种热能交换器是深埋在地下的，所以不必为暖气消耗的电发愁。"

听她这么一说我才发现，确实，从刚才被软禁时起我就注意到了，服装店里特别暖和。

"食物怎么办呢？"

"这儿有一些点心店和特产店，总之食品类的店铺还是很多的。我们主要还是食用这儿的一些保质期比较长的食物。有时候我们也会组队去其他地方寻找食物。"

"原来如此。"

"这儿的生活环境其实还不错，不过不太容易在附近找到车子，所以出行方面会比较困难。"

福冈留守村的人大多没车，出门基本用自行车。9月上旬博多陷入巨大混乱的时候，大多数人是开车去本州避难的，所以基本没剩下什么车辆了。也正因如此，我们这辆突然冒出来的教练车才显得很奇怪。

"附近没有加油站，也找不到什么燃料。以防万一，我们在屋顶停车场藏了一辆紧急时刻使用的车子，但是大家都不舍得用，估计也就只能白白扔在原地落灰。"

这座商场是半户外式的结构，当我们穿过外廊时，发现我们的那辆教练车已经停在了商场内部的院子里。

荣子有些不好意思地说："你们这个车的车钥匙，我已经还给砂川女士了。"

走进二楼的饮食区，我们发现那儿聚集了很多人。他们看到我们来了，所有人都不再说话，齐刷刷地看向我们。

晓人忍不住感慨道："好厉害，人真的超级多。"

我大致看了一下，这里面大部分是老年人，几乎没有年轻人。就连荣子这样的中年人也算非常年轻的那一类。他们有些人是全家围坐，有些则独自待着。

回过神来才发现，现在已经是下午4点半了，留守村的人们聚集在饮食区，早早开始准备吃晚餐。大家借用了快餐店的柜台分发汤和饭团等食物。人们在店前排成一列，轮到谁谁就把自己的那一份领走。仓松也劝我们一起排队。我和晓人同时摆手拒绝。

"我们自己准备吃的就好。"

"别客气，你看，你们的同伴都已经在排队了。"

定睛一看，果然，砂川老师和小光丝毫不在乎他人目光，正大大方方地排在队列里。他们甚至还帮我们领了托盘。

我们挤在十字形桌腿的塑料桌子边，和留守村的居民们一起吃起了晚饭。七菜子则在距离我们稍远的地方和由里奈、义郎坐在一起，不时还能听到他们那一桌传来的说笑声。

"啊！七菜子也是吹奏部的？我负责吹小号。"

"由里奈也是吹奏部的吗？我负责长笛。我们学校的吹奏部特别弱，而且自从学校关闭后，我有一年没练了。"

"我也是。对了，别看义郎这个样子，他可是会弹钢琴的呢，而且弹得特别好。"

"是吗?"

周围的人对我们几个外来人员,尤其是在不久前还有杀人嫌疑的家伙很戒备,一开始都站得远远地观望。后来荣子逐一和他们解释说"这些人没有问题""他们是太宰府那边过来的留守市民",大家才逐渐放下了戒备心。

晚饭快结束时,坐我们旁边那桌的一个老爷爷终于开口和我们搭话:

"你们会加入我们这个留守村吗?"

听到对方这样问,砂川老师很罕见地露出一个有些苦恼的表情。

"不会,我们只是来这儿查案子。"

"这样啊。那你们有住的地方吗?有饭吃吗?"

"没问题的。"

"那会不会孤单呢?"

老师似乎彻底被问住了。

砂川老师、晓人和小光,他们会觉得孤单吗?我不知道。那七菜子呢?看着和由里奈还有义郎兴奋地交谈着的七菜子,我想,至少现在她是不孤单的。

"留在这儿也好呀。"仓松说。

大家都抬起了头。紧接着,仓松语气爽朗地问一旁的荣子。

"是吧,荣子老师,如今再多五个人也不要紧吧?"

"嗯,而且人越多,大家的情绪就越稳定吧。"

我有些走神地望着荣子和仓松,说了一句:

263

"我觉得七菜子应该留下来。"

"我赞成。"砂川老师立刻表示同意。看样子，大家都觉得不该再带着七菜子跑来跑去了。而小光和晓人也没提出什么异议。

"其他几位呢？"

晓人抬手碰了碰自己脸上的绷带，笑着说："我就不留了，我也帮不上什么忙。"

"这和帮不帮得上忙没关系啦，只要你们想留下，就能留下。咱们这儿也不是那种方舟一类的玩意儿。"

和晓人微笑着说出的那句轻松的拒绝不同，荣子的这句话听上去带着些悲伤。我立刻听懂了"那种方舟"指的是什么，是那艘马上就要出发去太空的、只有大人物们才能乘坐的航天飞船。

"感谢你们的好意。我这种人是没有资格留在这儿的。小光怎么想？"

"我也不留了。"

这时，老师瞟了我一眼，用眼神询问我："你怎么想？"我摇了摇头。我必须去找成吾，而且我实在不适应和那么多人一起生活。

砂川老师郑重拒绝了对面两位的好意，又补充道：

"我有一个请求。在杀人事件的搜查结束后，我准备去寻找一位名叫内田瞳的女性。她的家人全都去世了，她目前去向不明。如果你们见到了她，我想请你们接纳她住进这个留守村。"

内田瞳，我们在糸岛搜查的过程中遇到了她，后来去向不明。自那之后我们再未聊起过她，没想到老师一直记挂在心里。

"虽然不清楚具体情况，但你这也照顾太多人了吧？"

荣子双手叉腰，露出一个无奈的表情。但是她并没有拒绝老师的请求。

"太阳快下山了，夜里行动很危险。我们不会再挽留你们的，但是今天晚上你们最好在这儿留宿一晚。"

晚饭后，我们又被带着参观了循环利用雨水的盥洗室和厕所，还有一些生活设施。留守村里一直都洋溢着和谐的气氛，大家对我们都很照顾，没有让我们这几个外人有任何的疏离感。太阳下山后，我们和其他留守市民一起去了商场三层的卧铺区域。建筑物北侧是男性使用的区域，南侧是女性使用的区域。

大家互相道了晚安后，就都静静回到了自己的铺位。告别之际，小光悄声问我：

"小春，你觉得她愿意吗？"

我被他带得也压低声音问：

"你说七菜子吗？"

"嗯，我们把她独自留下，她会愿意吗？她不是一直很想跟着我们一起行动吗？而且和我们都相处得很熟悉了。"

"但是这儿对她来说才是最合适的地方吧？有同龄孩子，有食物，还有这么多可以依靠的人。"

"说得也是，嗯，我明白了。"

南侧这片区域以前是运动用品商店。这儿摆放着从其他区域收集来的各种毯子和被褥，打理得很有床铺的感觉。包含荣子在内,这儿住着26名女性。

"对了,明天我们什么时候出发?"

提问的是七菜子。她本来还在和由里奈一起铺着床,也不知道是什么时候突然出现在了我身后。我一时慌张无措,反问道:

"什么?出发?去哪儿啊?"

"当然是去搜查啊。"

在一旁听到我们对话的由里奈吃惊地问:

"啊,七菜子你要离开这儿吗?"

"不离开啊,我们白天去搜查,晚上再回到这儿来就好啦。对吧,砂川老师和小春姐姐也是这么打算的吧?"

七菜子似乎深信我们明天会带着她一起去搜查。可是,我们不能再让她遭遇危险了。这儿的留守居民们本来就已经被暴走出租车的事情吓坏了,怎么能再把他们卷入我们这边的事件里呢?

我本来应该明确地和她讲清楚,却不知道该如何组织语言。于是我求助般地扭头看向砂川老师,只见她微微一笑:

"这个想法不错。好啊,那我们明天还回这儿。"

这个谎言说得如此轻松随意,我甚至无从责备。

老师是想不做任何解释地把七菜子留下来。在注意到这一点的瞬间,我感觉心里一凉。

"我们明天7点出发哟,早点儿睡吧。"

"好呀!晚安!"

七菜子看上去很开心,她一边和由里奈快活地聊着什么,一边钻进了被窝。蜡烛被吹熄,整个房间陷入黑暗。

"老师，您睡了吗？"

熄灯后过了大约一个小时，我悄声询问睡在我旁边的老师。于是砂川老师也小声回答：

"我睡了。"

"您这不是醒着吗？"

我想尽量拭去心中难以言喻的不安感，于是问老师：

"七菜子能在留守村生活下去吗？"

"不用担心她，她会在这里幸福地度过人生最后的时光。"

"……可是，我还是觉得，这样子的她好可怜。"

"怎么说？"

"因为七菜子她才只活了十年多一点儿的时间啊。"

不管七菜子活了多久，仅仅两个月后，小行星就会撞上地球。就算把我的情绪告诉了老师又有什么用呢？可是我还是忍不住想大喊："这样真的太过分了啊。"

"长寿和幸福可是两码事哟。"

没有光也没有窗户的房间实在太黑了，老师明明就躺在我旁边，可她的声音却彻底融入了黑暗。我本来想向老师伸出手，但放弃了——从被窝里伸出手来实在是太冷了。

"不过在我看来，小春你也还是个孩子呢。还有晓人和小光也是。"

老师小声嘀咕了一句，随后翻了个身，背对着我睡下了。

冲突

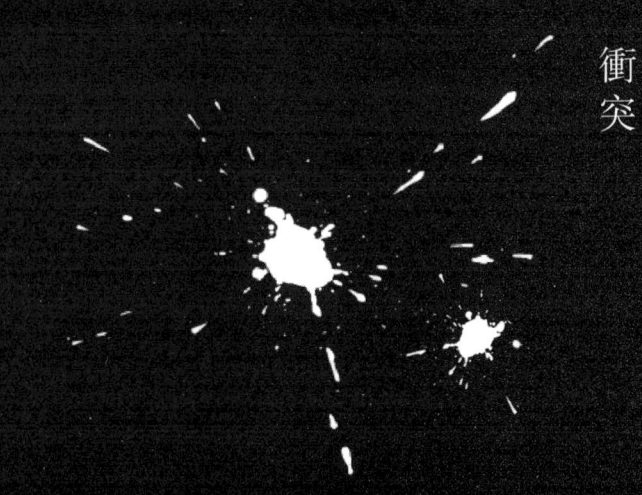

衝突

冲突

那天夜里我突然惊醒,其实完全出于偶然。

定睛一看枕边的手表表盘,已经过了深夜2点了。我伸手轻拍了一下左边的被子,却只摸到了一条薄薄的毛毯。

毛毯里面根本没人。

这片区域没有窗户,看不到外面的样子。我慌里慌张地光着脚跑向了那个开放式的走廊。

或许是我们睡着的那段时间下过雪或降过雨,路面黑漆漆、湿漉漉的。之前原本停在露天院子里的白色车辆——那辆太宰府驾校的教练车突然消失无踪了。

"被骗了!"

其实,我早有预感,担心老师会把我们几个扔下独自离开。我又折返回床铺旁,逐一摸索着摆在我枕边的私人物品,拿起并塞进背包。袜子就之后再穿吧!

我打开手电筒,逐一照着静静沉睡着的那些人的脸。找到荣子的瞬间,我大步跨过了一个又一个被窝,走到她身边摇晃起了她的肩膀。

"醒醒，请醒一醒，荣子女士！"

荣子立刻醒了过来，一跃而起。

"发生什么事了？"

或许是被手电筒的灯光和各种噪声吵到了吧，房间里的其他女性也都纷纷一脸疑惑地抬起了头。房间里微微骚动了起来。我对着荣子深深鞠了一躬，腰弯得很低，脑门几乎蹭到了床单。

"请把车子借给我。"

"为什么？"荣子不由得紧紧皱起眉。

"我必须去找砂川老师。老师她想独自去逮捕杀人犯。"

我抬手指着老师之前睡的那团被子，努力解释着。我要追上她，因为她是开着教练车走的，所以我只能借用留守村里的那辆备用汽车了。

"证据呢？"荣子似乎在琢磨我这番话是真是假，"她去逮捕杀人犯的证据是什么呢？虽然这么说不太合适，但她也可能只是逃去别的地方了吧。"

"不可能，老师绝不会偷偷逃跑的。"

"你对砂川女士又有多了解呢？说不定她是嫌你们太碍事，才独自行动的。"

荣子的说法其实非常合理。我这个人很迟钝，又不聪明，光是顾自己都顾不过来，总是在拖别人后腿。

"求您了！车子我会还回来的，用掉的汽油我也会从驾校带过来的。"

"你觉得这么说我就会相信你吗？真不好意思，我是不会把车借给你的。我不是故意不帮你，但我认为砂川女士一定是有她的考虑，所以才把你们留下来的。"

其实，她不说我也懂的。

记得荣子说过，偷偷藏起来的车就保管在商场的屋顶。车钥匙由她本人保管。如果要不择手段，比如突然袭击场上的某个人，把她当作人质来换取钥匙，这办法可行吗？——当然，我是不会选择这种手段的。可如果是老师，她会怎么做呢？

"我问你，你现在脑子里在盘算什么呢？！"

荣子的脸上带着恐惧，死死盯着我。其他女性都从被子里爬出来，一脸不安地观望我们二人对峙。大家有的按亮了手电筒，有的点燃了蜡烛，整个房间都明亮了起来。

"真抱歉，那就请您忘了吧。把我说过的话全都忘掉好了。"

我一把抓起外套和背包，越过一团团被子，飞快跑掉了。

"等等！"

荣子高声大喊。当我最后一次回过头时，我在视野中的一隅，看到了七菜子正和由里奈惊恐地抱在一起。

我在外廊上狂奔着。照亮脚下地面的电灯在黑暗之中发着光，摇晃着，微弱得可怕。当跑到本馆正中间的那个咨询台时，有两个人影喊住了我。小光抓着晓人的轮椅把手，正缓缓推着他走着。他们似乎是要去厕所吧，两人在运动服外面又披了一件大衣。

"怎么了？"

"我们被扔下了！教练车不见了！"

我根本等不及他们做出反应，就从他们身边跑了过去。小光本来还迷迷糊糊地揉着眼，隔了几秒才反应过来，大喊一声：
"真的假的？！"
"小春，你准备去哪儿啊？"
晓人的喊声在我身后响起。小光推着晓人的轮椅跑起来，跟在了我身后。
"我要去找老师。"
"所以我就是问啊，你要去哪儿找她？怎么找？"
"不知道。"
连我自己都不清楚，自己为什么一直在奔跑。
我根本不知道要去哪儿，而且还没有车。即便如此，我还要去找她吗？
商场的停车场直接被当成了留守村的自行车停车场。可能是因为不用担心被偷，所以停在这儿的几十辆自行车没有一辆是上锁的。
我跨上了一辆山地车，小光顿时皱起了眉：
"你有没有征求人家同意啊？"
"我明白，我这样做算盗窃，我会好好反省的。"
"喂！"
虽然抢夺他人车辆的行为很不好，但如果抢的是轻型车辆，我的抵触情绪也会淡薄不少。看来我这个人的道德观真的蛮模糊的。
我满脑子都是赶快奔向远方，于是我猛蹬了一脚地面，离开了留守村。小光似乎也借走了停车场里的一辆自行车。他把晓人放在了车后座上,紧跟在了我身后。轮椅似乎直接被留在了停车场。

"你们怎么也跟上来了?"我扭过头大喊。

体力不错的小光很轻松地跟上了拼死蹬着踏板的我。明明他的车上有两个人啊!

"不会碍你事的!"

"我不是这个意思!你们知道的吧!这可是杀人案啊!"

"都这时候了,杀人犯什么的有啥好怕的?"

小光用快要哭出来的眼神瞪着我。晓人抱着小光的后背,冲我笑着:"是呀,我们现在已经不怕了!"

我再度大力踩下踏板,用不输耳边一阵阵风声的声音直面前方大喊:"喂,晓人,只要靠近区政府,是不是就能打通电话?"

晓人也不示弱,大声问:"为什么要问这个?"

"我想打电话。我想收到区政府无线基站的信号!"

"不太好说!我觉得不是离得越近信号就越好。如果离区政府太近,建筑物的表面和一些角度都会折损信号强度,反而不容易收到信号!"

"那选哪儿最好啊?!"

"选一个能看到天线的地方吧!得爬到大厦或者公寓顶层才行。"

"知道了,我去找个高的地方!"

我大声宣布道。这时小光问我:

"你要打给谁啊!"

"我还没想好!"

我全速踏着脚踏板,抵达了区政府附近的一幢高层公寓前。这栋建筑明显比周围的大楼都高出一头,看上去防盗性似乎很强,但眼下地球都快毁灭了,什么防盗和安全早就不存在了。我用石头砸了它好几次之后,那扇防盗的自动门就裂了。

电梯用不了了,于是我奔向逃生梯。小光背着晓人爬楼梯还是很吃力的,两人落在了我后面。

抵达最高层的时候,我冲进了离紧急逃生口最近的那个拐角处的房间。所幸,这家主人并没有锁门。我穿着鞋直接进去,发现这家的主人已经吊死在了客厅,尸体散发着恶臭。但我实在是顾不得那么多了。

房间向南有一扇窗,正对着区政府敞开着。我怀着祈祷的心情跑到阳台,打开了手机。屏幕右上角显示出"无信号"三个字。我又从背包里取出自拍杆,把它的伸缩部分对着外面拉长,寻找能接收到信号的位置。但是信号标志却始终没有出现。我连身子都探出阳台了,手机依然显示"无信号"。

手要再伸长点儿,再长一点儿。

踮起脚,身体再猛地探出去一些,再多一些。

"啊!"

我感觉双脚离开了地面,后背出现一种非常可怕的飘浮感。紧接着,我感觉自己的脖子好像被勒住,整个上半身又被拉回到了阳台。回头一看,发现是小光拉住了我外套上的帽子。

"你傻啊！小心一点儿！"

我被他怒吼了一句。虽然意识到自己刚刚差点儿从距离地面数十米高的地方跌落下去，但此时的我甚至来不及有什么劫后余生的安心感——焦躁侵蚀着我的内心。

我想和人联系。比如和伴田整形外科医院联系，告诉伴田医生我们找不到砂川老师了。我还想向博多北警察局的银岛警官寻求帮助。但我最希望的，是直接打通砂川老师的电话，听到她的声音。可是我的手机一直都是"无信号"。更何况，我甚至都不知道老师的联络方式。

"……砂川老师，您究竟在哪儿啊……"

再怎么呼唤她，她也不会被我喊回来了。一旦切身意识到了这件事，事实的沉重便狠狠压到了我的身上。我跌坐在阳台上。

谁能帮帮我？谁都可以。

"我被丢下了。"

泪水再也忍不住了。父亲自杀的时候，母亲消失的时候，甚至连弟弟离开的时候，我都没有像现在这样悲伤。

我猛地将背包底朝天拎起来，把里面的东西统统倒了出来。市村塞给我的那台卫星电话就混在充电器和折叠伞之中，从包底滑落出来。晓人有些吃惊地看着那个十分精密的小型仪器，问道：

"这是什么啊？"

"是砂川老师的后辈，是那个警察给我的。虽然老师很讨厌这个人。"

"该不会就是今早我们偶遇的那个开巡逻车的人吧？"

我没有回答晓人的问题。我拉直了折叠起来的天线，按下电源键。卫星电话立刻启动了，画面上出现"正在搜索铱星"的信息。市村现在还在太宰府警察局吗？我按下了他告诉我的那串号码，电话里顿时发出刺耳的呼叫音。

"拜托了，市村警官。快接电话。"

内心竟然如此动摇，连我自己都感到不可思议。很快，呼叫音停止了，电话发出"沙——沙——"的令人不快的噪声。

"喂，喂？市村警官？"

"……怎么了？发生什么事了吗？"

手机那头突然响起了回应声，我的眼泪再次汹涌而出。通话似乎略有延迟，但能听到掺杂着噪声的市村的声音。我用颤抖的手指握紧了电话。

"请帮帮我。"

"把你那边的情况告诉我吧，小姑娘，你是一个人吗？"

市村警官那平稳的声音传递到我耳朵的鼓膜上，非常舒心。逐渐地，我的紧张感也缓和了下来。我忍不住想：他果然也是一名警察啊。

"砂川老师不见了。"

"你慢慢解释，别急。"

听到我说完这句话，市村语气温柔地回应着我，好似在安抚一个小孩子。

"我其实也没有头绪，脑子很乱。我们现在在博多的……留守村里。这儿聚集了很多留在福冈的人。我们本来是准备在这儿住一晚的，可是我睡醒就发现老师不见了。我不知道该怎么办才好。"

市村沉默了一小会儿，又开口道：

"我想前辈她一定是想到了什么非常重要的事情，又觉得不能再把你卷入到危险的搜查行动里，所以才走的吧。你放心，前辈她并没有把你当成累赘。"

他说出了我现在最想听到的一句话。即便这只是一句随意的安慰也好，这令我下意识地很想依赖他。

小光在一旁看着那个卫星电话，有些不满地说了一句："他就是今早遇到的那个惹人厌的家伙吧？"

晓人立刻伸出手指抵着嘴唇警示他别乱说。

这时，市村又问道："你感觉砂川前辈有什么不对劲的地方吗？或者像是觉察到了什么似的态度？"

"呃，这是什么意思？"

"就是字面意思。如果你从她身上感觉到有什么不对劲的地方，请告诉我。这说不定就是寻找前辈的提示。"

我回忆着我们共同行动的这几天的经历，可关于老师去向这方面，我实在是没有任何头绪。只有一点，藏在了我的潜意识里。

"老师似乎很在意'暴走出租车'的事。"

"……暴走出租车，那是什么？"

"呃，'暴走出租车'指的是在福冈留守村被人目击到的一个连环杀人犯。这个人开着很像出租车的白色小汽车撞死别人，所以就被称作'暴走出租车'。这件事虽然和我们在追查的杀人案并无关系,但是老师却表现得很感兴趣……"

就在我一边整理思绪一边解释的时候,突然间,一个疑问涌上心头。"暴走出租车"在大马路上撞了人之后,又把被害者装进后备箱逃走了。那么,在那之后,后备箱中的被害人又会怎么样呢?

意识深处,伴田医生的话浮出了水面。

——大多数伤口表面有光泽,还凝着血,明显是生前受的伤。肩膀上还有好似遭遇车祸一般的脱臼痕迹。指甲脱落,还有烧伤。而且全身都有击打伤,也就是说……

——她的腓肠肌部分,也就是小腿肚的位置上有擦伤,应该是凶手拖拽尸体时产生的痕迹。凶手应该是在其他地方杀害了她,然后把她搬进了后备箱里。

我手中的卫星电话骤然滑落。

"我得去学校。"

老师在学校。她在弟弟当年就读的那所学校里。

※

我们骑着自行车,从所在的那栋高层公寓奔向明壮学园初中部教学楼花了十几分钟。极度不安之下,我放弃了和市村的通话一路骑到了这儿。果然,校内停车场停了一辆印有"太宰府驾校"标志的教练车。远远看过去,教练车的外形和出租车的确有点儿像,我顿时理解了为什么荣子他们会误会我们。

绝不会错，砂川老师就在这所学校里。

"这儿就是小春弟弟念的中学吗？"

听到晓人这样问，我默默点了点头。大门正面是更换室内鞋的地方。此刻玄关门大敞着，看样子，老师已经走进教学楼内了。

小光把晓人从自行车后座上抱下来，背在自己身后。

"我很沉吧？真抱歉。"

"你好烦，闭嘴。"

小光气喘吁吁地回嘴，看样子他也开始感到疲劳了。

时间是凌晨2点45分。我们潜入了教学楼。校园阴森地静静矗立着，没有一丝光亮。

明壮学园应该在9月份就关门了。没有任何学生气息的学校已经丧失了该有的一切功能。我们把一楼的教室从一年级一班一直找到一年级十班，但所有教室里都没人。

"砂川姐她真的在这儿吗？"小光问。

"你不是也看到学校停车场停的那辆教练车了吗？"

"可是，总觉得有点儿……"

我或多或少察觉到了小光想表达什么。这所学校莫名地给人一种很讨厌的感觉。我用力握紧了手电筒，抢在前头快步继续走下去。

一楼区域的西边是校医室。小光在校医室找到了床铺，把晓人从背上放了下来，调整着紊乱的呼吸。

晓人担忧地抬头看着小光说："你们两个快去找砂川老师吧！"

小光撇嘴反问："啊？"

"我上不去楼梯，在这儿等你们就好。"

"我再背你上去就好了啊。"

"很累的吧？"

小光没有反驳说"我一点儿都不累"。

"我不会随随便便就去其他地方的，你们快走吧。"

在晓人的催促下，小光勉强接受了哥哥的建议。我们把他留在了校医室的床上，奔向二楼去搜索了。

"砂川老师，您在吗？"

"喂！有人吗？"

我们一边努力呼喊着，一边用手电筒认真照着一间间教室。只见其中整齐排列的椅子和桌子上都覆盖着厚厚的灰尘。最终，二楼也一无所获。

可是，当我们登上三楼的瞬间，一种异乎寻常的压迫感袭来。我条件反射般地挡住了脸。空气凝重、浑浊，有股和霉菌及灰尘不同的味道。我内心慌乱，不小心踢到了倒在走廊上的灭火器，险些跌倒。

这个味道我最近时常闻到。臭味儿的来源是楼梯上最靠外的三年级十班，是成吾读书的时候所属的班级。

我战战兢兢地推开门，小光举起手电筒照向教室内。瞬间，一阵猛烈的冲击遍布我的全身。这儿太臭了，铁锈的臭气和遗体的尸臭令人作呕。

教室里横七竖八地堆着几十个人。其中大多数人的身体有无数刀伤，一些很深、很长的伤口里甚至露出了脏器。很显然，这些人都是遭杀害身亡的。遍地的尸体塞满课桌与课桌之间的缝隙，人数随便估计一下都能超过五十个吧。实在是太多了。

地上到处都是血液喷洒的痕迹。不过这些痕迹都已经变成黑色，看得出已经有一些时间了。

"你们怎么在这儿呢?! 发生什么事了？"

我猛回过头，发现砂川老师就站在走廊上，我刚才根本没听到她的脚步声。仅隔几个小时的再会令我既无法表达快乐情绪，也发不出半句牢骚。不知为何，老师并没有穿平时那件黑色羽绒外套。看着感觉会很冷。转念一想，我可能是想逃避现实吧，怎么下意识地开始注意这么多细枝末节了？

"我们是来找老师的啊。可是这儿究竟……"

究竟发生了什么？几十具浑身布满刀口、被刺身亡的尸体。是谁杀了他们，又把他们全都聚集在了这间教室里的呢？

"既然你们找到这儿来了，也就是说，你们发现凶手的真面目了吗？"

我和小光同时摇了摇头。我们对凶手的身份毫无头绪，对这起事件的全貌也是云里雾里。

"我只是猜测我弟弟他们应该会聚集在这儿，所以想到老师应该也会独自跑来这儿调查的吧。"

我愣愣地望着堆积成山的尸堆，一边努力组织着混乱的思路，一边再次开口。

"仓松先生不是说了吗？——如果贸然靠近，那辆出租车肯定会把我们也都撞死……也就是说，开暴走出租车的凶手把车子当成了武器，就算眼前有好几个人也敌不过车子的撞击。他甚至可以同时撞死好几个人。我想到这儿，突然回忆起日隅美枝子的遗体上有脱臼的痕迹。"

不单是日隅，高梨祐一身上的一些伤痕也有生活反应。检查过日隅尸体的伴田医生说过，那痕迹"好似遭遇车祸一般"。

"如果这三个人都遭遇了交通事故会如何？比如三个人聚在一起时，偶然被暴走出租车撞倒的话……那么高梨、立浪、日隅的被害事件，就有可能是三名被害人和凶手彼此根本不认识的一起无差别连续杀人案了。如果真是如此，那倒还好些——我实在不希望福冈出现两个连续杀人魔。"

而且，如果是"暴走出租车"杀害了那三个人，那就能证明成吾是无辜的了。我内心深处愿意相信，弟弟不会残忍到开车撞死那么多陌生人。

"我弟弟应该是和日隅律师、高梨联系过了，估计立浪那边也曾联系过吧。因为某些原因，弟弟联系他们，知道他们都还在福冈，于是就相约直接见面。成吾是为了去集合地点，所以才开车离开了家。接下来，'暴走出租车'开到了四个人约好的见面地点——"

这时老师插嘴问道：

"你觉得四个人约好的见面地点是学校吗？"

"是的。虽然不清楚他们约见的目的，但我觉得那四个人要聚集起来的话，似乎只能选学校了。因为大家住的地方比较分散,现在电车也乘不了了,所以这个碰头地点必须得是四个人都熟悉的地方。"

"你继续说。"

"我弟弟在命悬一线之际逃跑,其他三个人被车撞倒,奄奄一息。那个开暴走出租车的凶手把动弹不得的三个人搬进车内带走。依次杀害后,凶手把他们分别运到了博多、糸岛、太宰府。这样一来,整件事就好像是仅仅杀害了和过去那起霸凌事件有关的人,像是有动机的连续杀人事件一般。"

老师和小光都紧抿着嘴,听着我条理不清的推理。我们竟然已经逐渐适应了这个堆着大量尸体的异常空间,真是令人毛骨悚然。

最后,砂川老师手托下巴,慢慢开口道:

"四个人在学校集合这一点,我同意你的说法。只不过……"

"只不过?"

老师十分罕见地支支吾吾起来。

"凶手亲自把遗体运到了不同的地方——这一点我不认同。如果说是'暴走出租车'撞死了日隅、高梨、立浪三人,那他没必要特意把他们的尸体运去糸岛和太宰府,伪装成有动机的连环杀人案。只需像之前那样,把被害者的遗体巧妙地藏起来,隐匿证据就好了。隐匿起来,假装无事发生就好。再说了,这个凶手应该并不知道过去曾经发生过霸凌事件吧?12月30日,日隅美枝子被害那天,她应该是按自己的意志主动去太宰府的。"

"可是,您认同我说的,开暴走出租车的凶手和杀害日隅律师他们的凶手是同一人的吧?"

老师不作声地表示肯定。随后,她好像突然想到了什么一般,抓住我的肩膀,硬推着我往教室外走。

"不好意思,我还是觉得你应该离开这儿。"

"为什么啊?"

见我如此反抗,老师露出有些苦恼的表情说:

"你做好看到亲人遗体的准备了吗?"

我环视了一下眼前的尸堆,没看到什么熟悉的面孔。从服装和发型判断,其中大多数人应该是老年人。在离门口比较近的地方躺着一个年轻女子,难道她就是持田芽衣?

我明白了,这成山成堆的尸体,都是被"暴走出租车"撞死的人,比之前听到的失踪人数还要多得多。看样子,"暴走出租车"还杀了不少留守村外的居民。

老师巡视了教室一圈,眼睛里闪着光。

"当时一听到暴走出租车的事,我立刻意识到它可能和日隅美枝子他们的连续杀人案属于同一个凶手所为。一开始发现后备箱里日隅律师的尸体时我不是说过吗?这个凶手很怕这件事暴露,怕被警方搜查到。暴走出租车事件也是一样。凶手一定会把撞死的被害者带走,而不会把他们直接扔在路上。因为他怕被别人看到。这个凶手身处没有多少人留存、城市功能早已丧失了的福冈,但又试图隐藏证据,可见他有多么胆小。在他看来,倘若重大证据被人目击到,他也一定会杀了那个人的。如果高梨、立浪、日隅三人是凶手出于灭口的目的而被下了毒手,那一切就合乎逻辑了。"

"灭口？"小光惊讶地重复。

"小春推测得没错，这三个被害者就在最近找到了会聚一堂的机会。把他们凑到一起的就是你的弟弟，成吾。也就是说，包括成吾在内，在这儿会面的人有四个。而当时，他们不幸目睹了对'暴走出租车'比较不利的证据，所以被杀了。"

有种非常不对劲的感觉。我忍耐不住焦躁，匆匆问道：

"被杀了，成吾也被杀了？"

老师没有回应我的疑问，她平静地继续说：

"我一直很在意一件事，那就是尸体都被存放在了哪儿呢？'暴走出租车'把被害者放进了后备箱，那尸体又被藏到哪儿去了呢？"

"他应该是扔进山窝里了吧？"

小光说。可我代替砂川老师回答他：

"山里不行，因为现在流行腹地自杀。"

如果把尸体扔进山里，那就有可能被跑去山里准备"腹地自杀"的人碰见。虽然不知道一个马上要去自杀的人发现了他杀的尸体是否还会特意去报警，但毕竟这个凶手非常小心谨慎，极度恐惧被人看见，甚至坚持要从杀人现场把遗体带走。所以，他绝对是个胆小鬼。他一定担心那些想去自杀的人突然良心发现，跑去报警。

"我基本同意小春的说法。这个凶手是不会选择山里的。而且他可能会规避掉住宅区。虽说这片地区现在人口数近乎为零,但他也不清楚还有谁住在那儿,更何况,尸臭也可能会遭人察觉。"

小光露出一副束手无策的表情问:

"那他扔到哪儿了呀?"

"扔到了一个在早期阶段就没有人了的地方——9月7日,公布小行星撞击地球后,率先关闭的私立学校,也就是此时我们的所在之处。"

据砂川老师说,明壮学园初中部教学楼内的这个堆积了几十具尸体的三年级十班,正是"暴走出租车"挑选的"尸体保管处"。虽然这结论令人难以置信,但看着眼前这番光景,也只能相信了。

老师挥了挥左手,把手里的一样东西递给我们看。那是一个平板状、手掌大小的长方形物体。是一个套着深蓝色外壳的手机。

"这个手机是我在走廊上捡到的。"

"什么意思?干吗突然给我们看这个?"

"这好像是谁掉的。你们看,就是那儿,它之前滑进了那个放灭火器的装置下头。"

我看了一眼走廊,发现挂在墙面的消防器装置和地面之间的确有一条小缝。

"是因为粗心掉的吗?还是因为身处必然会慌张的状况之中,所以才掉的?小春,你觉得这会是谁的手机?"

不会吧……

"幸运的是,这手机还剩了一些电量。我点开屏幕保护的界面，发现需要输入四位密码。我输入了1、5、8、3，解锁了。"

1583。我记得这个数字。我们曾经用这几个数字解开了日隅的柜子上的密码锁。所以这一定是日隅律师的手机。也就是说，她是在我们，在砂川老师来之前走进这所学校的。

"成吾、高梨、立浪、日隅四个人于12月29日晚上在这所学校集合，不幸踏进了'暴走出租车'的尸体保管处，结果惨遭杀害。我猜第一个被杀害的就是成吾。他在这个教室内遇害，高梨、立浪和日隅则急忙四散逃跑。"

成吾是第一个遇害的？

我无法相信。我怎么可能相信？！就在几天前，弟弟不是还在家待着吗？他还在二楼偶尔弄出点儿声音来表示自己在家啊。我们明明还在一起生活呢！

"老师你骗人，你看，这儿哪有成吾啊？"

我激烈地反驳着，再度将手电筒照向教室里成山的尸堆上。我终于注意到了。老师的那件外套就掉在讲台旁。那件黑色羽绒服就盖着某个人的尸体上半身，好似想要遮掩住一个鲜血淋漓的伤口一般。

"成吾就在那儿。"

老师并没有做什么奇奇怪怪的掩饰。

我跟跄着靠近老师的黑色外套。

"小春，等等！"

我听到小光在喊我名字，但并没有停下脚步。身体的所有感官仿佛都麻痹了一般，整个人仿佛沉入了水底。

我掀开老师的外套。

成吾就在那儿，仰面躺着。一定是砂川老师把埋在一大堆尸体中的弟弟找了出来，再将他平放在地板上的。

成吾的颈部可能受了伤，脖子上有一条红色的线。他的脸上全是伤口，尤其是从右边脸颊到鼻梁，裂开了一个又深又大的口子，甚至能看到皮肉下的颧骨。胸口和腹部也被刺伤了，伤口附近还留着血渍。虽然模样已经彻底变了，但这绝对是成吾。他耳朵上的那一堆耳环还在闪闪发光，好像星空一样。这是我的弟弟。

我伸手去摸成吾的脸颊，不可思议的是，我没有流泪。

被刺得这么深，肯定痛极了，也怕极了吧？

不知是谁在摩挲我的后背。应该是砂川老师。我虽然能感受到老师和小光在我身后，但他们都没有说话。

"老师怎么知道这是成吾的？"

"因为听你说过他打了很多耳洞。而且，他和小春你长得一模一样啊。"

我们像吗？我不太清楚。好像并没什么人说过我们俩长得像。

"老师，凶手是谁？"

——告诉我，是谁杀了我弟弟？

※

老师开始继续她的推理。

"除了住在博多的高梨祐一，其他人应该都是开车来学校的。成吾自不必说,是无证驾驶,立浪纯也则是开了他父亲的车。有驾照的应该只有日隅美枝子。

"高梨可能和凶手在这间教室里厮打了起来,因为他后背和左侧大腿上都留下了有生活反应的皮下出血痕迹。除成吾以外的三个人见成吾被害,知道打不过凶手,于是乘车逃走。高梨开着成吾的车去了博多,立浪则跑回糸岛的自家,日隅驱车去了筑紫野·太宰府方向。

"凶手首先去追了高梨,他一路追到住吉路的便利店,逼迫其打开车窗,将高梨杀死在车内。这起事件发生在12月29日晚8点到10点。高梨之所以死在成吾所开车辆的驾驶席上,也是因为如此。

"凶手在杀掉高梨之后依旧很焦虑。他明白,还有其他人知道了他犯下的罪行。他将高梨的尸体留在便利店停车场,慌忙寻找下一个猎物去了。"

我没有插嘴提问,一直静静望着满是血痕的成吾的脸庞,听着老师在推理。老师认为,高梨祐一被害的第一现场处理得比其他人要潦草,是因为凶手急着去找其他目击者杀人灭口。

"凶手调查了第一个被害者,也就是成吾,随身携带的物品,试图通过手机上的通信记录找出其他人的位置。立浪纯也的手机由于被笠木真理子领走,具体情况不明,但我猜测他应该和成吾聊了很多,所以凶手才找到了立浪的住址,杀去了他家。这就是发生在12月29日晚11点至30日凌晨1点的第二起事件。考虑到停在立浪家的那辆车看上去像是匆忙停下的,我猜测应该是没有驾照的立浪匆忙从尸体保管处逃跑所致。

"对这个凶手来说，最大的问题就是日隅美枝子吧。从她留下的电脑里那些和NARU发送的信息可以看出，成吾他们和日隅的关系是比较浅的。所以凶手无论怎么查成吾的手机，都搞不清她究竟会去哪儿。所以他大概只能选择放弃。"

"可是……日隅美枝子被杀了啊。"

小光流着泪，哽咽着说。看到成吾的遗体，他显得格外手足无措。在外人看来，他似乎要比我更为成吾的死而感到悲痛吧。

"凶手究竟是怎么找到日隅美枝子的呢？我们来想想她的行为逻辑好了。偶然走进一所学校，结果发现了大量的尸体，她会怎么做？如果那个遗弃尸体的凶手当着她的面把和她一起看到尸堆的男孩子中的一人杀掉，她又会怎么做？拼命逃跑的日隅美枝子，第二天一大早会采取什么样的行动？"

她目睹了一个人的被害瞬间，还看到了凶手的脸。接下来她会如何行动？如果是在往常，应该会第一时间报警吧。但现在世界即将毁灭，这儿就是世界的尽头啊。

如果是我的话，会怎么做？日隅美枝子又是怎么做的？

"日隅美枝子去了警察局，她直奔最近的太宰府警察局。但不走运的是，第二天的12月30日，凶手以太宰府警察局综合协调官的身份到岗了。"

我被惊呆了，吓得连一声惨叫都发不出来。

"暴走出租车其实不是出租车，是警用巡逻车。凶手是警察。"

博多区政府附近被撞歪的护栏,就是持田芽衣的被害现场,应该还残留着肇事车辆上的黑色车漆。可是,福冈留守村的居民却说那是一辆白色的出租车,并且还误将太宰府驾校的教练车当成了暴走出租车。这又是为什么呢?

仓松当时是怎么说的来着?

——那个车子被围栏挡着,只能看到一小部分白色车体。所以准确来讲,还无法断言是不是出租车。

对了,是围栏。巡逻车车身的下半部分,也就是黑色的那一部分被围栏挡住了,所以才会被当成一辆纯白色的出租车。如果车子是双色的,那目击证言的车辆颜色和留在现场的涂料颜色不同也就说得通了。

会看错也是自然,在人都跑光了、街上没了路灯的夜空之下,关了红色警灯的巡逻车是很容易会被认错的。

"一直在寻找的目击者竟然主动送上门来,这对凶手来说真算是好事一件吧。但是,他却不知道该把尸体遗弃到哪儿。最终,他把日隅放进了附近一家本以为早就没人了的驾校教练车内。日隅他们的遗体之所以分散各处,并不是凶手有意去移动了他们,而是目击到凶手行凶场面的被害者们四散而逃所致。所以你懂了吧,凶手就是太宰府警察局的综合协调官——市村。"

我感觉心里好似开了一个大洞。那种遭人背叛时心脏好似被冰冷的利刃扎穿的感受,无论重复多少次我都无法习惯。我感到痛苦难忍。原本就厌恶市村的砂川老师好似下意识般地撇着嘴说:

"市村大概就是开着巡逻车反复杀人的。没有红色警灯的巡逻车就像一辆出租车，所以目击信息也不准确。别说目击者了，就连被害者都没注意到杀人犯开的那辆车其实是巡逻车。日隅美枝子和高梨祐一都没认出来。高梨是主动把车窗放下来，然后被杀的，对吧？估计市村是尾随高梨的车，看着他一路来到便利店的停车场停下。随后，他把自己车上的红色警灯打开，拉着警笛靠上去。高梨误以为自己能受到警察的保护了，所以才放下心来打开了车窗。因为看到了警方巡逻车，所以选择了无条件信任……太残酷了。"

小光也愤恨地喃喃道："太过分了。"

"还有一些细节需要考虑。比如，和其他被害者不同，日隅美枝子的尸体上还留下了被拷打的痕迹。为什么市村那么执拗地拷问她？——该不会还有其他的目击者吧？比如，中野树。"

听到熟悉的名字出现，小光"啊"了一声。

"让我们回头再捋一遍。他们究竟是出于什么目的相约在母校见面，尚不明确。总之，他们——成吾、高梨、立浪、日隅，还有中野树五个人，都来到了这个学校。

"你还记得当时给中野树打电话的细节吗？不知为何，他当时就已经知道被害律师是日隅美枝子了，对吗？恐怕他当时也在场，并且幸运地逃脱了。而且在这之后，市村怎么都找不到他在哪儿。成吾、高梨、立浪，这霸凌三人组是在日隅律师的帮助下联系到中野的，所以市村无法从这三个人的身上直接得知中野的联系方式。但是，无论凶手如何拷问日隅律师，她都没有说出中野树的住址。而逃回去的中野树这几天也一直是躲着的，或许是出于罪恶感和恐惧,所以在接到小春的电话时,他一直坚持自己什么都不知道,那些人他都没见过。"

日隅美枝子的尸体伤痕累累。凶手市村想把知道自己罪行的人赶尽杀绝,所以才一直在折磨她。可是直到最后,日隅都没有说出中野树的住址,也正因如此,中野树才能平安地活下来。

"市村希望通过调查被害者们和中野树之间的关系,找出他的住址,所以才把一部分案情信息泄露给我们,还拜托小春把搜查的进度报告给他。"

原来砂川老师早就发现了,涉世不深的我根本没察觉到。从一开始,市村只是为了收集中野树的情报,所以才表现出一副积极协助我们调查的样子啊。他恐怕也准备把我们都杀了吧。

意识到这一点的瞬间,我感觉心脏受到了强烈一击,好似被死死攥住了一般。

"我……我和市村联系过了,他说不定会找过来!"

突然,砂川老师伸出食指抵着嘴唇示意我不要继续说了。

"安静。"

凝神一听,教室外传来了一阵响动。那声音很有规律地越来越靠近十班教室了。

是脚步声。

有人走上楼梯了,除了我们,还有其他闯入者。

老师一把抓住了我和小光的手腕,把我们拉向窗边,打开阳台的门,示意我们猫着身子躲起来。

小光声音颤抖着说:"我把哥哥留在一楼了。早知道这样,我就该带着他一起的。我得下楼去找他——"

"你不能动！"

脚步声越来越大了，闯入者已经走完楼梯，踏进了第三层的走廊。我从窗户那儿探头看了一眼教室，发现走廊上隐约闪烁着手电的光。他就在那儿。

很快，闯入者就大力地推开了三年级十班的房门。

当手电筒的光照到那座尸山时，闯入者发出了一声细细的惨叫。是小孩子的声音，不是市村。

"七菜子？"

闯进教室的是七菜子。她已经扔下了手电筒，还在恐惧地惨叫着。

我们急忙从阳台返回到教室中。

"你怎么跑这儿来了呀？"

我们几个人手忙脚乱地将七菜子从尸山处拉走，跑到了走廊上。七菜子紧紧环抱着我的腰，像在找借口一样拼命地解释道：

"可是砂川老师不见了，小春姐姐又急坏了……"

"你是怎么跑来的啊？"

"我是骑自行车跟来的，只不过大家都没注意到。"

"七菜子，大家不会说你什么的，你快回去吧。待在留守村不愁吃穿，很安全，而且还有朋友。"

不知不觉间，我的语气变得有些凶。七菜子眼中逐渐盈满泪水，她大喊了一声：

"不要丢下我！"

看着七菜子悲伤的表情，我感觉心痛得像被挖掉了一块似的，什么都说不出口。小光则蹲下身，直视七菜子的眼睛说：

"真对不起啊。被独自丢下很难过吧？"

我战战兢兢地抱住了七菜子，她把脸埋在了我的外套里，啜泣了起来。

抬头一看，我突然发现砂川老师已经独自走到了教室外的楼梯平台处。我冲着她的背影喊道：

"砂川老师！您是想去杀了市村，对吧？"

她没有作声，也没有回头。那沉默就是回答。

市村利用自己警察的身份，在人口锐减的城市大开杀戒。他这种行为的动机究竟是什么，尚不清楚，但恐怕根本没有什么明确的动机吧。更何况，出身优越的市村还有退路，随时能逃亡海外。他还有未来。尽情杀戮，然后远走高飞，接下来就靠小行星去抹除一切痕迹。这种没有人性的家伙，砂川老师怎么可能会放过他？

如果老师想找到市村后杀掉他，那我必须阻止她。可是，我为什么要这么做呢？对方明明是个杀人犯啊。

"咱们联系一下银岛警官吧。"

"那种没骨气的家伙，如今找他有什么用？而且博多北警察局应该已经关门了。"

"如果真的关门了，就再去找别的警察局，请靠谱的警察去抓市村。接下来的事不该我们出手了。"

我从背包里掏出自拍杆和手机，举了起来。

"学校的屋顶应该能收到区政府那边的信号。咱们现在就和银岛警官联系吧。"我也不知道老师接不接受，但她暂时没有再度抛弃我们独自行动的意思。

我们离开三年级十班，向屋顶走去。自从学校关闭，校内的管理就松散至极，通向屋顶的门竟然都没上锁。我拿着自拍杆努力在屋顶来回走动，果然找到了能收到信号的位置。

我准备给银岛打电话，于是点开了电话本。突然，我的手机震动了一下，吓得我险些扔了自拍杆。那是接收到短信息的通知音，真的太久没听到这个声音了。我看了一眼手机屏幕，发送方的号码看上去有些眼熟。

"怎么了？"大家齐齐望向我的手机屏幕。

"我好像收到短信了。"

那是半天前刚通过电话的人。发短信给我的是中野树。这条信息里没有"你好"或者"受你关照了"一类含糊的前缀。内容非常简洁。

——我有话要和你说。

我迟疑着，将联系银岛的事先推后了。点开通信记录，我按下了记录中最新的那串号码。

虽然还是深夜，但电话立刻接通了。

"喂？是中野君吗？"

"……是我。"

我点开了扬声器。中野的声音显得弱弱的。

"你的弟弟，已经被杀了。"

"嗯，我刚刚找到他了。在他中学的教室里。"

我尽力假装平静地回答。可就在这瞬间，中野树却在电话那头大哭起来。说得准确些，我并没有直接目睹他大哭的样子，但听声音应该是在哭泣。

"都是我的错。"

根据中野树的说法，将大家喊到一起的的确是成吾。

9月中旬，中野树接到了之前负责霸凌案的日隅律师的联络。日隅律师告诉他，成吾、高梨祐一、立浪纯也三个人，也就是那个霸凌团体的加害者们，希望能在小行星撞击地球之前见中野树一面，向他道歉。

一开始他还以为对方在拿自己寻开心，所以根本没理会。他根本不相信那些当初一点儿反省的意思都没有的家伙会道歉，他们只不过是想让自己的心里舒坦点儿罢了。负责做中间人的日隅美枝子也和他说了："要是你不愿意的话，也不必去见他们。""其实我反倒希望你最好别见他们。"但是渐渐地，中野却又开始想，倘若真的见了面，是否就能改变些什么呢？

因为那起霸凌事件，中野树患上了抑郁症，还会时不时恐慌发作。他无法走在人群中，当大批居民逃出九州，涌向国外的时候，他也没能走出自己的房间。中野树的父母选择了和他一起在福冈等死，所以也没有去逃难。为此，中野树对父母感到很愧疚，同时也很生那些加害者的气。他心想，要是能对着那几个家伙的脸狠揍一拳，说不定自己就能行动起来了。于是，他同意了见面的请求。

然而，中野树的身体却不听自己使唤。于是，见面的时间就被拖延到了12月29日。

地点是中野树选的。他不想让那些人来自己家，也不想跑去他们家。虽然他也不想去学校，但又觉得选在那儿说不定就能克服自己的心理阴影。

"集合的时间定在晚上9点。我们约好了在校门口碰头。我是最先到的。在等待日隅律师他们的过程中，我突然想去没人的教学楼看看。所以就走进了校门。"

中野树去看了一下换鞋的区域，发现门没锁。他感觉有些异样，于是独自走进了教学楼内。借用手机的光线看过了一楼、二楼，没发觉有什么。然而，当他走到三年级十班时，看到了那个尸堆。

"里头死了好多人。然后房间深处还有个人影。是个男人，手拿一把刀对着倒在地上的人不断地扎下去。我吓坏了……"

中野树忍不住发出惨叫，然后就被凶手打晕了。这时，听到惨叫声的成吾、高梨、立浪和日隅四人也跑了上来。

"虽然我当时意识模糊，很多事记不太清楚了……"

"嗯。"

"但率先要去帮我的……"

成吾举起了走廊上的灭火器，冲向了杀人魔。在此期间，其他三个人——日隅、高梨和立浪将中野树扶了起来。

然后，成吾就被杀了。

"他冲我们大喊着，让我们快跑。于是我们才终于清醒过来，赶快逃跑了。那家伙被袭击，可我们却把他丢在了那儿。"

中野树说着，声音哽咽。

"那时候我才终于明白，虽然很难以置信……但他真的想向我道歉。"

凶手坐进了停在停车场里的车子，准备撞死逃出教学楼的四个人。高梨和日隅被撞倒，受了伤，但都分开逃掉了。高梨冲上了成吾的车，立浪冲进了自己的车，中野则坐进了日隅的车内。高梨祐一没有车，他应该是坐着成吾开的车来的。

"日隅律师把我送回了家，跟我说她会想办法的，让我别担心。"

我回忆起了身穿灰色套装、躺在后备箱里的日隅美枝子，以及当时从她的装扮中推理出的结论——

身穿套装，是要去见人，或要去工作。还有，就是去道歉。

日隅美枝子一定是心怀迟疑地在帮成吾和中野树交流的吧。对于中野树来说，成吾的存在本身就是巨大的心理阴影。他甚至会觉得成吾那种"想道歉"的请求都满是傲慢。可是，日隅还是帮忙了。虽然不知道她这样的选择究竟是对是错，但在这世界即将毁灭之际，她也一定是认真考虑之后才做出了这一选择。

她随身背着的那个大包里放着眼镜盒。也就是说，虽然日常生活不太受影响，但她的视力并不好。所以，她在黑暗中没认出凶手开的是巡逻车，并且还主动找去了太宰府警察局。

中野树讲清了一切后，再度致歉：

"我什么都没做，真对不起。只有我逃跑了，真对不起。"

中野树的声音明明传进了耳朵，可不知为何，在我辨识这些词句时，话语却好似都消融掉了一般。

"凶手有车，个子很高，瘦瘦的，还穿着笔挺的西装……求求你们，求你们一定要抓住他。"

自从找到了成吾的遗体，我感觉一切都变得莫名难辨。包括我自己的心情，包括，我该如何回应中野树……我拼命地转动脑子，最终说了一句：

"谢谢你啊。如果是我的话，肯定没有勇气打出这通电话的。你真的很厉害。"

我本来应该诘问：你为什么没去帮成吾？可中野树还是个孩子，是个被害者，而凶手是个疯狂的杀人魔。他根本就做不了任何事。

作为成吾的姐姐，我应该说些什么呢？

"我弟弟太任性了，真抱歉呀。"

听到我在道歉，中野树有些迷茫地"啊"了一声。

于是，为了能清晰地传达心情，我缓缓地说出这样一句话：

"因为小行星要撞地球了，所以想和你道歉什么的，我弟弟这样子实在是太任性了。你当时听了肯定很生气吧？真对不起。"

真是个很任性、很以自我为中心的孩子呀。我的弟弟，一直到快死的时候，还想着要和自己当时深深伤害过的同学道歉。然后，就那么任性地被别人杀死了。

"你没有做错任何事，错的是那个杀人犯。还有，就算他当时帮你抵挡了攻击，也并不能把他之前对你做的那些过分的事一笔勾销。所以，在接下来的日子里，你继续痛恨我弟弟他们也完全不要紧的。"

电话那头传来沉闷的哭泣声。

今天，中野树依然独自躲在自己的房间里。而让他变成现在这样的，正是我的弟弟。

"对了，多亏你这通电话，我也才能活下去。谢谢你告诉我这么多，你能获救，真是太好了。"

我拼命控制着，不让声音颤抖。

"谢谢你，谢谢你还活着。"

※

挂掉电话时，我一时发不出声音。现在明明得快点儿联系银岛警官的，可我却感觉喉咙被紧紧塞住，痛苦极了。

"对不起。"

我只说了这么一句话，就背对着大家快步走开。我想先走开冷静一下。

"小春姐姐，你还好吗？"

七菜子一脸担心，眉毛蹙成了"八"字，跟在我的身后。

"求你，让我自己待一会儿吧。"

我准备先躲开七菜子，于是推开了通向教学楼的铁门。而正在这时，我感觉头上猛遭了一击。等意识到是头部被打了的时候，我已经倒在了水泥地上。七菜子短促地"啊"了一声，抬起了头。只见一个男人正手执灭火器，站在眼前。

男人将我和七菜子一把拽到了楼梯平台上，并用力地关上了通向屋顶的门。洒在屋顶的星光被彻底隔断，唯一的光源变成了男人拿着的小型便携手电。他从西服的后兜里掏出一串钥匙，将其中一把钥匙插进了钥匙孔，发出哗啦哗啦的声响。

砂川老师和小光在门的对面，他们似乎是注意到了异常的声音，急忙跑了过来。能听到拳头砸到门上的声音，还有"把门打开！"的怒吼。

这个男人——市村，用一种令人胆寒的冰冷目光低头看着我们。

"开门！喂！市村！是不是你？"

砂川老师隔着铁门大吼。市村将钥匙塞回到口袋里，耸了耸肩说：

"没想到竟然把事情搞得这么麻烦，真不愧是砂川前辈。"

市村一把扯起我的双臂，把我后背背着的书包拿走。他就势将我双手别在背后，拿捆扎带扎住。随后，他扬起手一巴掌甩到了七菜子的脸颊上，用同样的方法将她捆住了。

"住手！"

我大声喊叫，市村冲我微微一笑。

"那——用手铐更好吗？"

他一把抓起我的衣领，强制性地把我拉起来。我们根本无力抵抗，被他一路从楼梯上拖下去，拖出换鞋区域。学校的停车场现在停了两辆车。紧挨着教练车边停放的那辆巡逻车，正是市村昨天开的那辆。

我看到了狠狠凹陷下去的保险杠。市村当时的解释是："两三天前我开在山路上，突然一个吊死的尸体从天而降，把它都撞瘪了……"可那其实是因为撞死人才瘪掉的。

市村把我们塞进车后座，又绕回到了驾驶席上。七菜子一头栽进车里，似乎撞到了什么东西。她急忙坐起身，随即一脸惊愕地喊道：

"晓人！"

晓人也被关进了车里。他双颊红肿，嘴唇还流着血。看样子应该是被市村从校医室带过来的。

晓人急切地问："小光在哪儿？砂川姐呢？"

"他们都还活着，但是……"

我正想说得再具体些，可刚张开嘴，车子就启动了。

"令人感动的重逢结束了没有？"

市村扭头看向后座，面带微笑。他就这样把老师和小光扔在了屋顶，发动了巡逻车。

晓人也和我们一样，双手都被捆扎带束缚住，反剪在身后。我们几乎一动都不能动，甚至连开车门都做不到。而且就算能把车门打开，也不可能毫发无伤地从高速行驶的车子上蹦下去。

我压低声音向晓人道歉：

"对不起，都是因为我联系了他……"

"小春什么错都没有，一切都是杀人犯的错。"

看样子，晓人已经知道了，眼前这个男人就是一连串事件的凶手。

自从目睹了地板上成吾的遗体后，我一直觉得意识模糊，好像沉入水中一般。但此时，我一激灵振作起来，浑身的感觉都清晰无比。我确信我不想死。我不想被杀掉。我开始拼命观察车窗外，努力记下周围的景色。从博多站向都市高速开的那一段路我还是有印象的，看样子市村并不准备开回太宰府。

安静的车内，率先开口打破沉默的是晓人。

"那个，不好意思……"

听到有人说话，市村语气开朗地回应道：

"怎么啦？"

"请问，能不能放掉她们两个，只杀我一个？"

晓人这是在说什么啊？我和七菜子面面相觑。可是当我去观察市村映在后视镜中的表情时，却发现他的眼睛里正闪着光芒。

"哟，是要自我牺牲，是吗？你该不会是那种会主动寻死的家伙吧？"

"不是的。单纯是因为我和她们不同。我本来就该死。"

"我可不是为了让你遭报应才杀人的哟。我这个人呢，比起质量更重视数量。所以你们三个人我都要杀。"

晓人沉默了。紧接着，明明没有人问，但市村却喜笑颜开地继续道：

"我就是想试试，在这世上究竟杀多少人才会被逮捕。看着九州的人越来越少，逐渐消失，我就突然很好奇，究竟杀掉多少人能被逮捕呢？究竟杀到第几个的时候，惩罚我的人才会出现呢？于是我就随机挑选那些留在福冈的可怜蛋，开始动手了。"

这种言论，我真不想让七菜子听到。可是我又无法伸手捂住她的耳朵。

"在差不多杀到第二十个人的时候我知道了，杀人根本没什么大不了的。这世上净是些冷漠的家伙。我觉得刑法就是由法律及社会赋予的，那既然社会已经死了，就什么都做不了喽。真是可怜啊。"

车子究竟是开向哪儿的呢？外头太黑了，实在分辨不清。从开进高速算起应该已经过去十分钟了。车头灯微弱的灯光照亮路牌，它们逐一从视野中飞速掠过。看样子应该是行驶在粕屋线上，正向饭冢或者筱栗的方向开去吧。远离城市街区，周围的景色也逐渐深入山林。可是，就算我知道自己现在身在何处，也没有任何意义。手机在我被捆的时候就掉了，我们失去了所有求救的办法。

日隅美枝子在没有网络的情况下，给成吾写了一封邮件。内容是"真的很抱歉"。如今，我感觉自己能体会她当时的心情了。日隅美枝子是亲眼看到成吾被杀害的。所以，就算深知这封邮件永远发送不出去，她也仍旧感到懊悔难平吧。

此时，市村用一种拿鼻子哼小曲儿般的语调说："前辈不会来救你们的哟。跳下去只有死路一条。那个人最终只会饿死在屋顶。"

我不想被杀掉。绝对不要。

我一边观察着驾驶席的情况，一边凑近七菜子耳边，悄声发出指示："转到后面。"

七菜子虽然脸色惨白，浑身哆嗦，但是她听懂了我的意思，轻轻点了点头，将后背对着我。我扭着身子，和七菜子背对背，用反剪在身后的手抓住了七菜子手腕上的捆扎带。我明白，单用手扯是很难把带子扯断的。不过，只要能在捆扎带的凹凸部分制造出一点儿空隙，让它松开来一点儿就够了。我假装出一副因为恐惧无法出声的表情，拼死用指甲抠刮着捆扎带的卡扣处。

刺啦，好讨厌的声音，是我右手拇指的指甲劈裂的声音。我慌忙咳了两声想糊弄过去。正在这时，我注意到了眼前的一个十字路口旁摆着的招牌。

前方右转，道之站[1]欢游舍英彦山

"英彦山？"我下意识地嘀咕道。

"英彦山可是个不错的地方哟。你们能死在住着神仙的山里，真让人羡慕呢。"

英彦山是坐落于大分县县内的俊秀山峰。听说这里是日本三大修验道场之一，山腰上还修建了神社。

指尖已经抓出了血，打着滑。我越发努力地想要把卡扣抠开，束缚却依然没有松解。不过市村似乎并没注意到我的怪异举动，放松地打了个大哈欠。

---

[1] 日本公路休息站，其作用和设置在高速公路上的服务区类似。

"我渴了，你们想喝点儿什么？"

巡逻车缓缓减速，停靠在路旁。大约10米开外有一台建了个铁皮顶的自动贩卖机。贩卖机反射着车头灯的黄色光芒，填充商品的小门半开着，也不知是谁干的。

"这儿的自动贩卖机不知道被谁砸坏了门，里头的商品可以随便拿。我可以帮你们拿点儿哟，如果不介意保质期的话。"

好机会！我感觉心脏开始狂跳，甚至有些喘不上气。我尽量用平静的声音回答："我想喝绿茶，还想喝橙汁、汽水。"

"明明都快死了，还这么贪心呢。小姑娘，你还真是个挺有意思的人。"

"不是你主动问我的吗？"

市村高高兴兴地解开安全带，走向自动贩卖机。车子并没有熄火，我们被直接留在了车里。

我的手腕被捆着，就这么强行越过了驾驶席和副驾驶席中间的控制台，来到方向盘前面。方向盘边放了摄像机、无线对讲机、制动距离测量仪，等等。整体结构和教练车很相似。这种车我应该也能开。就算咬着方向盘，我也要把它开走。

晓人不安极了："小春，你在干什么？你会被杀掉的啊。"

"什么都不做也一样会被杀的啊。"

我一边越过后背看着自己被绑起来的手，一边摸索到了手刹，试图把它放下。可是捆扎带紧紧勒进手腕里，我没办法顺利地推到上面的挡位上。我看了看前面，发现市村正在猛踹贩卖机，想让机器门开得再大一些。

要快，要快，不然……

"让开好吗？"

突然，我感觉太阳穴被什么冰凉的东西顶住了。冷汗瞬间流了下来。我战战兢兢地侧目，发现一个黑乎乎的铁块正抵着我的脑袋。

市村举着手枪，瞪视着驾驶席。

对啊，市村是警察。

我被市村一脚踢到了副驾驶席，随后，他再度靠坐回驾驶席。

"总而言之，你们不要再打什么歪主意了。"

巡逻车又开了起来。

我不断地用前额撞向车窗，用尽全力大喊："救命！谁来救救我们？！"

市村干巴巴的笑声在车内回荡起来，他把车开得更快了。巡逻车无视了道之站的指示牌，向前直行，钻进了大山深处。

一瞬间，我看到了矗立在右手边的神社鸟居。在这儿，住宅和建筑物已经全部消失了。虽然路面铺装得比较平整，但路两旁已经密密麻麻地长出了茂盛的树叶，仿佛铜墙铁壁，好似在拒绝任何外来者的入侵。

七菜子费了好大的力气，才挤出一句："为什么要进山？"

市村得意地回答："因为我发现这儿才是最省事的。"

"我还以为你不想让腹地自杀的人目击到，所以会尽量避开山里呢。"

我插了一句嘴，于是市村嗤笑道：

"我已经彻底彻底地明白了。如今早没有那种会跑去报警的好人了。会选择腹地自杀的家伙,就算看到了被害尸体,难道会帮忙寻找凶手吗?这世界早就没有什么善良的人了。所有人都一样丑陋,都一样只想着自己。你们几个就算被我杀死在山窝里,也没人会去找的。"

"才不是呢!"我一时气血上涌,反驳道。

"不谙世事的人真是怪可爱的。作为你人生的前辈呢,我给你一句忠告:凡事都不要有太多期待比较好哟。人类这种生物啊,全都是只管自己逃跑,根本没有互相帮助的意识。无论是高梨祐一还是立浪纯也,包括那个女律师也一样,我一刀扎向第一个孩子的时候,他们顿时作鸟兽散,把还没断气的他一个人扔下了。"

市村一边远眺着,一边感慨道:

"说到这儿,我觉得那个孩子真是不错呢,他临死的时候还把自己的车钥匙扔给同伴,喊着让他们快跑。明明根本没人想救他。"

那个孩子。第一个孩子。是成吾。是我的弟弟。

是那个伤害了别人,把对方逼得走投无路,逼进了房间里走不出来的,我的弟弟。关于他的过去,市村一无所知。

"你好像误会不浅啊。"我瞪着市村,"你不要侮辱日隅律师了。她被你折磨成那副模样,最终都没供出最后一个目击者。"

她死在晚上9点到12点。但日隅律师应该是在30日的一早就跑去了太宰府警察局报案,并在那儿被市村抓到的。拷问一直持续到了深夜,她才撒手人寰。

"你做的坏事已经被大家看穿了，胆小鬼！"

"你说谁是胆小鬼？"

"说的就是你！什么'随机挑选对象下手'啊，根本就是骗人的。你杀的全是老人、孩子、女性、身体有残疾的人。你其实很怕被人发现吧，怕得要命是不是？"

"……我可不怕。"

"瞧你嘿嘿傻笑的蠢样子！你要是真的不怕，那为什么不把你杀害的那些人的尸体都摆在自家门前的大马路上呢？"

市村咂了咂舌："你这家伙，可别想好死。"

车子向左向右拐了无数次，海拔越来越高。大约又开了十五分钟，右侧的树荫豁然开朗，眼前出现了一片顺应着山腹倾斜角度的空地。那儿还立着白色的木板，上面写着"丰前坊高住神社免费停车场"，估计是写给那些登山客的指示牌吧。这片停车场很大，能停下数十辆车。很快，巡逻车就找了个地方停下了。

"好黑啊。"

市村嘀咕着，将灯光从自动调成了手动，随后拔下了巡逻车的钥匙。他把我们硬拉下车，让我们几个在空旷得不得了的停车场角落里并排坐着。随后他笑嘻嘻地说：

"我不会用枪的。"

他把手枪插进腰间的枪套里，随后从巡逻车的手套箱中取出了一把刀刃长20厘米的厨师刀——这就是他的杀人凶器。日隅美枝子、高梨祐一、立浪纯也，还有我的弟弟，就是被这把刀杀害的。

"先从小孩子开始吧。"市村的视线停在了七菜子身上,声音亢奋起来,"我还是第一次杀这么小的孩子呢,真可怜。你是被家人抛弃了,对吧?"

我猛地望向七菜子,突然发现她手腕上的捆扎带松开了不少。再一看,晓人的手指尖也渗着血。看来他也效仿我,为解除七菜子的束缚努力了好久吧。

我一瘸一拐地猛扑到七菜子前面,挡住了她。

"都这么害怕了还护着她,你这是母性本能吗?"

"当然是出于理性了。你真恶心,闭嘴,好吗?"

因为太过恐惧,我的声音很细小,还打着战,甚至连我自己都很难听清。

在被小行星撞死之前,先被这男人杀死,提早两个月死去——我不允许这种事发生!无论是七菜子还是晓人,当然还有我,我们都不应该被杀死。

不知从何处响起一阵刺耳尖锐的呼啸声。可是这儿应该只有我们才对啊。

那声音是悠长且尖锐的警笛声。

只见一辆车子正以惊人的速度冲过斜坡。距离我们还差30米左右时,那辆车正对着巡逻车猛地刹住了。四四方方的白色丰田COMFORT——车身上印着无比熟悉的"太宰府驾校"标志。很快,砂川老师和小光就从车里冲了下来。

小光冲晓人大喊:"哥哥!"

他们怎么会到这儿来?!他们不是被市村锁在学校屋顶了吗?

老师就那么敞着驾驶席一侧的车门，狠狠瞪着市村：

"从孩子们身边滚开！"

"你觉得我会老老实实听你的话吗？"市村一脚踹到我的肩头，对着七菜子举起了刀。

"住手！"

不知是谁喊了一声。

就在市村对着七菜子挥刀的瞬间，小光猛地冲了过去，他用力挥出藏在背后的什么东西，投向了市村。那是一个能发出红色刺目光芒的细长筒状物，是放在教练车副驾驶席上的信号弹。信号弹的前端猛烈地迸发出火焰，擦过了市村的头部侧面，他踉跄了几步。趁此间隙，小光直直奔向了七菜子。

然后，一切都好似慢动作一般——

市村试图找回身体平衡，但却没能如愿。晓人爬了过来，狠狠咬住他握着刀的右手手腕。市村拼命甩着胳膊，晓人却始终没松口。他将市村手腕上的一块肉咬了下来，嘴巴里流出了血。

暴怒的市村换用左手拿刀，冲着晓人挥了下去。

"住手！"

小光大喊一声，从正面扑过来想要护住晓人。他不管不顾地去抓市村的刀。而市村则嘴角挂着笑，用力一挥胳膊。

晚了一拍，刀刃直接划开了小光的颈动脉。

大量的血液猛地喷涌而出。血液呈圆球状四散飞溅。晓人大张着嘴。

"啊。"

可他只发出了很轻的一声惊呼。

小光缓缓地仰面倒下。见状,市村立刻挥刀扎向他的身体。

无数次,无数次地挥刀,扎下去。

我全程无比窒息地看着眼前的一切。喷薄而出的鲜血帷幕背后,是怔怔地站在原地的砂川老师。

※

如喷泉一般挥洒的血液力量逐渐减弱,但尚未停止,小光脖子的伤口处还在汩汩冒着血。

刺下了十四刀后,市村终于停手。

小光已经断气了。

"我饶不了你!"

砂川老师低吼着,冲向市村。

她赤手空拳,对象则是既拿着利器还佩有手枪的家伙。这未免太鲁莽了。市村将刀子从小光身体里拔出来,立刻站起身,将刀子插进腰间的皮带里。随后,他动作极其流畅地掏出了手枪,冲砂川老师的脚下开了两枪,以示威慑。

老师立刻行动起来,迅速滚到教练车后,用车体掩护自己。市村根本不搭理我们,又开了一枪,向着车子走去。那一发子弹打中了教练车右侧的车灯。LED灯被打裂了一个,四下的亮度顿时降了下来。

我这时才反应了过来,大声呼唤晓人。

"晓人,你没受伤吧?"

没有回答。

"喂!晓人!"

在枪声之中,晓人依旧瘫坐在小光的遗体旁,不愿离开。我双腿拼命发力,好不容易才站起身,跟跟跄跄地跑到晓人身边。

他仿佛被难以估量的悲痛撕裂了灵魂,失去了一切表情。

我看向他的嘴巴,发现他努力衔着某样东西。是钥匙。他刚刚在咬住市村手腕时,从他的口袋里抢走了巡逻车的钥匙。晓人就那么口衔钥匙,口齿不清地指示我。

"小春,背过身。"

我按他的指示转了过去,某个硬硬的东西掉在了我那被捆扎带绑紧的手上。我听到了金属摩擦声。

晓人让巡逻车的钥匙落在我手上,随后说:

"快逃。别让七菜子和砂川姐死掉。"

我紧紧握住钥匙,转向七菜子。

"七菜子,跟着我!"

七菜子对我的喊声无动于衷。她身子蹭着地面不断地后退,大颗大颗的眼泪从脸上流下来,泣不成声地喊着小光的名字。而小光的身下已经扩散成一片血泊。

我仿佛野兽一般冲过去,咬住七菜子衣服的领口,硬是将她拖到了巡逻车旁。

"开车门,七菜子!"

我紧盯车后座的门把手,又一次大喊她的名字。可七菜子却摇着头：

"我不行……"

"只有七菜子能做到！你的手现在能动了吧？"

于是，七菜子奋力将自己的右手从之前扯松的捆扎带里挣脱出来，一边哭一边打开了车门。

"跟上我。"

我爬进了后座的下方，喊她过来。等七菜子也钻进来后，我暂且放下心来喘了一口气，但我立刻开始思索：光是逃进车里没有任何意义，市村此刻就拿着手枪在正对着巡逻车停放的教练车附近。如果子弹飞过来了该怎么办？我被恐惧包围，低着头一动也不敢动。

随即，我瞄了一下窗外。距离我们30米的前方，能看到砂川老师的背影。市村正握着手枪在追逐她。

虽然中间隔着一辆教练车，算是个障碍物，但是这场猫鼠游戏早晚会结束。

"别躲了，快出来吧。前——辈——"

市村左手拿刀，右手拿枪，满脸堆笑。他悠然自得地从车头绕向副驾驶席。下一个瞬间，猫着身子躲在死角里的砂川老师突然从后座飞身冲出，猛地打开了副驾驶一侧的车门。市村被车门狠狠打了个正着，身体失去了平衡，误向反方向开了一枪。

"好痛啊，你这个死女人！"

市村表情骤变，唾沫横飞地咒骂。

必须帮帮老师。想到这儿，我不管不顾地爬到了巡逻车的驾驶席边，随后冲七菜子大喊：

"七菜子，到前面来。"

"不行的，我害怕。"

"求你了。我会保护好你的。"

我拼命地劝说她，最终，七菜子鼓起勇气，爬到了副驾驶席上。我手腕被捆住，基本无法行动，所以需要七菜子帮我把钥匙插进锁孔，发动汽车。听到我的需求，七菜子大瞪着眼睛问：

"我们要丢下晓人和砂川老师，自己逃命吗？"

"不会丢下他们的。"

七菜子从副驾驶席爬过来，拼命地扭动车钥匙。紧接着，我感觉座位抖动起来，仪表盘上的指针也动了起来。听到引擎声的市村扭头用手枪指向巡逻车。

"快趴下！"

他开枪了。一声巨响，巡逻车的前挡风玻璃被子弹打出了裂纹。市村则对着巡逻车怒吼道："想跑？可以啊。反正还是会被我宰了的。"

我坐直身子大喊："七菜子，还活着吗？"

判断不出子弹飞到了哪儿，不过抱着脑袋蹲伏下去的七菜子一切都好。

这时，老师的声音随风传到了满是裂纹的车前窗附近。

"你用了五发子弹。"

砂川老师放低身姿，直接攻击市村的腹部。市村畏怯地后退了几步再站稳，可砂川老师没有放过他这一瞬的动摇。转眼间，她扭动了身体,抬起上半身一把抓住了市村的衣前襟,随后趁势将这个高大的男人轻松拎起,将他砸在了柏油马路上。

一记令人不安的骨头摩擦声响起,市村左肩着地,看上去应该是脱臼了。老师一脚踢向他握枪的右手,那黑色的铁块溜到了教练车和巡逻车之间。市村当即明白自己丢了一样武器,于是立刻用右手握住刀,一跃而起。

"这样吧,前辈,咱们单挑怎么样?"

"你先把你手里那玩意儿扔了才算数吧。"

"我可都被你搞脱臼了呢。"

话音未落,厨师刀的刀刃就从砂川老师的脸颊上掠过。我再度向七菜子发出指示。

"把手刹放下,对,就是侧面那个细细的把手。"

七菜子抓住了手刹,我则全力开动大脑,传达指令。

"首先按下前端按钮,稍微拉起来一些,然后再整个推下去。对,对,做得很棒!然后是变速杆,呃,就是前端这个长得像拳击手套一样的把手。对。按下按钮,挂到D挡。"

因为无法通过动作解释,我焦急万分。但七菜子却听懂了我拙劣的说明,挂上了前进挡。

由于自动挡车子特有的爬行现象,这辆巡逻车开始缓缓向前挪动。我用力踩住了刹车,让车子暂时停住了。

没了手枪的市村更是显露出狂暴的本性,此刻,他正流着口水挥舞着厨师刀。距离太近就会很危险,老师猛地向着巡逻车这边后退,但市村却毫不犹豫地冲了过来。

刀子挥舞过来，老师弯下上半身避开，险些被划到脖子。但刀子在她踉跄之际扎中了她的肩头。衣服被刀子扎裂，刀刃插进了肉里。老师发出低声的呻吟。

不要，快住手！

"认输吧。"

"闭嘴！"

砂川老师挥拳迎上来，眼中闪着仇恨的光。可市村却轻巧地一歪头躲了过去，并抬起脚全力踹到了老师的小腹上。老师整个人都被踢得向后飞起，背部撞上了我们乘坐的巡逻车的发动机盖。整个车身都摇晃起来，七菜子被吓得紧紧抓住我。

确信自己取得了胜利的市村大声笑了起来。他捡起掉在地上的手枪，开始装填子弹。就好像在玩什么飞镖游戏一样，用手枪瞄准了砂川老师的脑袋。

我得帮她，否则砂川老师会被杀的。

"结束了。前辈。"

老师坐在发动机盖上，不停地发出短促的喘息声。大约20米开外，我们的正前方就是那个杀人魔。能行吗？不，不行也得行！

老师要被杀了，所有人都要被杀了。还会有更多人被杀的！

"七菜子！我数三个数！数到三的时候就把车灯换成远光！"

我几乎是在怒吼。七菜子也不服输般地大吼着问我：

"远光灯是哪个？！"

"方向盘边上的拨杆，往一边转！"

七菜子抬手去抓左侧的拨杆。

"不对！你那是雨刮器！"

方向盘左侧的拨杆是雨刮器，要开灯的话应该拨动右侧的拨杆。左边是雨刮器，右边是灯。也不知为何，我这时候突然想起这些，笑了起来。

"你笑什么啊？"

"没事啦。你就按'right'（右边）是'light'（光亮）就能记住喽。"

七菜子的整个上半身都压到了我的膝盖上，确认好后握住了右侧的拨杆。我则对着方向盘张开嘴，咬了上去。

"抓好哟！"

一、二、三。数完三个数的瞬间，七菜子转动了拨杆，巡逻车的灯被切换成了远光。强光从正面直直照向市村，他下意识地背过了脸。

千钧一发之际，砂川老师从引擎盖上滚落下来，脱离了市村的射击轨道。

我将全部的体重都放在了右脚上，狠狠踏下油门踏板。

车子突然加速，身体被惯性甩到座椅靠背上。这辆巡逻车好似被地球引力拉扯过来的那颗小行星忒洛斯，向着市村笔直冲了过去。

左前方的轮胎似乎轧到了什么东西，紧接着就听到了类似于粗树枝折断的可怕声音。即便如此，我的脚依然没有松开油门。

当我踩下了急刹车，巡逻车总算停下时，它已经开出了停车场的范围，险些撞到眼前的一棵大树上。距离撞到市村的位置竟有30米之远。

我请七菜子帮我打开了车门，从驾驶席上走下来。只见晓人还在小光身边，呆呆地望着某个点。他的视线落在了趴在地上的市村身上。市村的左腿向一个不可思议的方向弯曲着，遍地都喷洒着血沫。

之前一直处于被动的砂川老师迅速站起了身，走到市村身边，猛地对着他的肚子踢了一脚，强硬地让他面朝天。随后骑到他身上，冲他的头部挥下拳头。

老师右手拿着的是市村掉下的手枪。她用枪身击打着市村的脸，一遍又一遍。

"快住手！"

我大喊着跑到老师身边。七菜子紧跟在我身后，捡起了地上的刀，将我和晓人手上的捆扎带弄断了。

双手重获自由，我急忙抓住砂川老师的肩膀，摇晃着她。

"快住手，不要杀了这个人。"

"你怎么能说出这么残忍的话啊？"

老师根本没有回过头看我，而是继续殴打着市村。市村的整张脸都已经被打得肿了起来，脸颊上的肉都被打掉了。那模样十分可怕，就好似一个死人一般。市村的意识已经模糊了，嘴巴里咕咕哝哝地念着一些意义不明的呓语。

"小春啊，小光是被这家伙杀死的。就在刚才，当着我们的面。晓人君，你怎么想？你应该也很希望这家伙死吧？"

老师冲着远处的晓人大声呼喊着。晓人缓缓抬起头。

"我……"

他什么都没有说出来。于是，老师又将矛头转向我。

"小春，你也希望这家伙死吧？他是杀害你弟弟的凶手啊！"

老师似乎对我寄予了某种期待一般。她好像非常希望我能对她说出"快把这家伙杀了吧"。

"小春你刚刚不也是为了帮我，差点儿就把他撞死了吗？对不对？小春你太温柔了，所以，所以我可以帮小春杀了他。全都交给我就好。"

"不对——求您了，不要这样。"

"究竟怎么不对了？你不想杀了他吗？就让我杀了他吧！"

我想否定老师这句话，但一时语塞。我感觉自己的喉咙在震颤，发不出一点儿声音。随后，我和满脸是血的市村对上了视线。这时候，我突然回忆起了踩下油门的那一瞬间，在我身体之中横冲直撞的暴力。一种恐惧夹杂着后悔的感受令我浑身发抖。

其实，我也真的很想杀了这家伙啊。我在心里如此回答着老师，实际上却说：

"但是……但是请不要杀了他。这和我的心情无关。"

"怎么可能无关？"

"是啊，怎么可能无关？但是，现在老师就只是想杀人而已，对吧？"

老师像个赌气的孩子一般追问：

"为什么？为什么要说这么过分的话啊？"

"这个人，无论他烂成什么样子，他都是人啊。"

"这种东西不是人！"

"是人。"

我必须阻止砂川老师。如果她杀掉了这个人，那我的日常将分崩离析，再也不会恢复原状。

"为什么不行？我不懂啊，我真的不懂啊。"

砂川老师不再用枪身殴打市村，而是将手指按在了扳机上。随后，她动作缓慢地用枪口抵住了市村的前额。

砂川老师的面孔有一半宛如厉鬼修罗一般扭曲，另一半却好似迷途的少女。我从老师吐露的每一句话中，都能感受到她的孤独。不知为何，我好想抱紧她，摸摸她的头。

我突然回忆起了在后备箱发现日隅美枝子时的场景。砂川老师帮日隅律师合上了她大睁的双眼，那时砂川老师的侧脸，在我的脑海中久久没有散去。

我像从市村手中保护七菜子那样，站在了瘫在地上的市村身前。随后，我战战兢兢地伸出了手，用手掌包裹住了老师手中的那把枪。我用自己的额头抵住了枪口，挡住了弹口。

"如果您真的那么想杀了他，那就先冲我开枪吧。"

只要能拦住她，就算把我的脑袋打飞，也在所不惜。

※

无论怎么推、怎么捶，那扇铁门就是纹丝不动。市村将通向屋顶的大门锁上，把小春和七菜子带走了。留在一楼等待的晓人说不定已经被杀人灭口了。

砂川跪倒在水泥地面上，垂下了头。

"全完了。"

唯一的出口被堵上了，没有任何逃出屋顶的办法。等待他们的只有饿死，或者冻死。

那种脱力感先于愤怒席卷而来。整个身体的肌肉都松懈了，不听使唤。找不到任何帮助小春她们的办法，大家都会死，都会被杀掉。

正在这时，一串轻快的脚步声传进砂川耳中。她抬起头，发现手电筒的光芒正配合着踩踏水泥地的韵律，剧烈地晃动着。只见小光无惧黑暗，正夸张地挥动手臂，跑过屋顶。

他该不会要跳下去吧。砂川急忙检查了一下天台围栏，有3米多高。想跨过去还是很难的。

但小光的目标是屋顶正中央的储水箱。可能是想跳到上面去吧，他一阵助跑，然后猛地向上一蹦，右手拼命向上够。他想抓住储水箱的边缘，但还差大概30厘米的距离。

"你在干什么？"

"越高的地方越方便打电话呀。你看，小春不是把自拍杆带走了吗？"

小光和水箱拉开一些距离，又跑了起来。

"打电话又能怎样？你想得到有谁能来帮我们吗？"

"不试试怎么知道？这么消极可不像你呀，砂川姐。"黑暗中，小光露出洁白的牙齿，咧嘴笑着，"小春和七菜子还没死，我哥也一样，绝对没有死。"

这句话像是在提醒他自己一样。小光又试了一次，还是没能抓住水箱边缘。他双腿在空气里蹬了一下，脸朝下摔倒了。

但是，他拍了拍膝盖上的土，再一次站了起来。

"读小学的时候啊，每天早上都要抱怨不想上学。"

"你说谁？"

"当然是我喽。我啊，一言不合就要和别人打起来，还特别受不了集体行动，在班上就是个格格不入的异类。所以呢，我就和我大哥抱怨着不想上学，不想上学。大哥就总是说些奇怪的话。"

——现在哥哥给你施了魔法，三、二、一，这是穿越时间的咒语哟。放心好啦，一转眼就放学了。

小光模仿着晓人的语气，声音温柔。

"简单来说呢，大哥的意思就是，你拿出点儿耐心好好去上学吧，时间一转眼就过去了，早上的自己瞬间就会穿越到放学后的自己。用这种方法，可以当那段难熬的时间不存在。难过的时候，就这么告诉自己来分散注意力好了。这就是哥哥教给我的方法。"

"然后呢？"

"我觉得很难过。我哥哥只能靠这种方法来鼓励他自己。"

所以，一定要帮他，怎么能让他就那么被杀掉？小光的这句话听上去没有任何逻辑，但在他心里，它们似乎就是紧紧联系在一起的。

不知为何，几天前和小春的对话在砂川脑中冒了出来。

——我妈跑了。

——嗯。扔下你跑了？

——可能吧。应该是这样吧。把我抛弃了。

砂川站了起来，快步走到了储水箱的正下方，随后趴在了地上。小光抗议道："你挡着我了！"

砂川用带着笑意的声音回答："我的意思是你可以拿我当踏板啦。"

"啊？我可能会踩得很用力。"

"放马过来吧！"

小光一直后退到了围栏附近，随后调整好呼吸。他望着远方的夜空，跑了起来。还有两米，马上到水箱了，他用尽全力踩着砂川的后背，猛地向上一跃。

手指抓住了水箱边缘。砂川又马上把小光的脚向上顶。小光手脚并用，拼命地爬上了水槽顶。

小光取出了自己的手机，高高举起。手机屏幕的一端出现信号，可以打电话了。

"所以说啊，你要给谁打电话呢？"

"总之，先打110吧。"

这只能是无用功。砂川不愿理会他。现在警察局一个接一个关门，本部通信调度室估计早就不运转了。

然而，小光的手指还是按下了那三个数字。

"不试试怎么知道呢？"

"没用的。"

"世界变成这副样子之后,砂川姐打过110吗?没有吧?就因为你先入为主,觉得打也没用喽。但说不定能打通呢?先试试,打不通再说嘛。"

拉长的拨号音在持续。果然不行,想依靠警察只能是徒劳。不行的,只能自己想办法……

正在这时,拨号音忽然消失了。电话那头响起一个陌生的声音:

"您好,这里是警察局。请问您需要报案还是遭遇事故了?"

持续缩小可能性的少女

可能性を狭めつづけた少女

持续缩小可能性的少女

发动机的每一次制动都会令我提心吊胆，生怕那家伙被车子晃死。不过，可能也多亏我的车速大大违反了法定限速吧，当我们抵达伴田整形外科医院的时候，市村一息尚存。

在那之后，我就把市村放在了教练车的后座，开着车下了山。老师则开着巡逻车跟在我后面。巡逻车里还有晓人、七菜子和小光。我是直奔伴田整形医院而去的，老师则在中途和我分开，拐去了明壮学园，将独自被扔在教室里的成吾也带了回来。

抵达整形外科医院时还没到早上6点。伴田医生虽然一大早就被我们喊了起来，但她的状态非常清醒敏锐。她爽快地接下了治疗市村的委托。因为市村的情况相当严重，所以暂时将复健室当成手术室，做了一场紧急手术。

等待手术的过程中，砂川老师把如何找到我们的经过都说了出来。

发现被锁在屋顶的瞬间，砂川老师几乎要放弃了，可是小光却想到了爬上很高的地方求援的方案。于是，他们拨通了110。在县警将协调官下派到各警察局试图精简组织时，设置在本部的通信调度室却不愿接受这种做法，坚持抵抗至今。虽然人数不多，但警官们仍聚集起来，努力维持着运转。于是，在附近巡逻的博多北警察局警官银岛行动了起来，救出了被关在屋顶的两人。

而且，打110报警的人还不只小光一人。据银岛说，不久前调度室就因为另一通报警电话联系过他。报警的是居住在田川郡添田町的一名30多岁的男性。那个人为了能喝到饮料，所以弄坏了好几台自动贩卖机。据他说，当时他发现某个自动贩卖机附近停了一辆前保险杠凹了一大块的巡逻车，从车里走出一个拿着手枪的男性。一开始他以为那是个巡逻的警察，但是越看越觉得奇怪。后来他又听到车内传出女性的惨叫声，为了确认情况，他就给110打了电话。

因为这通善意的电话，警方知道了市村的去向。再后来，银岛没能拗过被救出来的砂川老师和小光，于是他们俩就先去寻找我们了。虽然附近的警察局也出动了数名警官展开搜索，但最先冲进山里的是砂川老师和小光。

早上6点40分，整形外科的门外响起了巡逻车的警笛声。博多北警察局的银岛奉通信调度室的要求来到了这儿。他对我们逐一进行了形式上的问询，然后就和我们一起在复健室等待手术结束。

早上7点，伴田医生走出了复健室。据说市村现在双腿骨折，肋骨断了两根，所幸内脏没有受伤，彻底恢复需要三个月，想在地球毁灭前自由活动是不可能的。

我感觉又安心又悔恨，心情难以名状，于是叹了口气。

这时砂川老师问：

"该拿这家伙怎么办呢？"

接下来的事我完全没有考虑过。虽然伴田医生说市村伤得非常重，根本出不了院，但是把杀人魔扔在这样一个避难所里未免也不合适。

这时，银岛举起了手："我也一起留下好了。"

博多北警察局1月4日就要关门了。从后天开始，银岛将失去警察的身份。不过，他仍主动请缨，监视市村。

"我也做不了什么警察能做的事。最后的日子里，我想带着父亲住在这儿，这应该是最好的选择了吧。"

在小行星撞击地球之前，市村可能就已经死了。就算他能恢复，也再无法逃去地球的另一端。不知道等待他的这一命运的剧本，砂川老师是否满意。不过，她似乎不准备再去殴打丧失意识的市村了。

不知何时，伴田医生又换上了一件新雨衣——用来代替外科手术服。然后再度面向我们。

"好了，下一个。"

我没明白她的意思，只好重复了一遍她的话。

"下一个？"

砂川老师的肩膀虽然受了伤，但伴田医生刚刚已经帮她治疗过了。除此之外，大家虽然都多多少少挂了彩，但没有谁重伤到需要接受手术啊。

伴田医生则若无其事地说：

"要帮那些孩子缝合伤口呀。"

她指着被平放在等待室沙发上的成吾和小光的遗体。他们浑身都是刀伤,被伤得很重很重。我们把成吾和小光搬到了担架上,推进了复健室。

早上7点23分。天亮了,阳光洒进了等待室。晓人开口道:

"应该换我死的。"

长时间的沉默之后,开口的是砂川老师:

"小光好像很讨厌你那套奇奇怪怪的咒语哟。"

晓人猛地仰起了脸。我完全听不懂砂川老师在说什么,可晓人似乎懂了。朝霞的光流淌进他的眼眸之中。

"而且,他还说了,他想救你。"

晓人第一次恸哭起来。缠在脸上的绷带吸走了他的泪滴,变成了灰色。

※

"砂川老师,我想埋葬成吾和小光,能请您帮忙吗?"

在开口请求前,我的内心其实很迟疑。拜托别人帮自己掩埋至亲,这合适吗?可老师二话没说就答应了下来。

我和晓人商量了之后,将成吾和小光的遗体埋进了太宰府驾校的花坛里。我们从附近的家庭超市找来铲子,挖了两个坑,将遗体摆放了进去。晓人坐在地上,一边动作麻利地填着土,一边哼着歌。

"再见了，亲爱的，向着北方，向着北方，向着北方归去。一个人，我一个人离去啊，函馆本线。"

我听着他跑调的歌声，回忆起了初次见到兄弟二人那天的场景。开心高唱演歌的小光，还有笑他"唱得好难听"的晓人。他们两人笑得那么开心，几乎令人忘记了这世界即将终结。

"那是什么歌？《越过天城》里有这样的歌词吗？"

"没有啊。"

"那这是鸟羽一郎的歌？"

"不是啦，是山川丰的《函馆本线》。"

"哇，根本不认识。晓人，你唱歌不太行啊。"

"至少比小光强多了吧。"

我不知道成吾喜欢什么歌。我们最后一次对话，是什么时候来着？

我根本没想到成吾会去向自己曾经霸凌过的同学道歉；我也没想到他会主动和路上偶然遇到的少女搭话，还帮助了她；我更没想到，他会挺身对抗一个手拿凶器的杀人犯。

"我什么都不知道啊。"

我用只有成吾才能听到的声音低语道。随后，我伸手将盖住弟弟的土按实。

晓人说要去别的国家。他在监狱里认识的一个朋友计划开船偷渡过去，预计出发时间是1月5日。晓人决定带着七菜子一起去。

他也问过我们要不要一起走，但我们拒绝了。我还有其他地方要去，所以没法儿和他们一起了。

七菜子哭着挽留我们："为什么啊？小春姐姐，你也赶快逃离日本吧，不然会死的呀。"

"我啊——其实特别想要一副望远镜。"

我的目的地是熊本的天文台。我一直都很想去那儿。

读初一的时候，我们一家人旅行去参观了熊本的天文台，我当时很想要一台小小的望远镜，但是父母并没有给我买。妈妈说它摆着碍事，爸爸嘲笑我："你又当不了天文学家。"可时至今日，我还是好想拥有那台望远镜，想要得不得了。正是这个愿望，驱使我走进了太宰府驾校的大门。

"因为——我忘不掉自己像七菜子这么大的时候，见过的那台望远镜啊。"

"一定要在现在这个时候得到吗？"

"嗯，因为马上一切都会灰飞烟灭了呀。"

砂川老师也拒绝了晓人他们的邀请，她说："我会跟小春一起走的。"

我又没要求她跟着我，真是个任性的人。

1月5日，我们平分了食物，我和砂川老师将晓人和七菜子送去了港口。紧接着，我们开始寻找内田瞳。花费了一个星期，我们才找到她。1月12日，我们在西区的路上发现了躺在地上又哭又喊的内田瞳，将她送去了福冈留守村。

接下来的几天，我们也动身向目的地出发了。我们两人轮换着开车，一边兜着风穿越九州，一边聊了很多。

"砂川老师,我以前特别想学习和星星有关的知识。"

"是吗,不过小春你好像一直很喜欢星星呢。"

我一直很喜欢看星星,喜欢到几乎每晚都会仰望福冈那并不算漂亮的夜空。记得我从很小的时候起就说过"想做个天文学家"。明明那时候根本不清楚天文学家要做什么工作。

可是,升上高中之后,我的梦想就破灭了。

父亲说了,女孩子就该学文科。"你上了高中之后肯定学不会数学的。"然后,一切就真的像他说的那样,进入高中之后,我本来很擅长的数学和其他理科科目突然就学不好了。于是我放弃了天文学。

这个梦想本就朦胧,所以我应该也不会太难过才对啊。

"我好像一直在缩小自己的可能性呢。"

听到这句话,砂川老师似乎对我突然之间切换话题感到吃惊,哼笑一声,问:"怎么了,怎么突然说这个?"

"我一直在逃避。这一次也一样。要是选择和晓人还有七菜子一起渡海,说不定还能再多活一阵子呢。"

"有何不可?小春,你就去现在最想去的地方吧。"

"可以这样吗?"

"想做就做吧,反正都世界末日了。"

我开车的水平还是很差,还是适应不了一边开车一边和砂川老师讲话。这辆从太宰府驾校开走的28号教练车到处磕磕碰碰,已经快报废了。

"老师,您为什么要跟着我呢?"

我问出了一直萦绕在心底的问题。似乎是想掩饰羞涩，砂川老师一副顾左右而言他的样子，看起了窗外的风景。

"因为小春一个人开车太危险了，我实在是看不过去。"

2023年1月31日，我们抵达了熊本县阿苏郡南阿苏村。意外的是，这儿竟然住了不少人。除了熊本本地人，还有不少像我们这样特意从外县赶来的人。

2023年3月7日，凌晨1点15分刚过，我坐在老师驾驶的教练车的副驾驶席上。我们一边在南阿苏村附近兜着风，一边时不时停下车，举着偷来的望远镜眺望星空。

我想象得没错，从这儿看过去，小行星忒洛斯格外美丽。虽然目前只是一颗比月亮还小、光芒微弱的星星，但再过几个小时，忒洛斯就会变成一颗炫目的火球，划过长空，奔向这世界的尽头。

砂川老师拉下手刹，直视着我露出微笑。

"人生最后的感言，想说点儿什么？"

我好一通烦恼过后，不大礼貌地开口道：

"您让我再想想嘛。"

距离地球毁灭还有三个多小时，现在就结束和砂川老师的交谈，未免还早吧。

主要参考文献

『地球接近天体』ドナルド・ヨーマンズ著　山田陽志郎訳／地人書館

『大隕石衝突の現実』日本スペースガード協会著／ニュートンプレス

『"今"起こっても不思議ではない天体衝突の危機』布施哲治著／誠文堂新光社

『図解　身近にあふれる「天文・宇宙」が3時間でわかる本』塚田健著／明日香出版社

『太陽系と惑星　シリーズ現代の天文学9巻』井田茂　渡部潤一　佐々木晶編／日本評論社

『スターウォッチング完全ガイド　藤井旭の天文年鑑2020年版』藤井旭著／誠文堂新光社

『宇宙開発の未来年表』寺門和夫著／イースト・プレス

『自然は導く』ハロルド・ギャティ著　岩崎晋也訳／みすず書房

『冒険図鑑』さとうち藍文　松岡達英絵／福音館書店

『福岡のトリセツ』昭文社企画編集室編／昭文社

『携帯電話はなぜつながるのか 第２版』中嶋信生　有田武美　樋口健一著／日経BP社

『通信設備が一番わかる』真江島光　坂林和重著／技術評論社

『いじめ事件の弁護士実務』高島惇著／第一法規

『NEWエッセンシャル法医学（第６版）』高取健彦監修　長尾正崇編／医歯薬出版

『適法・違法捜査ハンドブック』伊丹俊彦監修　倉持俊宏ほか著／立花書房

『大災害と法』津久井進著／岩波書店

『いま死刑制度を考える』井田良　太田達也編／慶應義塾大学出版会